AF221306

Anne Koch-Gosejacob

Caro

Auf der Suche nach dem Glück

Roman

Bibliografische Information der Deutschen Nationalbibliothek:
Die Deutsche Nationalbibliothek verzeichnet diese Publikation in der
Deutschen Nationalbibliografie; detaillierte bibliografische Daten sind
im Internet über http://dnb.dnb.de abrufbar.

© 2022 Anne Koch-Gosejacob

Lektorat: S. v. Remmerden
Korrektorat: Anne Koch-Gosejacob
Mail: a.kkoch-gosejacob@osnanet.de

Herstellung und Verlag: BoD – Books on Demand, Norderstedt

ISBN: 978-3754360583

Wenn
die uralten
indischen Weissagungen
stimmen dann gibt es
in der Tat kein Gestern
kein Heute und kein Morgen
dann ist Vergangenheit
Gegenwart und
Zukunft

1. Kapitel

„Alles, was die Menschen in Bewegung setzt, muss durch ihren Kopf hindurch, aber welche Gestalt es in ihrem Kopf annimmt, hängt von den Umständen ab", sagte einst Friedrich Engels. Doch die Realität war ganz anders als Caros Träume, als die Fantasien von einer schönen, heilen Welt, die ihr ein bequemes, sorgenfreies Leben in einem Schlaraffenland vorgaukelten, wo es alles das gab, von dem sie nie zu träumen gewagt hätte.

Ihre Wandlung, innere Einstellung, begann im Frühsommer, als es vierzehn Tage lang ununterbrochen regnete, sie fast in tiefe Depression verfiel, weil sie nach acht Stunden Arbeit im Verlag nur noch zu Hause auf dem blauen Sofa. in ihrem mit Büchern vollgestopften Wohnzimmer saß. Sie musste hier raus, musste wieder eine interessante Reise buchen, musste wieder etwas von der großen, quirligen, sonnendurchfluteten Welt sehen. Ihr Körper brauchte Wärme und ihre durstige Seele etwas Neues, Fremdes, das sie in sich aufnehmen könnte, das ihren Hunger nach einem anderen, erfüllteren Leben stillen würde.

Den ganzen Sonntag über hatte Caroline Hausmann, von Kollegen und Freunden nur Caro genannt, die vielen unterschiedlichen Reiseangebote im Internet studiert, sondiert und ausgewertet. Sie hatte schon so viel von der Welt gesehen, nur im Asiatischen Raum, in Indien war sie noch nie.

Indien, sie erinnerte sich an Onkel Albert, an sein Buch über Indien mit den vielen Fotos und

7

Beschreibungen. So war sie zu dem Entschluss gekommen, dorthin zu reisen um Land und Leute, aufgeschlossene Menschen mit einer ganz anderen Mentalität kennen zu lernen.

In ihren Teenagerjahren hatte sie von ihrem Lieblingsonkel Albert, der bis zu seinem Tod als freischaffender Journalist in verschiedenen Ländern gearbeitet hatte, ein dickes Buch mit bunten Illustrationen, vielen Fotos, spannenden Geschichten und Reisebeschreibungen über dieses große Land geerbt. Wenn Onkel Albert mal bei ihnen zu Hause war, hatte er viel von seinen spannenden Reisen erzählt. Nur beim Thema Indien wirkte er stets ein wenig traurig, wollte aber darüber nicht reden, darum hatte sie auch nicht weiter nachgefragt, beließ es dabei.

In seinem Buch hatte ihr besonders das Foto einer hübschen, jungen Frau mit dunklen, geheimnisvollen Augen und schwarzen, kunstvoll aufgesteckten Haaren gefallen. Sie trug einen hellgrünen Seiden-Sari und blickte ernst dem Betrachter des Bildes entgegen.

Schon damals hatten diese Augen, dieser leicht traurige Blick, Caros Seele berührt. Heute bedauerte sie, dass Albert so früh gestorben war, sie nicht in Erfahrung gebracht hatte, wer diese schöne, indische Frau auf dem Foto war.

Die bunten Hochglanzfotos über den Subkontinent Asien, besonders aber Indien, auf den Internetseiten ihres Computers hatten diesen tief in ihrem Innern abgespeicherten Blick wieder in ihr Bewusstsein geholt, so als wollte er sagen: „Komm zu mir, komm in mein großes, tropisches, so ganz anderes Land!"

Am Wochenende war Caro mit den Urlaubsprospekten über Indien, die sie sich ein paar Straßen weiter aus dem ortsansässigen, kleinen Reisebüro geholt hatte, mit dem Auto zu Klaus Birkenstädt gefahren, den sie nun schon seit drei Jahren kannte. Klaus war etwas älter als sie und als leitender Beamter beim Ordnungsamt der Stadt angestellt. Der ideale Beruf für ihn, denn dort brauchte er sich nicht zu überarbeiten, ging jedem Stress aus dem Weg und bekam am Monatsende ein gutes Gehalt. Inzwischen besaß er eine sehr schön eingerichtete, große Wohnung im Westteil der Stadt, in der Nähe eines kleinen Sees, und sein Sparkonto war auch ohne Aktienkäufe gut gefüllt. Irgendwelche Anleihen waren ihm einfach zu risikoreich. Sicherheit hatte stets Vorrang bei ihm, egal was er unternahm.

Immer noch Junggeselle, hatte er schon sehr früh seine Mahlzeiten selber zubereiten müssen und war mittlerweile ein exzellenter Koch geworden, der auch gerne neue Gerichte ausprobierte.

Wenn seine Mutter bei ihm zu Besuch war, was nur drei- oder viermal im Jahr vorkam, übernahm sie selbstverständlich das Kochen. Sie konnte es auch nicht lassen, ihn immer wieder daran zu erinnern, dass er sich endlich eine Ehefrau suchen solle.

„Haushalt und Wohnung in Ordnung zu halten, ist nichts für einen Mann in deiner Position. Schaff dir doch wenigstens eine Putz- und Bügelfrau an!"

„Nein, auf keinen Fall. Für mich ist die Arbeit eine angenehme Abwechslung, genau wie die Zubereitung der einzelnen Mahlzeiten, das inzwischen zu meinem Hobby geworden ist."

Es war ein kreativer Ausgleich zur oft langweiligen

Büroarbeit, den er sich in einem privaten Koch-Klub mit drei Freunden teilte und der allen viel Freude bereitete. Jahr für Jahr luden sie in der Adventszeit ihre Frauen zu einem festlichen Menü ein und freuten sich über deren Lob für ihre Kochkunst, bei der Klaus meistens am besten abschnitt.

Dies war auch der Grund, warum Caro das Wochenende oft bei ihm verbrachte, denn Haushalt und Kochen gehörte nur bedingt zu ihren Fähigkeiten. Ihre Hobbys waren Reisen, die teure Kamera-Ausrüstung, Theater oder Museumsbesuche und ab und zu ein Abend in einer der angesagten Altstadtkneipen um nette und interessante Menschen kennen zu lernen.

Hier war sie auch Klaus begegnet, der nach einem Konzert noch gemütlich ein Glas Wein trinken wollte. Da an der Theke kein Platz war, hatte sie sich zu ihm an den Tisch gesetzt und gleich ein Gespräch mit ihm angefangen. Im Laufe des Abends stellten sie viele Gemeinsamkeiten fest und beschlossen sich öfters zu treffen. So nach und nach war zwischen ihnen eine richtige Freundschaft entstanden, aus der seit einiger Zeit eine Liebesbeziehung geworden war.

Nun war sie mit ihrem roten Flitzer, einem 4er BMW Coupé auf dem Weg zu ihm. Caro hatte Glück und fand auf Anhieb eine passende Parklücke vor dem relativ neuen Dreifamilienhaus, in dem Klaus die untere Etage samt kleinen Garten als sein Eigentum bewohnte.

Ein Blick von ihr in den Rückspiegel besagte: Haare und Makeup waren in Ordnung. Also nahm sie ihre Tasche, stieg aus, schloss den Wagen ab und ging zur Haustür.

10

Caro hatte geklingelt, aber die Tür öffnete sich nicht. Unschlüssig drehte sie sich zur Straße hin und sah, dass Klaus gerade schwerbepackt die gepflasterte Auffahrt hinaufkam.

„Du bist heute aber früh hier", rief er seiner Freundin zu, die ihm entgegenging, ihn lächelnd begrüßte und meinte: „Manchmal muss man Glück haben. Stell dir vor, alle Ampeln waren auf Grün. Ich konnte ohne anzuhalten durch die Innenstadt fahren, was äußerst selten vorkommt."

„Wenn du schon mal hier bist, kannst du mir auch die Tasche mit dem Obst und dem Gemüse abnehmen. Hab alles frisch auf dem Wochenmarkt gekauft. Das Fleisch gab es heute am Metzgerstand sogar im Angebot"

„Was gibt es denn zum Mittag?"

„Ich werde eine Porree-Suppe kochen, aber heute Abend gibt es ein richtiges Menü: Vorspeise, Hauptspeise und ein französisches Dessert. Das Rezept habe ich neulich im Internet gefunden. Komm, lass uns schnell reingehen." Klaus stellte seinen Korb ab und schloss die Haustür auf.

Als beide den Einkauf in der geräumigen Küche verstaut hatten und Klaus mit der Zubereitung der Suppe begann, holte Caro die Urlaubskataloge aus ihrer Tasche und setzte sich damit an den Küchentisch.

„Willst du wieder verreisen?" Klaus deutete auf die bunten Prospekte.

„Ja, willst du mit? Ich möchte diesmal nach Indien."

„Nach Indien? Was willst du denn da?"

„Land und Leute kennen lernen. Vielleicht kann ich auch Fotos von exotischen Blumen für die

Gartenzeitschrift des Grüner-Verlag machen? Außerdem ist Indien die Geburtsstätte des Yoga, meiner Lieblingssportart. Auch reizen mich die vielen alten Tempel."

„Und wann soll das Ganze stattfinden?", erkundigte sich Klaus.

„Ich habe gedacht im Oktober, also Mitte des nächsten Monats, dann ist dort die beste Reisezeit."

„Das tut mir leid. Ich bin zu dem Zeitpunkt auf einem Seminar in München, das ich leider nicht absagen kann."

„Schade, gemeinsam wäre es bestimmt günstiger. Aber ein Doppelzimmer mit einer mir fremden Person zu teilen, ist nichts für mich. Dann lieber ein Einzelzimmer mit Zuschlag."

„Das kannst du dir ja auch wohl erlauben", meinte Klaus, gab den feingeschnittenen Porree zu den Zwiebeln und dem Gehackten in den Topf und goss den Inhalt mit Brühe auf. Wenn alles gar war, würde er die Suppe mit Schmelzkäse, Sahne und grünen Pfeffer verfeinern. Dazu würde er Baguette reichen, das er noch warm und knusprig bei seinem Lieblingsbäcker erstanden hatte.

Nachdem er seine Hände abgespült und für jeden ein Glas Rotwein eingeschenkt hatte, setzte er sich zu Caro an den Tisch und sagte: „Meine Liebe, du weißt wie gerne ich dich auf deinen interessanten Reisen durch Europa begleitet habe, wenn ich zur gleichen Zeit meinen Urlaub nehmen konnte. Aber Indien, das sind bestimmt über zehn Stunden Flugzeit und dann kommt auch noch die Zeitverschiebung dazu. Das ist mir dann doch zu anstrengend."

12

„Da ich mich nun mal zu so einer Reise entschlossen habe, werde ich bestimmt auch alsAlleinreisende das Richtige für mich hier in einem der Kataloge finden", meinte Caro.

Klaus erhob sich um nach der Suppe zu schauen, die inzwischen gar sein musste, während Caro ihre Reise-Prospekte weglegte und den Tisch deckte.

*

2. Kapitel

Eine kleine, geführte Gruppenreise, zu der ihr die Besitzerin des Reisebüros geraten und Caro letztlich zugestimmt hatte, brachte sie im Oktober mit dem Flugzeug von Düsseldorf und einem Zwischenstopp in Dubai nach Chennai, das früher Madras hieß und 1661 von der British East India Company gegründet wurde, wie der Flugkapitän den Reisenden in einer Höhe von zehntausend Meter mitteilte.

Nach fast zwölf Flugstunden kamen sie am nächsten Morgen an der Ostküste des indischen Subkontinents an. Als alle Reisenden die Passkontrolle passiert und ihre Koffer geholt hatten, gingen sie gemeinsam in die Ankunftshalle. Hier wurden sie vom indischen Reiseführer Rashid in Empfang genommen, um gemeinsam zum Busbahnhof zu gehen und von dort aus zu ihrem Übernachtungshotel zu fahren: Eine Unterkunft in einem sympathischen Beach-Resort am Strand, zirka zwei Stunden von Chennai entfernt.

Im Hotel hatten die Reisenden Zeit zum Ausruhen oder für ein erfrischendes Bad im türkisblauen Meer des indischen Ozeans.

Am Nachmittag war die Besichtigung der alten Strandtempel angesagt, die zu den ältesten, gut erhaltenen Bauwerken Südindiens zählen, wie das berühmte Felsrelief am Rande der Stadt. Neben zahlreichen göttlichen Abbildungen stellt das Relief das dörfliche Leben Indiens im siebten Jahrhundert dar.

Caro wurde vom Lärm der Stadt, vom Tumult und von der Vielfalt der buntgekleideten Menschen

14

überwältigt. Nichts war so, wie sie es sich vorgestellt hatte. Der laute und quirlige Straßenverkehr aus Bussen, Limousinen, unzähligen Tuck-Tucks mit ihrem ständigen Gehupe, den hoch beladenen Fahrrädern und den vielen mageren Kühen, die ungehindert über die Straßen liefen, war einfach faszinierend.

Der indische Reiseführer, der die Gruppe am Flugplatz in Empfang genommen hatte, sprach sehr gut deutsch. Er hatte ein Jahr in Berlin gelebt und meinte: „Mit der Zeit gewöhnen Sie sich daran und merken, dass dieses Chaos Stil hat. Sehen Sie, es gibt hier kaum schimpfende oder fluchende Verkehrsteilnehmer, wie ich sie leider in den europäischen Ländern kennengelernt habe, sondern hupende Inder, die sich mit Handzeichen untereinander verständigen."

Beängstigend war es aber für die deutschen Gäste, wenn sie bei dem vielen Verkehr die Straße überqueren mussten, um auf der anderen Seite in einer kleinen Garküche etwas zu essen. Caro bestellte sich nur Reis, den sie mit verschiedenen Soßen auf einem Teller serviert bekam.

Rashid erklärte der Gruppe: „Mit der rechten Hand können Sie essen, die linke Hand dürfen Sie nicht auf den Tisch legen, da sie hier, wie auch in den arabischen Ländern, als unrein gilt, weil sie für die Toilette bestimmt ist. Profis essen mit Daumen, Zeige- und Mittelfinger. Sie können aber auch eine Gabel, einen Löffel oder Essstäbchen bekommen"

Statt mit den Fingern versuchte jeder Gast mit den schön verzierten Stäbchen Reis und Soße in den Mund zu bekommen, was sich als sehr schwierig erwies und viel Gelächter auslöste.

Für manche war es eine Art Härtetest und der eine oder andere wäre bestimmt erleichtert gewesen, wenn der Urlaub schnell vorbei und er wieder in seinem beschaulichen Heimatort oder in seiner Wohnung ein Essen mit Besteck serviert bekäme.

„In den gebuchten Übernachtungs-Hotels gibt es aber immer Besteck zum Frühstück und zum Abendessen", teilte ihnen Rashid lächelnd mit.

Ein anderer Härtetest waren die vielen Sonnenbrillen-, Schmuck- und Textilverkäufer in den engen Gassen und Fußgängerzonen, die wahrscheinlich alle ein feines Gespür für neu ankommende Touristen hatten und ihnen unbedingt etwas verkaufen wollten. Ein paar von Caros Mitreisenden hatten sich anfangs zu einem Kauf überreden lassen bis sie feststellten, dass die Ware, umgerechnet in Euro, viel zu teuer war.

Doch Caro machte es Spaß alles Neue auszuprobieren und zu erkunden, dann aber dankend abzulehnen. Ferner im Sinnenrausch der Farben und vielen Düfte zu schwelgen, die so ganz anders waren als die in Deutschland. Für sie war Indien eines der rätselhaftesten und lohnenswertesten Reiseziele der Welt, wie sie gerade festgestellt hatte.

Während der Busfahrt zurück zum Hotel berichtete der einheimische Führer der Reisegruppe: „Südindien ist das Land der ursprünglichen, hinduistischen Kultur. Die Dreieinigkeit der Götter bilden Brahma, der Schöpfer, Vishnu, der Bewahrer, und Shiva, der Freund, der Wichtigste. Es gibt aber auch den Buddhismus, sowie tausend verschiedene Tempel. Seit dem zwölften Jahrhundert gibt es noch die

16

Moslems, die hauptsächlich in den Städten leben und an Allah als einzigen Gott glauben, genau wie es die Christen tun."

„Gibt es denn viele Christen in Indien?", erkundigte sich Caro.

„Ja, das Christentum ist nach dem Hinduismus und Islam die drittgrößte Religion im Land. Die ersten Gemeinden sollen im Jahr sechzig nach Christi durch den Apostel Thomas in Südindien, in der Umgebung von Chennai entstanden sein, wo sich auch das Grab des Apostels befindet. Neuerdings wird auch von Gewalttaten der Hindus gegenüber den Christen berichtet, da sie neidisch auf deren gut florierende Kinderheime und Schulen sind, die zu den besten des Landes gehören."

„Soweit ich mich erinnere, gehen doch auch etliche Moslems und Hindus auf christliche Schulen. Ich weiß es von einer Freundin, die eine dieser Schulen von Deutschland aus finanziell unterstützt."

„Das sind aber meistens Kinder aus besser gestellten, islamischen Familien, die nicht so sehr auf Traditionen achten. Allgemein ist Indien aber ein Land der Götter, Mythen und der vielen überlieferten Traditionen, so auch das jahrtausendalte Wissen der großen Palmblattbibliotheken. Eine davon werden wir morgen in Chennai besuchen, das heißt, diejenigen, die dort angemeldet sind."

In den frühen Morgenstunden hatte es geregnet, aber die aufgehende Sonne sorgte dafür, dass alles schnell verdampfte, wieder trocken wurde. Caro zog deshalb lieber ihre flachen Sandaletten statt der dicken Wanderschuhe an.

17

Auf Anraten ihres Reisebüros hatte sie auch nur leichte Baumwollkleidung mitgenommen, so dass ihr die Wärme nicht allzu viel ausmachte. Außerdem wehte in den Küstenregionen meist ein leichter Wind. Falls es mal regnen sollte, hatte sie im Rucksack ihren kleinen, zusammenklappbaren Schirm.

Während der Fahrt nach Chennai unterhielt sich Karo mit ihrer Busnachbarin, Frau Katzbacher, die gebürtig aus einem kleinen Dorf in Oberbayern kam, sehr abergläubisch war und ihr berichtete: „Ich habe im letzten Jahr Ahnenforschung betrieben, fand aber keine Daten zur Schwester meiner Großmutter, obschon ich alle möglichen Kirchenbücher in den Dörfern der Umgebung durchgesehen habe. Schließlich kam ich auf die Idee, eine Suchanzeige in einer Münchener Zeitung aufzugeben. Gemeldet hat sich aber keiner darauf. Nachts habe ich öfters am Fenster gestanden, zum sternenübersäten Himmel geblickt und mit meiner verstorbenen Großmutter geredet. Ihr gesagt, sie solle mir endlich ein Zeichen geben, wie ich an die Daten ihrer Schwester käme."

Frau Katzbacher rückte näher an Caro heran und fragte: „Was glauben Sie, ist dann geschehen?"

„Keine Ahnung, aber Sie werden es mir bestimmt gleich sagen."

„Das Telefon läutete und als ich mich meldete, war am anderen Ende eine Frau aus München und teilte mir mit, sie hätte im Keller eine alte Zeitung gefunden. Beim Durchblättern wäre sie auf meine Anzeige gestoßen. Die Dame, die ich suchen würde, wäre ihre Mieterin gewesen und um mir zu helfen, gab sie mir die neue Adresse. So konnte ich Kontakt mit Großmutters Schwester aufnehmen, von der ich

18

dann Urkunden und einige Fotos bekommen habe. In der nächsten Nacht habe ich mich bei meiner Großmutter für ihre Hilfe bedankt und in der Kirche für sie eine Kerze angezündet."

„Das ist ja eine tolle Geschichte", stellte Caro fest und erinnerte sich an ihre Oma, die immer gesagt hatte: „Wenn man sich etwas sehr wünscht, geht es auch in Erfüllung, man muss nur fest daran glauben."

„Wissen Sie, seit der Sache mit meiner Großmutter mache ich viel Yoga und Autogenes Training. Irgendwann habe ich etwas über indische Astrologie und über die vorher bestimmte Zukunft im Internet gelesen und mir von zu Hause aus einen Termin in der Palmblattbibliothek in Chennai geben lassen um mehr über meine Familie zu erfahren."

Caro teilte ihr mit, dass sie sich dafür aus reiner Neugier nicht in Chennai, sondern in Bangalore angemeldet habe.

In der Stadt angekommen, wurden vier Mitreisende zusammen mit Rashid, der als Übersetzer fungierte, an der Palmblattbibliothek abgesetzt und man vereinbarte, sie nach vier Stunden wieder abzuholen.

Ein zusätzlich angeheuerter Führer begleitete den Rest der Gruppe mit vielen Erklärungen zu den stadtbekannten Sehenswürdigkeiten, sowie zum gemeinsamen Mittagessen.

Alle waren froh, als sie später wieder im Bus saßen, die laute Stadt mit dem bunten Menschengewusel hinter sich lassen konnten um endlich weiter in Richtung Westen zu fahren.

Unterwegs erkundigte sich Cora bei Frau Katzbacher, was denn die Lesung ergeben hätte.

„Es war schon sehr beeindruckend. Sogar die Namen und die Todesdaten meiner Eltern stimmten. In meinem Beruf würde ich mich verändern. Na ja, mal abwarten, ob es stimmt. Eine bessere Bezahlung könnte ich auf jeden Fall gut gebrauchen", meinte sie kichernd.

„Gesundheitlich bleibt alles so wie es im Moment ist. Ich würde sogar sehr alt werden und viele Enkelkinder bekommen hat mir der Vorleser mitgeteilt. Wäre bei meinen vier Töchtern kein Wunder, denn sie sind alle sehr kinderlieb wie ich festgestellt habe."

„Dann werde ich beim Abendessen mit ihnen auf ein langes Leben anstoßen", antwortete Caro gut gelaunt.

Kurz vor ihrem nächsten Ziel meldete sich Rashid übers Mikrofon und erklärte den Reisenden: „Das alte Yoga und auch die Astrologie sind in der Stadt Tiruvannamalai erhalten geblieben, denn spirituelle Mönche gründeten stets ihre Ashrams an besonderen Kraftorten. Einer dieser Orte ist Arunachala, der heilige rote Berg mit den alten faszinierenden Tempelanlagen. Er liegt im indischen Bundesstaat Tamil Nadu, rund hundertfünfzig Kilometer südwestlich von Chennai."

Am späten Nachmittag kam die Gruppe in der Pilgerstadt, am Fuße des roten Berges an, wo sie ihr Übernachtungshotel bezogen.

Bei einem Rundgang durch die Stadt stellten die deutschen Reisenden fest, dass die Straßen voll waren von selbstberufenen Gurus mit ihren gläubigen Anhängern.

Vor dem größten Tempel Südindiens, der dem Gott Shiva geweiht ist, befanden sich auch etliche

Touristen aus Europa, die man gleich an ihrer legeren Kleidung erkannte.

„Bleiben Sie dicht zusammen, damit niemand verloren geht, denn wir gehen gleich zurück zum Hotel, wo es im Restaurant einen kleinen Imbiss gibt", mahnte der Reiseleiter.

Nach dem Essen brachte sie der Fahrer mit dem Bus zum Fuß des heiligen Berges.

An diesem eindrucksvollen Ort durfte Caro zusammen mit ihrer Reisegruppe einem Feuerritual, eine Lichtzeremonie bei Vollmond, beiwohnen. Sie bekamen mit, wie große Mengen Öl und Ghi- geklärtes Butterschmalz- auf den Gipfel des Berges getragen wurde, das im Moment des Sonnenunter- und des Mondaufgangs für ein zu entfachendes Feuer gebraucht wurde. Der Legende nach sollte auf diesem Berg Gott Shiva in Form einer Feuersäule den Göttern Brahma und Vishnu erschienen sein.

Mit Opfergaben, Obst, Süßigkeiten, Räucher- stäbchen und einer Kampferlampe, die im Uhrzeigersinn von einem Mönch vor dem Bild des Gottes geschwenkt wurde – ähnlich wie bei den Katholiken das Weihrauchfässchen – sollte es zur Reinigung des Geistes der Gläubigen dienen. Denn Licht bedeutet Herz und mit dem Herzen sollte Gott verehrt werden.

Nach der Feier wurden die Süßigkeiten und das Obst, eine farbenfrohe Mischung aus Ananas, Bananen, Khakis und Mangos, an die Anwesenden verteilt. Da jeder an so einer Zeremonie teilnehmen durfte, freute sich die Reisegruppe über die kleinen Geschenke, die gleich probiert wurden und sehr viel besser schmeckten als das meiste importierte Obst

In Deutschland.

Um die Verbindung von Tradition und Fortschritt besser kennen zu lernen, fuhr die Gruppe am nächsten Morgen mit dem klimatisierten Reisebus nach Bangalore, in die Hauptstadt des Bundesstaates Karnataka.

Der Reiseführer berichtete ihnen: „Sie ist die drittgrößte Stadt Indiens und gilt als eine der modernsten Städte mit vielen Technikparks, Biotechnologie-, Software- Luft- und Raumfahrt-Firmen. Hier haben sich auch deutsche Firmen wie Bosch, Siemens und Daimler angesiedelt. Auch befindet sich die bekannteste und größte Palmblattbibliothek des Subkontinents in Bangalore. Weitere Bibliotheken befinden sich in Myanmar und auf Bali. Auch in Deutschland gibt es inzwischen Menschen, die einige Palmblätter besitzen und Ihnen etwas über die Vergangenheit oder Zukunft erzählen können. Ob dies dann stimmt, kann ich natürlich nicht beurteilen."

Die Fahrt durch die fruchtbaren Tiefebenen mit grünen Reisfeldern, bizarren Felslandschaften, waldreichen Bergregionen, hügeligen Teefelder und Gewürzplantagen dauerte fast fünf Stunden, so dass alle froh waren, als sie endlich in Bangalore ankamen und sich vom langen Sitzen die Beine vertreten konnten.

Zusammen mit Rashid gingen sie in das vorher per Handy für sie bestellte Restaurant zum Mittagessen. Danach marschierte die Gruppe zu Fuß durch die Stadt, zur Palmblattbibliothek.

Während Caros Mitreisenden in einem kleinen

22

urigen Straßencafé warteten, ging sie in Begleitung des Reiseführers in die Bibliothek, um sich dort von einem renommierten Astrologen, einem ganz in Weiß gekleideten Brahmanen, ihr individuelles Palmblatt vorlesen zu lassen. Und das, obschon ihre Mitreisenden sie gewarnt, teilweise sogar ausgelacht hatten. Caro hatte nur abgewinkt und gemeint: „Ich bin zwar nicht abergläubisch, aber wenn ich schon mal hier bin, will ich auch wissen, wie es um meine Zukunft bestellt ist. Danach entscheide ich, ob es wahr sein könnte oder nicht!"

Auf der Fahrt hier her, hatte ihnen der Reiseleiter erklärt: „In den asiatischen Palmblattbibliotheken wurden vor Jahrtausenden für alle Menschen, die jemals die Erde betraten und noch betreten werden, alle wichtigen Informationen auf Palmblättern niedergeschrieben, beziehungsweise mit einem Griffel eingeritzt. Anschließend wurden sie mit einem Gemisch aus Öl und Ruß eingeschmiert, dann abgewischt, sodass die Öl-Ruß-Mischung in den Einkerbungen haften blieb und sich der Text hervorhob. Aber auch für Länder und Gebiete lassen sich dort Informationen zur Zukunft entnehmen.

Die Rishis waren die Heiligen des vedischen Zeitalters in Indien und gelten als die Schöpfer der geheimnisvollen Palmblattbibliotheken Asiens.

Für jeden Menschen, der sich dorthin gezogen fühlt, liegt ein getrocknetes Palmblatt bereit, auf dem unter anderem seine Lebensaufgabe geschrieben steht, sowie sämtliche Verfehlungen und Lügen, welche der Besucher selbst zu verantworten hat. Auch werden Schicksalsschläge in Alt Tamil, Sanskrit oder anderen Sprachen schonungslos präsentiert."

Um nicht lange warten zu müssen, hatte sich Caro von zu Hause aus angemeldet, Namen und den Tag ihrer Geburt angegeben.

Damit der Astrologe ihr eigenes Lebensbuch finden konnte, brauchte er nur ihren linken Daumenabdruck und das Geburtsdatum.

Rashid berichtete Caro flüsternd „Die vor ungefähr fünftausend Jahren geschriebenen Bücher bestehen aus zusammengebundenen, dreißig Zentimeter langen Palmblättern, auf denen mit einem stumpfen Griffel der Text eingedrückt ist und der alle achthundert Jahre neu geschrieben werden muss. Zwanzig dieser Palmblätter ergeben ein Buch, das mit braunen Holzbuchdeckeln und einer einfachen Kordel zusammen gehalten ist.

An Hand eines bestimmten Suchmodus kreist der Vorleser mehr und mehr alle Daten ein und kann so das für Sie ganz persönliche Lebensbuch aus dem Archiv holen."

Der Name ihrer verstorbenen Eltern, ihrer beiden Geschwister, die nach Amerika ausgewandert waren und sogar der Name ihres Bekannten wurden jetzt vorgelesen. War es Zauberei?

Wie konnte es sein, dass dort auch stand, sie wäre von innerer Unruhe getrieben, auf der Suche nach dem Besonderen, nach dem Unfassbaren, nach einem bestimmten Menschen? Und dass dies bald in Erfüllung gehen würde!

Der Brahmane las auch ihren weiteren Lebensweg, ihre vorhergesagte Zukunft vor und betonte: „Sie werden eine Arbeit im sozialen Bereich finden."

Doch diese Auskunft wollte und konnte sie nicht akzeptieren. Schließlich hatte sie eine lukrative

Anstellung als Journalistin und Fotografin beim Grüner-Verlag.

Doch der alte weise Mann schüttelte den Kopf und erklärte ihr: „Das Lebensbuch zeigt unentdeckte Potenziale auf und ermutigt die eigenen Grenzen zu überschreiten, denn alle Menschen sind von einer Energie durchdrungen, ohne die sie nicht leben können. Wer glaubt etwas zu sein, hat aufgehört etwas zu werden. Einen Hindutempel zu besichtigen ist beeindruckend. Aber wenn man weiß, wie schwierig das Verhältnis zwischen Hindus und Christen, zwischen Hindus und Moslems und wiederum zwischen Moslems und Christen ist, dann wird die dunkle Seite sichtbar, die den Blick auf politische und soziale Probleme lenkt. Wie können Menschen mit so unterschiedlichen religiösen Hintergrund tolerant miteinander umgehen? Als Priester sage ich Ihnen, meiner Ansicht nach ist es die Liebe zum Nächsten, egal wie er uns entgegen tritt. Und damit komme ich zurück auf Ihre Lebensgestaltung, auf Ihre Zukunft. Ich bin mir sicher, Sie werden sie dankbar annehmen." Mit einem gütigen, verstehenden Lächeln verabschiedete er sich von Caro.

Nach der Lesung war sie hin und her gerissen. Sollte sie den uralten Weissagungen Glauben schenken oder war alles nur ein Geld einbringender Schwindel für ahnungslose, leichtgläubige Touristen? Aber was war, wenn die Vorhersagen stimmten?

Sollte sie den einheimischen Reiseführer dazu befragen, der ein gläubiger Hindu war, an die Re-Inkarnation glaubte, an verschiedene Leben, an das

Karma und dass alles im Leben von Shiva vorbestimmt sei?

Caro überlegte einen Moment, dann fiel ihr ein, dass sie beim Hineingehen eine Art Reklamezettel mitgenommen und in ihre Tasche gesteckt hatte. Neugierig kramte sie ihn hervor und las:

Das Geheimnis um die Palmblätter lässt sich so erklären: Während die meisten Menschen an eine lineare Zeit glauben, existiert in der Realität des Universums alles im Jetzt, unabhängig von Gegenwart, Vergangenheit und Zukunft.

So war es den heiligen Rishis möglich, Informationen zu jeder Zeit abzurufen. Diese Gabe setzten sie ein, um anderen auf ihrem langen oder kurzen Lebensweg zu helfen.

Als die Menschen immer mehr in materielle Welten versanken, das alte Wissen vergaßen, zogen sich die Weisen in das mythologische Königreich Shambala zurück. Der Zutritt zu diesem Ort ist Normal-sterblichen nicht erlaubt.

Die alten Seelen hinterließen vor ihrer Abreise der Menschheit die Palmblätter mit ihren Aufzeichnungen. Diese sollen alle, die nach der Wahrheit suchen, begleiten und in ein erfüllteres Leben führen.

‚Ich bin ja mal gespannt, ob die Vorhersage für mein weiteres Leben stimmt', dachte Caro und erzählte im Cafè den wartenden Mitreisenden, was ihr der Brahmane mitgeteilt hatte.

„Es war schon ein eigenartiges Gefühl, wenn er mich zwischendurch beim Vorlesen mit seinen dunklen Augen ansah. So als könnte er meine Ge-

26

danken wahrnehmen, in meine Seele schauen."

„Das kam bestimmt von den vielen Räucherkerzen, die sie dabei anzünden", meinte einer der Reisenden, der alles nur für ein abgesprochenes Spiel hielt. „Bestimmt hat er Sie teilweise in Trance versetzt, um so die Namen Ihrer Angehörigen zu erfahren." „Nein, das hätte ich gemerkt. Ich hab mich schon mal hypnotisieren lassen und das war ganz anders." „Ich will Sie ja auch nicht umstimmen. Jeder soll das glauben, was er für richtig hält." Gemeinsam verließen sie das Café, gingen an den bunten, überladenen Verkaufsständen vorbei bis zur nächsten Straßenkreuzung, wo der Fahrer den Reisebus geparkt hatte, um die Gruppe zum Hotel zu bringen.

Gut, dass der Monsun, die Regenzeit vorbei war, denn am nächsten Tag stand wieder eine anstrengende Tempelbesichtigung auf dem Plan. Eine Stunde Fußmarsch hinauf auf einen grünen Hügel im Osten von Bangalore.

Caro beschloss, sich von der Gruppe zu trennen und sich lieber den Lal Bagh, den großen botanischen Garten in der Stadt anzusehen, der laut Prospekt im Jahr 1760 vom damaligen Herrscher in Auftrag gegeben wurde und der über tausend verschiedene Pflanzenarten beherbergt, sowie ein großes Glashaus, einen Bonsai-Garten und einen tiefblauen See.

Rashid war damit einverstanden, empfahl ihr aber sich nicht zu verlaufen und pünktlich zum Abendessen im Hotel zu sein.

„Sie wollen tatsächlich alleine in den Park gehen?",

27

erkundigte sich Frau Katzenbach und schaute Caro ungläubig an.

„Ja, warum nicht. Im Hotel sagte man mir, dass dort immer sehr viele Besucher sind. Ich nehme meine Kamera mit und mache einige Fotos. Wenn sie gut geworden sind, kann ich vielleicht ein paar davon meinem Chef anbieten. Ich habe Ihnen doch erzählt, dass ich bei einem Verlag angestellt bin, der eine Gartenzeitschrift heraus bringt."

„Na dann viel Spaß. Ich bleibe lieber bei der Gruppe!"

Mit dem Linienbus fuhr Caro vom Hotel aus bis zur Park-Haltestelle. Am Eingangstor musste sie ein Ticket kaufen und bekam einen Plan auf dem die Hauptwege zu den unterschiedlichen Gartenbereichen eingezeichnet waren.

Die meist mit kleinen Hecken eingefassten Anlagen und die vielen exotischen Blumen mit ihren oft starken Düften und intensiven Farben in den üppigen Beeten reizten Caro, Fotos aus den unterschiedlichsten Blickwinkeln zu machen.

Am besten gefiel ihr der uralte, hohe und super dicke Kapok-Baum, auch weißer Baumwoll-Baum genannt, dessen zum Teil dicke, oberirdische Wurzeln sich in die Erde krallten, sodass selbst ein schwerer Sturm dem Baum nichts anhaben konnte.

In irgendeiner Gartenzeitschrift hatte sie mal gelesen, dass die weißen Fasern in den Früchten des Baumes als Füll- und Polstermaterial, ja sogar für die Herstellung von Schwimmwesten verwendet wurden.

Im lichten Schatten dieses Baumes setzte sie sich auf eine der dicken Wurzeln und ruhte sich von der

Besichtigung des Parks ein wenig aus, bevor sie sich zurück zum Ausgang Süd begab, wo sich auch die Bushaltestelle der Linie befand, die sie zurück zum Hotel bringen sollte.

Unterwegs nahm sie sich vor, für den riesigen Garten nochmal einen ganzen Tag einzuplanen um noch mehr Fotos zu machen. Zwei Tage waren sie ja noch hier, um sich die Stadt mit ihren Tempeln anzusehen, bevor die Reise weiter ging.

Der Linienbus kam einigermaßen pünktlich und sie konnte sogar einen Sitzplatz ergattern. Weil sie die ganze Zeit über eine indische Familie mit ihren kleinen Kindern beobachtet hatte, war sie dummerweise zwei Haltestellen zu weit gefahren und nach dem übereilten Aussteigen in die verkehrte Richtung gegangen, was sie aber zu spät bemerkte und vor sich hin murmelte: „Was soll's, ist noch reichlich Zeit bis zum Abendessen im Hotel. Ich kann mir ja für den Rückweg ein Taxi nehmen."

Während sie langsam weiter ging, beobachtete sie interessiert ihre Umgebung. Auf den Gehwegen spiegelte sich die kontrastreiche Vielfalt der Stadt wieder: Frauen in farbenfrohen Saris, in schwarzen Burkas oder in engen verwaschenen Jeans und T-Shirts.

Zahlreiche Märkte mit kleinen Ständen, die mit den Gerüchen der vielen unterschiedlichen Gewürze und dem frischen Obst, die kauffreudigen Menschen anzogen, beeindruckten sie besonders.

Ein jahrtausende alter, ehrwürdiger Hindutempel stand nur wenige Meter entfernt von einer großen, weißen Moschee, und neben einer dampfenden Garküche am Straßenrand hatte sie doch tatsächlich ein Fast Food Restaurant von McDonalds entdeckt, vor dem etliche junge Inder standen und wohl auf ihre Bestellung warteten.

Während Caro noch überlegte, ob sie nicht ein preiswertes Essen aus einer der Garküchen zu sich nehmen sollte, bog sie auch schon in die nächste enge Seitenstraße ein und stand an deren Ende plötzlich vor einer verrosteten, schwarzen Eisenpforte, in dessen Mitte sie ein kleines verschnörkeltes Kreuz entdeckte.

Interessiert las sie, was auf dem leicht vergilbten Schild stand, das an der relativ hohen Mauer neben der Pforte angebracht war.

Christliches Kinderheim der Church of Christ Gemeinde.

‚Ein Kinderheim, und das mitten in der Stadt', dachte sie verwundert, wandte sich wieder der Pforte zu und schaute neugierig durch die Gitterstäbe in den Garten.

In der Nähe des weiß gestrichenen Hauses, das wohl noch aus der britischen Besatzungszeit stammte, saß eine junge Frau auf einer Holzbank, umgeben von drei- bis sechsjährigen Kindern und las ihnen etwas vor.

Ob sie bemerkt hatte, dass sie von ihr angestarrt wurde? Jedenfalls blickte sie auf, sagte etwas zu den kichernden Kindern und kam zur Pforte.

„Hello, wouldn't you like to come in?"

„Yes, thanks."

Die junge Frau öffnete die knarrende Eisentür und reichte ihr die Hand.

„My name is Mary. And jour name?"

„Caro, Caroline Hausmann."

30

„Kommen Sie aus Deutschland, Caro? Ich darf doch Caro sagen?", fragte Mary erstaunt, als ihr in ihrer Heimatsprache geantwortet wurde.

„Ja! Ich bin Mitglied einer Gruppe, die Südindien bereist. Heute habe ich mir den großen botanischen Garten angesehen und einige Fotos gemacht. Auf dem Rückweg zum Hotel bin ich an der verkehrten Haltestelle ausgestiegen, dann statt links, nach rechts abgebogen und letztlich in dieser kleinen engen Gasse gelandet."

„Für mich eine schöne Abwechslung, mal mit einer deutschen Urlauberin zu sprechen. Wissen Sie, ich stamme aus Köln und leite dieses Heim schon seit einigen Jahren. Möchten Sie es sich ansehen, einen Einblick in das Leben von dreißig ehemaligen indischen Straßenkindern bekommen?"

Caros journalistischer Instinkt war geweckt und so folgte sie der Einladung, während Mary ihr erzählte:

„Der Aufenthalt der Kinder wird durch deutsche Spenden finanziert, worüber wir sehr froh und dankbar sind. Was uns fehlt ist ein Anbau, eine Art Nähwerkstatt für die größeren Mädchen und einen oder zwei zusätzliche Mitarbeiter."

Mary ging mit Caro durch das einfach möblierte Haus, zeigte ihr die Wohn- und Schlafräume der Kinder, die Küche, in der eine ältere Frau Gemüse klein schnitt, und den großen Schulraum mit der altmodischen schwarzen Tafel. Hier saßen ein paar Erstklässler und arbeiteten an ihren Hausaufgaben. Keiner der Kinder schaute verlegen auf den Boden, als Caro nach ihren Namen fragte.

Mary erklärte ihr: „Die Kinder sind sehr wissbegierig und wenn Besuch anwesend ist, beginnen sie ein Gespräch meistens von sich aus."

Und so lernte Caro auch gleich ihre ersten Worte in der Amtssprache Kannada, während die sonst überall zu hörende Verkehrssprache natürlich Englisch war.

Nach einer knappen Stunde hatte sie das Gefühl, als wäre sie bereits eine Woche hier, als wäre sie schon ein Teil des Ganzen, Teilhabende an einem Leben, das so anders war, aber ihr trotzdem richtig schien. Teilweise besser und teilweise auch schlechter und andererseits auch einfach faszinierend, dass es tatsächlich so anders sein konnte.

Für Außenstehende mochte sich das vielleicht seltsam anhören, doch sie erklärte es sich damit, dass sie hier, inmitten der Kinder, der Ärmsten der Armen, einfach glücklich war.

„Die Kinder mögen Sie, Caro, und Sie würden hier eine gute Hilfe sein. Haben Sie nicht Zeit und Lust in unserem Heim mitzuarbeiten?", erkundigte sich Mary lachend.

„Ich weiß nicht recht, aber ich glaube, es könnte mir gefallen. Sie können mir ja Ihre Handynummer oder Mail-Adresse aufschreiben."

„Warten Sie einen Moment. Ich hole Ihnen unsere Visitenkarte aus dem Büro, da steht alles drauf."

Als Mary zurückkam und ihr die Karte reichte, bedankte sich Caro für die Führung durchs Haus und sagte: „Vielleicht komme ich in den nächsten Tagen noch einmal vorbei. Jetzt muss ich aber zurück zum Hotel, zum Abendessen mit meiner Reisegruppe."

Auf der Hauptstraße angekommen, hatte sie Glück und konnte eins der gelben Taxis anhalten, das sie bis vor dem Eingang ihres Hotels brachte.

Abends im Bett ging ihr nicht aus dem Kopf was sich heute ereignet hatte. War es womöglich kein Zufall, dass sie sich verlaufen hatte? Hatte jemand oder etwas ihre Schritte zum Kinderheim gelenkt? Sollte dies eine Bedeutung für ihre Zukunft haben? Sie kam ins Grübeln und schlief sehr unruhig, wälzte sich dauernd von einer Seite auf die andere, während in ihrem Kopf der Satz des alten, weisen Brahmanen spukte: „Sie werden eine Arbeit im sozialen Bereich finden."

Am nächsten Tag unternahm die Gruppe mit dem Bus eine Stadtrundfahrt. Sie besichtigten das riesige Parlamentsgebäude und den gegenüberliegenden Gerichtshof. Beide Gebäude waren sehr imposant. Die Kombination von europäischer und indischer Architektur sorgte für ein ganz besonderes Flair.

Fast nach Hause versetzt fühlte sich die Reisegruppe beim Besuch der „St. Marks Kathedrale", die im Jahr 1812 erbaut wurde, wie ihnen Rashid berichtete.

Frau Katzbacher stellte fest: „Die Inneneinrichtung ist fast genauso wie in unserer Dorfkirche. Auf den Säulen in der Nähe des Altars gibt es Tafeln für die Liedfolge und am Anfang jeder Bank liegen Gesangbücher."

Ganz anders dagegen war die „Enfant Jesus Kirche". Der moderne Rundbau hatte eher Ähnlichkeit mit einer Moschee, als mit einer Kirche.

Auf einer Anzeigentafel las Caro: „Die Türen dieser Kirche stehen immer offen, so dass ein ständiges Kommen und Gehen gewollt ist.

Gäste, Andersgläubige und Touristen, sind stets willkommen, auch zu den Gottesdiensten."

Am letzten Tag besuchte Caro nochmal den Lal Bagh Park. Sie beobachtete die vielen unterschiedlichen Vögel am See. Es gelang ihr sogar ein besonders schönes Foto von einem Fischreiher, der sich vom grün schimmernden Wasser aus in die Luft erhob und wo vorne im Bild einige vollaufgeblühte weiße Lotusblumen zu sehen waren. Ihr Highlight aber war ein Foto von ihren Lieblingsblumen: pinkfarbene Bougainvillea, die einen steinernen Gartenpavillon berankten und sie an ihre Lieblingsinsel Fuerteventura erinnerten.

‚Schade, dass Frau Katzbacher nicht mitgegangen ist, stattdessen sich lieber sonnen und im Hotelpool schwimmen wollte, dabei hätte es ihr hier bestimmt auch gut gefallen', dachte Caro.

Am nächsten Morgen musste die Gruppe schon um sieben Uhr aufstehen, sich anziehen, Koffer packen, frühstücken und dann zum Bus gehen. Als alle Koffer verstaut und die Reisenden ihre Sitzplätze eingenommen hatten, ging die Fahrt weiter in Richtung Westen.

Unterwegs erzählte ihnen Rashid: „Nachdem wir den Innenstadtbereich von Bangalore verlassen haben, fahren wir jetzt durch das Silicon Valley Indiens, wie dieser Außenbezirk auch genannt wird. Hier haben sich fast alle großen Computer- und Softwarehersteller angesiedelt. Wenn Sie gleich auf der linken Bus Seite aus dem Fenster schauen, können Sie vielleicht den Schriftzug einer deutschen Firma entdecken"

„Na, haben Sie auch gelesen, wie die Firma heißt?", erkundigte sich Frau Katzenbach bei Caro.

Die nickte und antwortete: „Ich weiß von Bekannten, dass es hier in Indien sogar drei oder vier Niederlassungen von Siemens gibt."

„Wundert mich gar nicht. Die sind ja überall zu finden", meinte Frau Katzenbach lapidar.

Inzwischen hatten sie die Stadt verlassen und fuhren gemächlich durch die grüne Landschaft Karnatakas, während Rashid weiter über den Verlauf des Tages berichtete: „Unser nächster Aufenthalt ist eine kleine Stadt, die auf einer Höhe von siebenhundert Metern liegt und von Sandel- und Teakholzwäldern umgeben ist. Hier besuchen wir den Sommerpalast eines Sultans und gehen gemeinsam durch die verwinkelten Gassen des alten, engen Basars, wo Sie Schnitzereien, Räucherwerk und besonders preiswerte Seidenstoffe kaufen können. Danach fahren wir weiter nach Mysore."

Caro dachte sofort an eine ihrer Freundinnen, die das Nähen zu ihrem Hobby gemacht hatte und sich bestimmt über einen schönen Seidenstoff freuen würde. Für sich würde sie ein paar Meter Rohseide in einer schönen blauen Farbe kaufen, denn für den jährlichen Silvesterball brauchte sie ein neues Abendkleid, sozusagen als Überraschung für ihren Freund Klaus, dem das schlichte schwarze Kleid im letzten Jahr überhaupt nicht gefallen hatte.

Abends im Hotel freute sie sich, dass beim Stoffkauf alles nach ihren Wünschen geklappt hatte. Todmüde von den vielen Eindrücken des Tages ging sie nach einem reichhaltigen Abendessen nicht mehr für eine Tasse Tee an die Bar, sondern gleich zu Bett.

Am nächsten Tag stand eine Stadtrundfahrt in Mysore und die Besichtigung des berühmten indosarazenischen Maharaja- Palastes „Amba Vilas" auf dem Plan.
Ein Haus wie aus einer Zuckerbäckerei mit vielen Säulen, Türmchen und Kuppeln, in dem noch heute die Nachfahren des ehemaligen Fürsten einen Teil des Palastes bewohnen.
Natürlich musste sich die Gruppe auch eine touristische Attraktion ansehen, und zwar die bunt geschmückte und größte Nandi-Statue Südindiens (Shivas Stier), die auf einem Hügel oberhalb der Stadt stand, über dreihundertfünfzig Jahre alt war und aus einem einzigen Felsbrocken gehauen wurde.
Nach der Besichtigung fuhren sie weiter durch das hügelige, mit Dschungel, Reisfeldern, Tee- und Kaffeeplantagen durchzogene Land zur Westküste.
Die von Rashid angekündigten Elefanten bekamen sie leider nicht zu Gesicht, worüber Caro ein wenig traurig war, denn sie hätte gerne ein paar Fotos von den Tieren gemacht.
Somit war Frau Katzenbach auch um ein besonderes Erlebnis ärmer, auf das sie sich schon so gefreut hatte.
„Vielleicht haben wir Glück und bekommen am Rande der Bergregion, wenigstens von weitem, das Nationaltier Indiens, den Bengalischen Tiger zu Gesicht", versuchte der Reiseleiter die Gruppe zu trösten. Doch auch dies war nicht möglich.
Von den oft stressigen Besichtigungstouren sollte sich die kleine Gruppe in der letzten Woche ihrer

36

Süd-Indienreise in einem exklusiven Ressort Hotel, am weißen Sandstrand von Bekal, bei einer Ayurveda-Kur erholen und abends die rot untergehende Sonne hinter dem ruhigen, dunklen Meer bewundern.

Der Höhepunkt dieser Erholungs-Woche war gleich zu Anfang ein Besuch in einem von Swami Muktananda geleiteten Ashram um zu sehen, wie Schüler und freiwillige Teilnehmer dort lebten und arbeiteten.

Caro hatte auf die Ayurveda Kur verzichtet und sich stattdessen für drei Tage einen Platz im Ashram geben lassen.

Ihr Tagesablauf bestand aus Gesprächen, einfachem Essen, Wanderungen in der Natur, Yoga und Entspannungsübungen. Eine Reise in das eigene Ich gehörte auch dazu, um das zu finden, was wirklich zählt im Leben. So war sie auf die Idee gekommen, die letzten Tage der Reise in Bangalore, im Kinderheim zu verbringen.

Der Reiseleiter war mit ihrem Plan einverstanden, bat sie aber eindringlich pünktlich am Abend vor dem Abflug nach Deutschland wieder im Hotel zu sein.

Nur mit dem Nötigsten im Rucksack fuhr Caro früh am Morgen mit einem Taxi zum Flughafen nach Mangalore, um von dort aus nach einer halben Stunde Flugzeit auf dem neuen internationalen Airport, vierzig Kilometer nördlich vom Stadtzentrum Bangalore entfernt, zu landen. Ein Shuttlebus brachte sie in die Innenstadt, wo sie mit einem Taxi zum Kinderheim fuhr.

Mary hatte überhaupt nicht damit gerechnet, dass

die Deutsche tatsächlich ihr Versprechen einlösen würde und freute sich sehr, als Caro bei ihr im Büro erschien und ihr mitteilte, dass sie sich endschlossen hätte, hier drei Tage zu bleiben um den genauen Tagesablauf im Heim kennenzulernen.

Anders als zu Anfang in ihrem Beruf als Journalistin lernte Caro hier relativ schnell mit den ehemaligen Straßenkindern umzugehen und was sie vorher nie für möglich gehalten hätte, am Ende bot sie der Heimleiterin ihre Hilfe an.

Hier im Haus spürte sie Dank und Hochachtung, war wieder ein nützliches Wesen, das von Menschen, beziehungsweise von den hier lebenden Kindern gebraucht wurde, denn ein Kind, das nicht lesen und schreiben kann, bleibt für immer ein Sklave.

Beim Abschied schlangen sich die Arme eines kleinen Mädchens um ihren Hals und ein Gesicht, weich und zart, schmiegte sich vertrauensvoll an ihre Wange. Diese Geste berührte ihre Seele und plötzlich war er da, dieser einzigartige Augenblick, den sie immer gesucht hatte. Jenes Glück von dem sie immer geträumt hatte und das jetzt ihr ganzes Herz, ihr ganzes Innerstes ausfüllte.

„Warum weinst du, Tante?" Mit großen, erstaunten Augen wischte eine kleine Hand behutsam eine Träne von ihrer Wange.

Caro schaute das kleine Mädchen an, schaute direkt in die Augen des Kindes, dunkle mandelförmige Augen, die sie traurig ansahen und in diesem Moment wusste sie, dass sie diese ernsten Augen kannte, und dass dieses Haus demnächst für einige Zeit ihre neue Heimat sein würde.

*

3 Kapitel

Aufgewühlt, voller Elan und Pläne war Caro wieder zu Hause in ihrer gemütlichen Wohnung angekommen, hatte gleich den grauen Lederkoffer mit Rollen, den sie sich extra für die Reise gekauft hatte, ausgepackt, die schmutzige Urlaubskleidung nach unten in den Waschkeller gebracht und in die Maschine gesteckt.

Anschließend hatte sie ein paar Lebensmittel eingekauft und den Kühlschrank aufgefüllt, damit sie für die nächsten Tage genug zu essen besaß.

Mit banalen Alltagsdingen beschäftigt, hatte sie das Foto in dem abgegriffenen alten Buch von Onkel Albert total vergessen. Erst als sie es sich spät abends im Wohnzimmer auf ihrem blauen Sofa gemütlich machen wollte, fiel ihr Blick wie zufällig auf das dicke, aufgeschlagene Buch, das oben auf dem breiten Bord über dem Fernseher zwischen ihren Fotoalben lag.

Sie nahm das Buch, kuschelte sich in die Sofaecke und betrachtete gedankenverloren das Foto der hübschen jungen Inderin.

,Du hast tatsächlich große Ähnlichkeit mit dem kleinen Heimkind in Bangalore. Wenn ich nicht genau wüsste, dass es unmöglich ist, würde ich sagen, die Kleine ist deine Tochter.'

Liebevoll strich sie mit dem Finger über das vergilbte Foto, dass ihr Herz berührt, ihr Leben verändert hatte.

War es ein Wink des Schicksals? Gab es so etwas überhaupt? Wurde ihr Leben von einem höheren Wesen gelenkt? Sie war nicht gläubig, jedenfalls nicht im Sinne von Religion. Aber diese neue Erfahrung in ihrem Leben, die sie voll und ganz ausfüllte, die wollte sie nutzen.

Bevor sie zu Bett ging, nahm sie ihr Handy und bestellte für den nächsten Abend einen Tisch für zwei Personen beim Inder in der Mönkediek-Straße, im Altstadtviertel.

Morgen früh würde sie Klaus anrufen und ihn zum Abendessen einladen, um ihm von der abwechslungsreichen Indienreise und von den vielen interessanten Eindrücken zu berichten.

Pünktlich auf die Minute stand Klaus an nächsten Abend vor der Tür des indischen Restaurants.

„Schön dich zu sehen", rief Caro, als sie auf ihn zuging, ihn mit einem Kuss auf die Wange begrüßte.

„Ich freue mich auch. Bin froh, dass du wieder heil zu Hause angekommen bist." Er öffnete die Tür und ließ sie vorgehen.

Der Ober wies ihnen einen Tisch für zwei Personen direkt am Panoramafenster zu, so dass sie auf die hell erleuchtete Straße, auf die eilig vorbeigehenden Passanten schauen konnten. Das reflektierende Licht in den großen Scheiben verhinderte, dass der Gastraum von außen einsehbar war.

Nachdem beide ihr Menü ausgesucht und bestellt hatten, bat Klaus neugierig: „Wie hat es dir in Indien gefallen!"

„Es war anstrengend, aber wunderschön. Stell dir vor, der Astrologe in der Palmblattbibliothek in Bangalore hat mir die Zukunft vorausgesagt. Mir mitgeteilt, dass ich etwas in meinem Leben ändern, etwas ganz Neues beginnen werde. Und genau darüber möchte ich mit dir sprechen. Nach vielen Überlegungen bin ich zu dem Entschluss gekommen, eine Zeitlang in einem Kinderheim in Indien zu arbeiten."

Erstaunt sah Klaus sie an. „Du willst in Indien arbeiten? Willst hier deinen gut bezahlten Job aufgeben? Das ist doch wohl nicht dein Ernst. Weißt du überhaupt, auf was du dich da einlässt?"

„Aber ja! Es ist ein relativ kleines Haus unter deutscher Leitung. Ich habe es mir genau angesehen. Sie brauchen dringend eine Hilfskraft."

„Und du meinst, das ist das Richtige für dich? Du und Kinder?" Klaus winkte ab und meinte: „Das kann ich mir beim besten Willen nicht vorstellen! Außerdem... Was wird dann aus uns? Du glaubst doch nicht, dass ich dich bei dieser Sache unterstütze, womöglich mitkomme. Vor deiner Reise hast du mir doch deutlich zu verstehen gegeben, dass du dir gut vorstellen könntest zu mir zu ziehen. Und jetzt so etwas. Weißt du was, mir ist der Appetit vergangen!"

Eingeschnappt schmiss er die inzwischen zerknüllte Serviette auf den Tisch, stand auf, drehte sich um und ließ Caro sprachlos zurück.

Mit allem hatte sie gerechnet, nur nicht, dass er sie hier im Restaurant einfach sitzen ließ. Und das, wo das Essen schon bestellt war.

Die Situation war so komisch, dass sie ungewollt lachen musste, als sie sah, wie der Ober mit einer großen Platte, auf der viele kleine Schüsseln standen, auf sie zu balancierte und erstaunt fragte, wo denn ihr Begleiter sei.

„Ein Anruf. Er musste dringend weg! Nun schauen Sie nicht so. Stellen Sie einfach alles auf den Tisch.

Ich werde die verschiedenartigen Speisen und die Soßen probieren!"

In Indien hatte sie nach Landessitte teilweise mit den Fingern der rechten Hand oder mit Stäbchen gegessen, aber hier im Restaurant aß sie lieber mit Messer, Gabel oder Löffel, denn mit den bereitgelegten Stäbchen klappte es nicht besonders gut.

Sie hatten sich beide Huhn, süß-saure Gemüse-Curries, knusprige und mit Kartoffeln gefüllte Teigtaschen, Reis und Fladenbrot bestellt.

Als Dessert wurde ihr „Ras Malai", gekochte Käsebällchen in eingedickter Milch mit unterschiedlichen Blütenaromen serviert, die sie auch mit Sirup beträufeln konnte.

Die unterschiedlichen Speisen schmeckten sehr gut, aber natürlich anders als in Indien. Sie waren nicht so scharf und nicht so viel mit Curry gewürzt, sondern mehr dem europäischen Geschmack angepasst. Caro hatte sich zwar bemüht von allem etwas zu essen, aber ein Menü für zwei Personen war einfach zu viel. Schade!

Als Caro die Rechnung begleichen musste, fand sie die Abwesenheit von Klaus nicht mehr so lustig und war gespannt, ob er sich für seine Überreaktion in den nächsten Tagen entschuldigen würde.

*

4. Kapitel

Klaus meldete sich nicht, ließ sie warten. Vielleicht hoffte er, dass sich die Sache mit dem Kinderheim in Indien von alleine erledigen würde. Aber da hatte er sich geirrt, denn nach wie vor war Caro fest entschlossen dort eine Zeitlang zu arbeiten. Zu ihrem jetzigen unruhigen Leben, ihrer relativ lauten Wohnung, ihrem Beruf als Journalistin, der sie voll und ganz forderte, passten eigentlich keine Kinder. Da hatte Klaus vollkommen Recht.

Durch ihren Job beim Grüner-Verlag, der viermal im Jahr eine exklusive Gartenzeitschrift heraus brachte und für den sie oft Interviews und Fotos mit bekannten Gartenbesitzern machen musste, kam sie meistens erst spät abends nach Hause. Sie liebte ihre Arbeit, aber für Sport, Hobbys und Freunde blieb wenig Freizeit übrig.

„Von nichts, kommt nichts. Also ran an die Arbeit! Zeit ist Geld und wenn Sie Geld verdienen wollen, müssen Sie vollen Einsatz zeigen", so lautete der Wahlspruch ihres Chefs und Verlegers Doktor Axel Grüner. Weil sie jetzt schon fast zehn Jahre beim Verlag angestellt war, wusste sie genau, welche Art Berichte und Fotos ihr Chef für die Zeitschrift brauchte.

In der ersten Zeit war sie manchmal wütend auf ihn gewesen, weil er ihre Fotos zerrissen und dabei argumentiert hatte: „Bei einem Wald- und Wiesenverlag können Sie damit arbeiten, aber unsere Kunden wollen das Besondere, das, was nicht in jeder Tageszeitung oder bunten Illustrierten steht."
Vielleicht war sie deshalb auch für sich immer auf der

Suche nach dem Besonderen. Nach etwas, das sie voll und ganz ausfüllte. Gab es so etwas überhaupt? Zumindest hatte sie etwas Ähnliches im Kinderheim gespürt.

Als sie noch mit Philip Hausmann verheiratet war, hatte sie sich immer ein Kind gewünscht, doch es passte nicht in seine Lebensplanung.

„Wir müssen erst in unserem Beruf etwas erreichen, einen gewissen Lebensstandard haben, dann können wir über ein Kind nachdenken."

Später hörte sie dann: „Wir haben noch genügend Zeit dafür, meine Liebe."

Doch irgendwann war es zu spät. Philip hatte sich in eine junge Kollegin verliebt, konnte angeblich nicht mehr ohne sie leben und reichte kurz entschlossen die Scheidung ein.

Als er ihr nach Wochen strahlend mitteilte, dass seine neue Frau ein Kind erwarte, kam sich Caro vor wie in einem schlechten Hollywood-Film, fühlte sich bis auf den Grund ihrer Seele getroffen, hätte ihn am Liebsten umgebracht. Aber nein, denn dann würde sie dafür büßen müssen. Wegen ihm im Gefängnis zu landen, das wollte sie auf keinen Fall, denn einen perfekten Mord, den bekäme sie wahrscheinlich sowieso nicht zustande. Also verbannte sie diese schrecklichen Gedanken aus ihrem Kopf.

Die Scheidung hatte sie einigermaßen gut verkraftet, aber die Nachricht, dass seine Neue ein Baby bekam, bereitete ihr unsägliche Pein, war wie ein Messerstich ins Herz. Sie kam sich ausgenutzt, missbraucht vor, und bis heute hatte sie sich noch nicht so ganz damit abgefunden. Aber davon ahnte Klaus nichts.

44

Caro hatte es ihm nie erzählt. Die Einzige, die damals ihre schlechte Laune und Heulattacken ertragen musste, war ihre Freundin Doris gewesen. Tapfer hatte sie ihr beigestanden und um sie abzulenken war Doris sogar in der Weihnachtszeit mit ihr nach New York zum Shoppen geflogen.

Macy's, das größte Kaufhaus der Welt, hatten sie sich einen ganzen Tag lang angesehen, bei Daffy's ein paar preiswerte Kleider und T-Shirts erstanden und bei Bloomingdale's sogar auf ihre engen, blauen Jeans beim Kauf elf Prozent Rabatt bekommen.

Sie hatten eine lange und interessante Stadtrundfahrt unternommen, Kirchen und Museen besichtigt, waren auf dem Empire State Building und bei leichtem Schneerieseln im weiß angehauchten Central Park gewesen.

Zur Entspannung hatten sie sich an einem Abend im großen AMC Kino, in der Nähe des Times Square, den Film „Mr. und Mrs. Smith", eine spannende Action-Romanze mit Brad Pitt und Angelina Jolie angesehen. Der Film endete genauso wie er begonnen hatte, nämlich mit einer Sitzung der beiden bei einem Eheberater, nur dass sie diesmal über ihre gemeinsamen Fortschritte diskutierten, über den Versuch für ein weiteres Leben zu zweit. Aber das konnte Caro nicht passieren, denn ihr Exmann hatte ja eine neue Frau und bald sogar ein eigenes Kind.

*

45

5. Kapitel

Die gemeinsame, gutgemeinte Reise mit Doris nach New York konnte den Schmerz etwas lindern, aber vergessen konnte Caro nicht was Philip ihr angetan hatte. Wenn sie heute darüber nachdachte, bekam sie nach all den Jahren immer noch eine unbeschreibliche Wut über so eine Gemeinheit, denn bestimmte Situationen mit Kindern ließen ihr immer wieder bewusst werden, dass sie die Zeit verpasst hatte, selber keines mehr auf natürlichem Weg bekommen konnte. Und sich einen Embryo einpflanzen...?

Neulich hatte sie in einer Illustrierten unter der Überschrift: „Mit der befruchteten Eizelle eines fremden Paares zum Wunschkind", den Artikel gelesen: Eine 64 jährige Türkin hat ihr erstes Kind geboren. Damit ist sie die älteste Mutter des Landes. Den weltweiten Rekord als älteste Mutter hält aber weiterhin die Rumänin Adriana Iliescu. Mit 66 Jahren bekam sie im Januar 2005 eine Tochter, denn mit dieser Methode können sich Eltern, beziehungsweise Frauen, auch das Geschlecht des zu erwartenden Kindes aussuchen.

Nein! So etwas wollte sie auf keinen Fall, obschon sie gerne eine Tochter gehabt hätte.

Vielleicht hätte sie das kleine Mädchen ihres Exmannes entführen sollen? Aber nein, es war nur ein Wunschtraum um ihn leiden zu sehen und sei es auch nur für einige Zeit oder für einen kurzen Moment.

Moment... Ihr fielen ein paar Zeilen aus einem Gedicht von Annette Pehnt ein, die sie vor Jahren einmal auswendig gelernt hatte.

„Jetzt ist ein blauer Moment,
jetzt ist ein grüner Moment
jetzt ist ein kurzer Moment,
jetzt ist ein langer Moment
jetzt ist ein Moment, den ich
schon tausendmal erlebt habe
jetzt ist ein Moment, den ich
nie wieder erleben möchte."

Und so war es auch bei ihrem Rachetraum geblieben. Sie hatte sich in die Arbeit gestürzt und der seelische Schmerz verblasste so nach und nach. Aber auf der Reise durch Indien, nach der Lesung in der Palmblattbibliothek, war vieles aus ihrem Leben wieder an die Oberfläche gekommen.

Caro dachte an das kleine Mädchen aus dem Kinderheim, spürte wieder die zarten, weichen Arme der Kleinen, die sich beim Abschied um ihren Hals geschlungen hatten und sie erinnerte sich an ihr Versprechen, als sie gesagt hatte: „Ich komme wieder." Und darum musste sie sich jetzt kümmern.

Nachdem Caro an ihrem freien Tag in aller Ruhe gefrühstückt und die Tageszeitung mit den wichtigsten Nachrichten aus ihrem Bezirk, aus ihrer Stadt gelesen hatte, was sie immer im flauschigen gelben Bademantel tat, weil es so schön gemütlich war, beschloss sie, sich ein Visum und eine Arbeitserlaubnis für Indien zu besorgen. Denn nach wie vor stand ihr Entschluss fest, sich dort um die Kinder, die Ärmsten der Armen, zu kümmern.

Als sie geduscht und sich angezogen hatte, setzte

sie sich vor den PC und googelte, wo sie die Bescheinigungen bekommen könnte.

Sie erfuhr, dass sie als erstes einen Arbeitsvertrag mit dem Kinderheim, in dem sie arbeiten wolle, unterschreiben müsse. Mit dem solle sie dann zum Amt gehen, um sich eine Arbeitserlaubnis ausstellen zu lassen. Diese hätte eine Gültigkeit für fünf Jahre, aber man könne sie jederzeit kürzen oder verlängern lassen.

Caro verfasste einen Brief an den Förderverein „Indiens Zukunft", der seinen Sitz in Köln, am Wallrafplatz hatte und der das Heim und die Schule der „Infant Jesus Church" in Bangalore unterstützte.

Sie bat die Vereinsleitung um einen Arbeitsvertrag für ein Jahr. Wenn es ihr dort gut gefallen würde, könnte sie den Vertrag ja verlängern, hatte man ihr mitgeteilt. Insgeheim hoffte sie, dass sie nicht allzu lange auf die Papiere warten müsste, da sie die Abreise aus Deutschland nicht zu lange hinauszögern wollte.

Eine Woche später erhielt Caro den sehnlichst erwarteten Arbeitsvertrag vom Förderverein mit dem sie zum Arbeitsamt marschierte, um die weiteren Papiere und Unterlagen zu beantragen.

Außerdem musste sie an einer vierwöchigen Schulung, einer Art Pflichtprogramm für neue Mitarbeiter, im Verwaltungsgebäude des Vereins in Köln teilnehmen, wo sie auch ihre Englisch-Kenntnisse auffrischen konnte.

*

48

6. Kapitel

Nach gut vierzehn Tagen hatte sich Klaus telefonisch bei ihr gemeldet und sich für sein ruppiges Verhalten beim Wiedersehensessen entschuldigt. Dass sie tatsächlich in Indien arbeiten wollte, konnte er allerdings noch immer nicht verstehen.

„Du hast so einen tollen Job. Verdienst gutes Geld. Kannst Reisen unternehmen und dir vieles erlauben, worauf andere lange sparen müssen. Und das alles willst du für einen Traum aufgeben?"

„Was heißt hier Traum? Ich will es tatsächlich, will meinem Leben einen anderen Sinn geben. Vorher muss ich noch zu einer Schulung nach Köln, aber wenn ich für ein Jahr in Indien arbeite, werde ich doppelt entlohnt. Ich werde zwar bedeutend weniger verdienen als im Verlag, aber dafür bekomme ich mehr Anerkennung und Liebe, Liebe von Kindern, die mein Herz berührt haben.

Meine Arbeit dient dann nicht nur der Pflicht das eigene Leben zu erhalten, sondern sich auch um das Leben junger Menschen zu kümmern.

In der Tageszeitung habe ich heute einen wunderschönen Spruch von einem unbekannten Schriftsteller gefunden. Soll ich ihn dir vorlesen?"

„Du und deine Sprüche. Aber bitte, lies ihn mir vor."

Caro ging zum Schreibtisch, schlug die richtige Zeitungsseite auf und las:

„Ich schlief und träumte, das Leben wäre Freude. Ich wachte auf und sah, das Leben war Pflicht. Ich handelte und siehe da, die Pflicht war Freude!"

„Schon eigenartig, dass du immer das Passende findest", meinte Klaus. „Übrigens, hast du denn schon gekündigt oder dich für ein Jahr freistellen lassen?"

„Ja, aber wie du dir denken kannst, war mein Chef davon nicht gerade begeistert. Ich musste ihm versprechen, wenigstens einen kurzen Bericht und ein paar außergewöhnliche Fotos aus dem Lal Bagh, dem Botanischen Garten in Bangalore, zu schicken."

„Siehst du, du kannst doch nicht so ganz deinen Beruf aufgeben!"

„Stimmt! Der Unterschied besteht aber darin, dass die journalistische Arbeit demnächst für zirka ein Jahr nur noch mein Hobby sein wird."

„Also gut, streiten wir uns nicht. Ich wünsche dir noch einen schönen Abend und eine geruhsame Nacht, meine Liebe."

„Das wünsche ich dir auch. Mach`s gut und bis bald." Damit war das Telefongespräch beendet.

Kurz vor Weihnachten hatte Caro trotz Regenwetter den ganzen Samstag in der Stadt verbracht um Geschenke zu kaufen, was gar nicht so einfach war, da die zu Beschenkenden schon etwas älter waren.

Wenn sie sich bei Klaus erkundigte, was er sich wünschen würde, sagte er Jahr für Jahr den gleichen Satz: „Du brauchst mir nichts schenken. Ich habe doch alles!"

Weil sie aber von ihm immer eine Kleinigkeit bekam, wäre es ihr ohne ein Geschenk für ihn sehr unangenehm.

Caro erinnerte sich plötzlich, dass Klaus im letzten Sommer ein Wochenende in London gewesen war und ihr anschließend begeistert von einem Opernbesuch in der Royal Opera erzählt hatte.

Und so ließ sie sich im Musik-Fachgeschäft das neue

Puccini-Album von Jonas Kaufmann geben, das in Großbritannien sogar Platz zweiundzwanzig in den Charts erreicht hatte, wie ihr der Verkäufer gutgelaunt beim Bezahlen mitteilte.

Caro hatte Klaus in diesem Jahr zu sich eingeladen und gemeinsam hatten sie Heilig Abend ein festliches Abendessen zubereitet. Später saßen sie zusammen auf dem kleinen blauen Sofa und überreichten sich gegenseitig die Geschenke.

Bei einem Glas exzellenten, französischen Rotwein hörten sie sich anschließend ein Konzert des Londoner Symphonie Orchester aus der Royal Albert Hall an, das im Fernsehen übertragen wurde. In der Nacht hatten sie sich nach langer Zeit wieder geliebt. Klaus war besonders zärtlich zu ihr, vielleicht in der Hoffnung, sie doch noch umzustimmen oder weil Weihnachten ihn immer so gefühlvoll machte.

Nach einem guten Frühstück verabschiedete sich Klaus am ersten Weihnachtstag, weil er zum Mittagessen bei seiner alten Mutter eingeladen war, was er auf keinen Fall absagen konnte, da es seit Jahren zwischen ihnen Tradition war.

„Sehe ich dich noch einmal, bevor du zur Schulung nach Köln fährst?", erkundigte er sich bei Caro.

„Aber sicher. Du gehörst doch schließlich auch zu meinem Leben!"

Klaus nahm sie in den Arm, bedankte sich noch mal für das schöne Geschenk, über das er sich sehr gefreut habe, gab ihr einen Abschiedskuss und verließ die Wohnung.

Vom Wohnzimmerfenster aus sah Caro, wie er vor der Haustür stehen blieb, den Kragen seines grauen

Wintermantels hoch schlug, kurz nach oben schaute und ihr zuwinkte, dann aber die Hände tief in den Taschen vergrub und durch den Schnee zum Auto stapfte, das er zwei Häuser weiter auf dem Parkstreifen neben der Straße abgestellt hatte.

Über Nacht hatten viele dicke Flocken die Welt in eine schöne Winterlandschaft verwandelt und seinem Auto eine weiße Zudecke verpasst, die er jetzt mit einem Handfeger herunter fegte, den er immer im Kofferraum liegen hatte.

*

7. Kapitel

Um Anfang Januar nicht mit dem Auto bei Schnee und Glatteis gestresst beim Förderverein „Indiens Zukunft" in Köln anzukommen, hatte sich Caro vorher eine Fahrkarte für den IC gekauft und den Sitzplatz reservieren lassen. Wie der Zufall es wollte, hatte sie sogar einen günstigen Sparpreis erwischt. Dies war auch ein Grund um nicht mit dem eigenen Auto zum Seminar zu fahren, denn bei den augenblicklichen hohen Benzinpreisen wäre es viel zu teuer gewesen.

Klaus hatte sich angeboten, sie zum Bahnhof zu bringen, so dass sie auch kein Taxi nehmen musste.

Pünktlich um 12:37 Uhr fuhr der IC auf Gleis zwei ein. Caro stieg schnell ein, fand auch gleich ihren gebuchten Sitzplatz am Fenster, sodass sie während der Fahrt nach draußen sehen und die winterliche Schneelandschaft betrachten konnte. Zwei Stunden später kam sie tatsächlich pünktlich in der Domstadt an, was für sie schon fasst an ein Wunder grenzte, weil die Bahn seit geraumer Zeit oft bestreikt wurde und es deshalb auch dauernd Verspätungen gab.

Als sie den Bahnhof verließ, fiel ihr plötzlich der passende Schlager zur Bahn ein, den sie schon ein paar Mal im Radio gehört hatte und sang sich die erste Strophe in Gedanken vor:

‚Meine Damen und Herrn, der ICE nach Frankfurt am Main fährt abweichend am Bahnsteig gegenüber ein. Die Abfahrt dieses Zuges war vierzehn Uhr zwei, obwohl, das war sie nicht, denn es ist ja schon halb drei. Bei uns läuft leider das Meiste anders, als man denkt, denn wir haben die Waggons alle falschrum

53

angehängt. Die Wagenreihung ist genau das Gegenteil vom Plan. Thank you for traveling with Deutsche Bahn.'

Den Koffer hinter sich herziehend lief Caro zum „Gallery Mondial Hotel", das zur Dorint-Gruppe gehörte und das sich in Sichtweite des Doms befand. An der Rezeption erklärte ihr die Angestellte, dass sie auch den Sport- und Wellness-Bereich mitbenutzen dürfe.

„Entspannen Sie sich in unserer Sauna und lassen Sie sich mit Massage- und Beauty-Behandlungen verwöhnen. Das Abendessen können Sie am Buffet im Restaurant einnehmen und später an unserer Hausbar weitere Gäste treffen. Das Frühstück steht Ihnen jeden Morgen ab sieben Uhr zur Verfügung."

Nachdem Caro ihren Koffer ausgepackt und sich ein wenig frisch gemacht hatte, ging sie zur Bar, wo sich um sechzehn Uhr alle Teilnehmer mit dem Seminarleiter treffen sollten.

Nach der allgemeinen Begrüßung erklärte ihnen Peter von Bergen, der für die nächsten vier Wochen ihr Lehrer war: „Die Schulung ist aus Kostengründen ein Zusammenschluss von drei unterschiedlichen Fördervereinen. Caro Hausmann, Sie sind die einzige Dame, die als Mitarbeiterin einen Vertrag beim Förderverein „Indiens Zukunft" in Bangalore, im Bundesstaat Karnataka bekommen hat.

Die Herren Maier, Beckmann und Bruns sind bei der „Südindien-Hilfe" angestellt, die sich im Bundesstaat Kerala, an der Südwestküste befindet.

Die vier jungen Damen, Koch, Berger, Brinker und Stahl, haben einen Vertrag als „Praktikantin" mit dem

54

„Förderverein-Indien" im Bundesstaat Tamil Nadu geschlossen, der ganz im Südosten liegt. Demnächst werden Sie also in den verschiedenen Städten in Südindien arbeiten. Ich hoffe, man wird Sie dort mit offenen Armen empfangen oder wie man so schön sagt: Alle erdenklichen Pforten stehen für Sie offen, auch die verrosteten!"

Fräulein Berger meldete sich zu Wort: „Der Spruch erinnert mich an meine verstorbene Oma. Die hat immer gesagt: Die Pforten des Himmels sind für jeden, der eintreten möchte, geöffnet!"

„Das ist auch ein schöner Spruch und damit Sie morgen früh in aller Ruhe himmlisch frühstücken können, treffen wir uns erst um neun Uhr im kleinen Seminarraum mit Namen ‚Wagner'. Ich wünsche Ihnen einen angenehmen Aufenthalt. Gehen Sie nicht zu spät ins Bett, damit sie morgen früh fit sind!"

Van Bergen verabschiedete sich von den Teilnehmern, weil er für die kommende Schulung noch einiges vorzubereiten hatte.

Pünktlich um neun Uhr saßen alle Teilnehmer im modernen Schulungsraum, der mit genügend Tageslicht, zentralem Bedienungsfeld mit Touchscreen für die Steuerung moderner Präsentationseinrichtungen und einem separaten Bereich für eine Kaffeepause ausgestattet war.

Van Bergen berichtete ihnen, wie sich die Fördervereine finanzierten.

„Es werden einige Basare und Feste veranstaltet, Straßensammlungen durchgeführt und viele Schul-Patenschaften vermittelt, damit die Heimkinder in Indien später Handwerksberufe erlernen oder sogar studieren können.

Von den Geldern werden auch Waisenhäuser, Schulen, eigene kleine Kliniken, Brunnen für Trinkwasser und was zusätzlich gebraucht wird, gebaut. Ein obdachloses Kind weiß sehr gut, wie wichtig ein Glas sauberes Wasser sein kann. Wissen Sie, meine Damen und Herren, für vierhundert Millionen Kinder in Indien ist oftmals das Wasser, das sie bekommen können, verunreinigt oder sogar tödlich. Darum sind wir für jede Spende, auch für eine ganz kleine, sehr dankbar, denn sie sind eine gute Hilfe zum Aufbau neuer Projekte. Zum besseren Verständnis werde ich Ihnen jetzt einen Film über unsere Häuser und über unsere Arbeit vorführen."

Durch die interessanten Schulungen verging die Woche für alle Teilnehmer wie im Flug.

Am Freitagnachmittag fuhren die meisten von ihnen übers Wochenende nach Hause. Jens Bruns, der Junggeselle war, blieb in der Stadt. Er wollte eine entfernte Verwandte in einem kleinen Vorort von Köln besuchen.

Caro wollte auch in Köln bleiben, wollte für sich am Samstag in der Hohen Straße, wo die Markenshops angesiedelt sind, eine komplette, sommerlich luftige Baumwollgarderobe kaufen und hoffte, dass schon genug neue Frühjahrsware vorhanden war.

Ihre Kostüme und Hosenanzüge, die sie sonst im Verlag oder auf Foto-Reisen nach England, Frankreich oder den Niederlanden trug, waren in Indien nicht angebracht, waren viel zu warm für das tropische Klima.

Als Caro nach ihrem erfolgreichen Einkauf am

56

Samstagabend die Hotelbar betrat, sah sie Jens Bruns an der Theke sitzen und gesellte sich zu ihm. Sie unterhielten sich über die Schulung und über die Beweggründe der einzelnen Teilnehmer ausgerechnet nach Indien zu gehen. Dabei fiel ihr auf, dass Jens Bruns demnächst weit mehr Gehalt bekam als sie. Und schon waren sie mitten in der Diskussion warum Männer besser entlohnt würden als Frauen. Es ging sogar so weit, dass Jens Bruns die These aufstellte, dass Männer und Frauen im Grunde gar nicht zusammen passen würden. Dies sei in den Genen der beiden Geschlechter von Geburt an festgelegt.

„Die üblichen Klischees!" Caro winkte ab und meinte: „Lassen Sie uns lieber über etwas Unverfänglicheres reden, denn bei dem Thema werden wir immer gegensätzlicher Meinung sein."

„Da könnten Sie Recht haben, denn Sie scheinen mir eine Frau zu sein, die genau weiß, was sie will. Darf ich Ihnen trotzdem noch ein Bier, ein Kölsch ausgeben?", fragte er und verzog lachend das Gesicht.

„Aber sicher doch, dann kann ich gleich bestimmt gut schlafen."

Wie jeden Abend telefonierte Caro vom Bett aus mit Klaus, der schon auf ihren Anruf gewartet hatte und sich erkundigte: „Am Wochenende fällt die Schulung doch aus, was machst du denn den ganzen Tag?"

„Oh…, erstmal habe ich sehr lange geschlafen. Dann In aller Ruhe gefrühstückt. Anschließend ein bisschen in unserem Schulmaterial geblättert. Nachmittags war ich in der Kölner Einkaufsstraße und habe mir ein paar neue, einfarbige Baumwollteile für meine Sommergarderobe gekauft.

Morgen werde ich mir das Kunstmuseum „Ludwig" in der Nähe des Doms ansehen. Dort gibt es die drittgrößte Picasso-Sammlung der Welt, sowie eine Sammlung zur Geschichte der Fotografie, die mich natürlich besonders interessiert, denn dort werden Bilder von den Anfängen im 19. Jahrhundert bis in die Gegenwart gezeigt. Außerdem gibt es einen Raum mit vielen unterschiedlichen Kameras und anderen technischen Geräten."

„Das hört sich sehr interessant an. Du kannst mir ja abends davon berichten. Ich habe mich übrigens für Mutter nach einem Platz in einer Seniorenresidenz erkundigt, denn in ihrem Alter, sie ist fast neunzig, kann sie nicht mehr lange alleine wohnen."

„Ist sie denn damit einverstanden?"

„Ich glaube schon. Sie möchte aber eine Zwei-Zimmer-Wohnung mit Bad und Kochnische."

„Also Betreutes Wohnen."

„Ja, so nennt es sich wohl. Außerdem kann sie sich das bei ihrer hohen Pension auch leisten."

„Na dann wünsche ich euch gutes Gelingen und dir, mein Schatz, eine gute Nacht."

In der dritten Schulungswoche stand hauptsächlich Englischunterricht auf dem Lehrplan. Zusätzlich gab es einige wichtige Sätze in der jeweiligen Landes- oder Distriktsprache zu erlernen, was gar nicht so einfach war.

Für Caro war es in Bangalore „Kannada" oder auch „Kanaresisch", das im Bundesstaat Karnataka, also rund um die Stadt gesprochen wurde.

Für die drei Herren, die an der Südwestküste Arbeit

gefunden hatten, war es „Malayalam".

Die vier jungen Frauen, die zur Südspitze Indiens fuhren, mussten sich für den dortigen Distrikt ein paar Sätze in der Landessprache „Tamil" aneignen.

Peter van Bergen erklärte ihnen: „Die indische Verfassung erkennt neben den Amtssprachen Hindi und Englisch noch weitere zweiundzwanzig offizielle Sprachen an. Hinzu kommen aber noch viele weitere Sprachen und Dialekte, welche in Indien gesprochen werden. Englisch ist allerdings Indiens Karrieresprache. Dies galt bereits während der britischen Kolonialzeit."

„Und welche Glaubensrichtungen gibt es in Indien"; erkundigte sich Caro.

„Achtzig Prozent der Menschen sind Hindus, dreizehn Prozent Muslime, drei Prozent Christen und der Rest besteht aus Sikhs und Buddhisten. Die Kinder in unseren Heimen werden zum Teil christlich oder neutral erzogen und lernen alle Englisch, manchmal auch ein wenig Deutsch."

Mit Verhaltensregeln und Tipps für das Leben in Indien wurden die Teilnehmer in der letzten Woche unterrichtet. Am Ende des Seminars mussten alle noch einen kurzen schriftlichen Test abgeben, bevor sie von Peter van Bergen verabschiedet wurden.

Die Kursteilnehmer bedankten sich bei ihm für die lehrreichen, aber arbeitsintensiven Wochen und freuten sich auf den neuen Start in eine völlig andere Kultur und Arbeitswelt.

Caro tauschte mit den drei Herren die Mail-Adressen aus, damit sie sich im Notfall in Indien helfen konnten.

*

7. Kapitel

Wieder zu Hause überlegte Caro ob sie ihre Wohnung behalten oder ob sie kündigen sollte. Aber wo sollte sie mit ihren Möbeln bleiben? Sie bei einer Spedition unterzustellen war auch nicht gerade preiswert. Und wenn sie während ihres Urlaubs oder nach einem Jahr wieder hier wäre, was dann?

Durch Zufall stieß sie im Verlag, am schwarzen Brett, auf die große Wohnungssuchanzeige einer neuangestellten Kollegin und setzte sich umgehend mit ihr in Verbindung.

Mit Barbara Baumgarten verstand sich Cora auf Anhieb und sie vereinbarten, dass während ihres Indienaufenthalts Barbara die Wohnung als Untermieterin nutzen könne, bis sie etwas Eigenes fände.

Somit konnte Caro die Wohnung behalten, bekam aber gleichzeitig etwas Miete, um damit die laufenden Unterhaltskosten abzudecken.

Am Wochenende hatte Klaus bei ihr übernachtet und nach einer zärtlichen Liebesnacht Caro gebeten, ihn zu heiraten. Sie hatte nur gelacht und gefragt:

„Was soll das sein? Trick siebzehn um mich hierzubehalten? Meinst du eine Heirat könnte mich von meinem Vorhaben abbringen und das, wo ich gerade das aufwendige Seminar besucht habe? Nein, auf keinen Fall!"

Klaus war tatsächlich rot geworden und hatte gemeint: „Ich liebe dich doch. Außerdem könnte ich dir als Beamter eine gesicherte Zukunft bieten."

Sie hatte ihn angesehen und dann zögernd geantwortet: „Ich liebe dich auch und schätze dein Angebot sehr. Aber Sicherheit? Vielleicht ist es ja

Gerade das, was ich im Moment nicht will. Ich möchte etwas Neues, mir Unbekanntes erleben. Noch kann ich es, kann die Unbequemlichkeiten eines fremden Landes auf mich nehmen!"

„Und wenn du dort krank wirst?"

„Für den Notfall gibt es Krankenhäuser. Schließlich ist es kein total unterentwickeltes Land und in der Arktis oder am Südpol liegt Indien nun auch nicht!"

„Ich mache mir halt Sorgen!"

„Brauchst du nicht. Ich komme gut allein zurecht. Du sollst sehen, die Zeit vergeht wie im Flug. In meinem Arbeitsvertrag steht, dass ich nach einem sechsmonatigen Aufenthalt Urlaub bekomme und nach Hause fliegen kann. Dann haben wir sechs Wochen, in denen wir gemeinsam etwas Schönes unternehmen können."

„Da du dich nicht umstimmen lässt, muss ich mich wohl oder übel damit abfinden", entgegnete Klaus.

„Mein Schatz, du wirst es überleben! Schließlich bin ich durch meine Anstellung beim Verlag auch schon öfters für längere Zeit im Ausland unterwegs gewesen!"

Anfang Februar waren die Tage vor der Abreise nach Indien für Caro etwas stressig gewesen und sie hoffte, dass sie alles ordnungsgemäß geregelt und beim Kofferpacken nichts vergessen hatte.

Untermieterin Barbara war gestern mit ihren persönlichen Sachen eingezogen, so dass Caro im Wohnzimmer, auf dem blauen Sofa, das man zu einer Liegefläche vergrößern konnte, übernachtet hatte. Gleich würde Klaus sie abholen und zum Flugplatz bringen.

Für knapp dreihundert Euro hatte sie bei der Air India einen Flug Düsseldorf-Bangalore, mit Zwischenlandung in Dubai, bekommen. Abflug war um 8:15 Uhr. Caro hatte sich vorgenommen, auf dem ungefähr zehnstündigen Flug etwas Schlaf nachzuholen.

Als sie mit Klaus in der Abflughalle stand, wurde ihr erst richtig bewusst, was es hieß, für längere Zeit Abschied zu nehmen. Besonders da Klaus sie fest umschlungen hielt und ihr zärtlich zuflüsterte: „Denk daran, ich liebe dich und werde dich schon heute Abend vermissen!"

„Ach komm… Mach es mir nicht so schwer! Wir können jederzeit telefonieren oder uns eine SMS schicken. Schließlich gibt es ja Handys und die altmodische Post, die Briefe transportiert und ausliefert, ist auch noch da."

Weil Caros Flugnummer gerade aufgerufen wurde, gab sie Klaus einen Abschiedskuss und eilte mit ihrer Bordkarte zum Schalter der Indien Airline und weiter über die Boarding-Bridge zum Einstieg in die Maschine.

Nachdem die Boeing ihre Reisehöhe von gut elftausend Meter erreicht hatte, wurden die Passagiere vom indischen Flugkapitän auf Deutsch begrüßt: „Mein Name ist Jaspal Thakur und ich wünsche Ihnen einen angenehmen Flug. Bitte stellen Sie schon mal Ihre Uhren vor, denn die Zeitverschiebung beträgt 4 ½ Stunden. Mit etwas leichtem Rückenwind werden wir statt 18:15 Uhr voraussichtlich pünktlich um 22:45 Uhr Ortszeit in Bangalore landen."

Caro hatte sich von der hübschen Stewardess ein kleines Kissen und eine Decke geben lassen und kuschelte sich in ihren Sitz am Fenster. Das eintönige Geräusch des Fliegers lullte sie ein, sodass sie kurz darauf in einen traumlosen Schlaf fiel. Erst das Klappern der Servierwagen und das Fragen nach den Getränken weckten sie wieder auf.

Nach dem Essen, ein Vorgeschmack auf die asiatische Kost, sah sie sich einen indischen Spielfilm an und las einiges über das Land, über das Heim, über ihre neue Arbeitsstelle in den Prospekten, die sie von zu Hause mitgenommen hatte.

Die Zwischenlandung zum Auftanken in Dubai klappte prima und ruckzuck waren sie wieder in der Luft. Als die Maschine wieder ihre Reisehöhe erreicht hatte, meldete sich der Copilot. „Mein Name ist Himal Begam und ich möchte Sie kurz über Ihr Flugziel informieren.

„Die Stadt Bangalore liegt im südlichen Landesinneren auf einer Höhe von zirka eintausend Metern, deshalb ist dort das warme und trockene Klima für Europäer ganz angenehm. In den Winter-Monaten sinken die Temperaturen kaum unter achtzehn Grad.

Die bengalischen Tiger sind weltbekannt und der indische Elefant gilt immer noch als ein Wahrzeichen des Landes. Indien ist auch ein Land der Gegensätze. Es gibt Traditionelles und Modernes und so haben sich in Mumbai und besonders in Bangalore hauptsächlich IT-Firmen angesiedelt.

Der relativ neue, internationale Flughafen „Bengaluru", auf dem wir landen werden, liegt rund vierzig Kilometer vom Stadtkern Bangalore entfernt und wurde im Jahr 2008 eröffnet. Von dort aus können Sie mit einem Taxi oder einem Shuttle-Bus in die Stadt fahren. Um die Flugzeit etwas zu verkürzen, hören Sie ein wenig Musik oder schauen Sie sich einen Film auf Kanal drei im Bord-Fernsehen an. Ich wünsche Ihnen weiterhin einen angenehmen Flug."

Nachdem das Abendessen serviert und später Besteck und Aluschalen abgeräumt waren, schaute Caro eine Zeitlang aus dem Fenster, gähnte zwischendurch, zog ihre Decke bis an die Schultern, schlief ein und träumte lauter wirres Zeug. Sie sah die Frau im grünen Sari aus Onkel Alberts Buch im Garten des Kinderheims sitzen, wo sie sich lachend mit einem kleinen Mädchen unterhielt. Dann wiederum sah sie den in weiß gekleideten, alten Brahmanen vor sich, der ihr mit erhobenen Zeigefinger etwas sagte, während Klaus, der neben ihm stand, dauernd dazwischen redete und etwas von einem Abgrund faselte, sodass sie das Gefühl hatte, gleich sehr tief zu fallen und leise stöhnend wach wurde, worauf der Fluggast neben ihr sich mitfühlend erkundigte, ob sie Schmerzen hätte.

Peinlich berührt erklärte sie ihm, dass sie wohl schlecht geträumt habe, während die Chefstewardess den Landeanflug zum Airport von Bangalore bekannt gab.

Vorschriftsmäßig und ohne zu ruckeln setzte der Pilot die Boeing 787 auf der Landebahn auf, was mit einem Klatschen der Passagiere belohnt wurde, und ließ die Maschine langsam bis zum Ausstiegsgate vorrollen.

Nachdem Caro durch die Einreisekontrolle gegangen war und ihr Gepäck in Empfang genommen hatte, marschierte sie eilig in die sehr moderne, mit

64

viel Glas ausgestattete Haupthalle und begab sich auf die Suche nach Mary Bachmanns Stellvertreter.

Tarun Raman war ein vierzigjähriger Inder, der sie abholen und in die Stadt bringen sollte.

Schließlich entdeckte sie ein hochgehaltenes Schild mit ihrem Namen und steuerte erleichtert darauf zu.

„Tarun Raman?"

Als der Inder nickte, erklärte sie ihm auf Englisch, dass sie die neue Mitarbeiterin aus Deutschland sei.

„It`s ok! Aber Sie können Deutsch mit mir reden. Ich verstehe Ihre Sprache sehr gut."

Tarun nahm ihr den großen Koffer ab und gemeinsam gingen sie zum hell erleuchteten Parkplatz, wo ein Ford-Transit mit dem Namenszug des Heims „Indiens Zukunft" stand. Tarun hielt ihr die Beifahrertür auf und nachdem sie eingestiegen war, verstaute er ihr Gepäck im Kofferraum.

Der Inder war sehr zurückhaltend. Auf der fast einstündigen Fahrt in die Stadt sagte er fast gar nichts, blickte nur stur geradeaus und konzentrierte sich auf den Verkehr, der zur Stadtmitte hin immer chaotischer wurde. Auch bedingt durch die heiligen Kühe, die mitten auf der Straße herumliefen und die das laute und ständige Gehupe der vielen Verkehrsteilnehmer nicht störte.

‚Ob sich hinter seinem starren Gesichtsausdruck wohl ein vitaler, fröhlicher Mensch verbirgt?', überlegte Caro, die heimlich zur Seite geschaut und ihn beobachtet hatte.

‚Bestimmt war es heute ein langer anstrengender Tag für ihn und er wird froh sein, wenn er sich gleich schlafen legen kann'.

Durch das Seitenfenster des Autos blickte Caro auf

etliche, renovierungsbedürftige Häuserblocks, die dicht am Straßenrand standen. In einigen Räumen brannte noch Licht, doch die meisten der vielen Fensterreihen lagen im Dunklen. Die Menschen hatten sich zur Ruhe begeben, um Kraft für den nächsten Tag zu sammeln. Denn das Leben in den großen Städten, Vorstädten und in den Slums war alles andere als einfach. Jeder neue Tag bedeutete eine Herausforderung, ein Kampf ums Überleben.

Caro erinnerte sich an ein paar Filmaufnahmen über verschiedene Wohnsituationen, die ihnen Peter van Bergen im Seminar zusätzlich zum Unterricht gezeigt hatte. Der Unterschied zwischen den Luxusvillen der Reichen und den der einfachen Arbeiter in den heruntergekommenen Wohnblocks war einfach zu groß.

An der nächsten Ampel bog Tarun nach rechts in eine Nebenstraße ein, fuhr zweimal links um einen halbverfallenen Häuserblock herum und befand sich plötzlich in der engen Seitenstraße, die zum Heim führte. Doch statt an der verrosteten Pforte anzuhalten, fuhr er ein Stückchen weiter und kam so von hinten auf das Grundstück, wo sich zwei Unterstellplätze für Autos befanden. Nachdem er Caros Gepäck aus dem Kofferraum genommen und den Wagen abgeschlossen hatte gingen sie gemeinsam zum Haus.

Ein schmaler, beleuchteter Pfad schlängelte sich zwischen den rot blühenden Hibiskus-Büschen hindurch zur Vorderseite des Hauses, wo sich die Eingangstür befand. Tarun öffnete sie beflissen und ließ Caro eintreten. In der geräumigen Diele wurde sie von der Heimleiterin überaus herzlich empfangen. Mary führte sie in den Aufenthaltsraum und bot ihr zur Erfrischung ein Glas Tee an. „Die Sorte stammt aus dem Süden, aus dem Hochland um Kerala und Tamil Nadu. Sein herbes, aromatisches Aroma hat Ähnlichkeit mit den Ceylon-Tees und ist genau das Richtige zur Aufmunterung."

„Kann ich gut gebrauchen!" Vorsichtig trank Caro ein paar Schlucke von dem heißen Tee.

„Mmm..., der schmeckt wirklich gut, ein bisschen nach Zitrone!"

Während Tarun Caros Gepäck in ihr Zimmer brachte, unterhielten sich die beiden Frauen über den Flug, über die Reise hierher.

Als Caro zu gähnen begann, entschuldigte sich Mary für ihre Neugierde, zeigte der neuen Mitarbeiterin ihr Zimmer und wünschte ihr mit den Worten „Frühstück gibt es immer um sieben Uhr, aber Sie können erst mal ausschlafen und später essen, eine gute Nacht."

*

8. Kapitel

Als Caro am nächsten Morgen erwachte, sah sie sich zuerst einmal im Zimmer um, denn gestern Nacht war sie todmüde ins Bett gefallen und sofort eingeschlafen.

Der Raum war relativ klein und karg eingerichtet: ein Bett, ein Schrank, in der Ecke ein kleiner Schreibtisch mit einem Stuhl, auf dem mehr oder weniger ihre Kleidung lag. Die Hose war herunter gerutscht und befand sich auf der Erde, woran sie erkennen konnte, dass sie total übermüdet gewesen war, denn sonst würde ihr so etwas nicht passieren, dafür war sie viel zu ordentlich.

Vom Bett aus konnte sie durch das bodentiefe Fenster in den üppigen Garten blicken. Die vielen blühenden Blumen und Pflanzen, der blaue Himmel und die strahlende Sonne, die sie im winterlichen Deutschland sehr vermisst hatte, entschädigten sie für die Enge des Zimmers.

Als Kind des Sommers liebte sie die Wärme und hasste die kalten Herbst- und Wintertage mit ihren eisigen Temperaturen. Schon als Schulkind hatte sie sich gesträubt mit ihren Freundinnen zum Stadtpark zu gehen, um dort mit ihnen auf dem künstlich angelegten Teich Schlittschuh zu laufen.

Ein Blick auf die Armbanduhr, die auf dem schmalen Nachttisch lag, der neben dem Bett stand, zeigte ihr, dass es Zeit zum Aufstehen war. Sie schlug das dünne Laken zurück, stand auf und ging ins Bad, das sie sich mit ihren Zimmernachbarinnen, der rothaarigen Engländerin, Ruby Miller, sowie der aus Bayern stammenden Antonia Maier und der Heim-

Leiterin, Mary Bachmann, teilen musste. Danach zog sie ein dünnes Leinenkleid über, schlüpfte in ihre flachen braunen Sandaletten und ging zum Aufenthaltsraum um zu frühstücken.

Hier wurde sie mit einem herzlichen „Guten Morgen" von den Anwesenden begrüßt, die wahrscheinlich alle Frühaufsteher waren. Von den Kindern war jedenfalls noch keines zu sehen.

„Das ist Caroline Hausmann, unsere neue Mitarbeiterin aus Deutschland", sage Mary. Und mit den Worten „Komm, setz dich zu uns an den Tisch und lass es dir schmecken, dabei kann ich dir auch die einzelnen Kollegen vorstellen", wandte sie sich an Caro, die sie erwartungsvoll ansah, dann aber auf den freien Stuhl neben Mary zuging, um sich zu ihr an den Tisch zu setzen.

Nachdem sich die beiden Damen mit Caro bekannt gemacht hatten, erklärte Mary ihr den Tagesablauf.

„Meinen Stellvertreter Tarun hast du ja schon gestern auf der Fahrt vom Flugplatz nach hier kennen gelernt. Er ist mehr oder weniger für die Jungen zuständig und unterrichtet die älteren Kinder, bringt ihnen Mathematik bei. Außerdem betreibt er mit den Kindern verschiedene Sportarten.

Demnächst haben wir auch wieder für ein halbes Jahr zwei Praktikantinnen aus Deutschland, Studentinnen, die Sozialpädagogik studieren. Leonie kommt aus der Gegend um Frankfurt und Mareike aus Hamburg. Beide können schon mal morgens den Unterricht übernehmen oder nachmittags auf die Kleinen aufpassen, sodass die eine oder andere von uns etwas mehr Freizeit hat, etwas für sich unternehmen kann."

„Und das klappt dann?", erkundigte sich Caro.

„Na ja... Die Studentinnen müssen halt lernen, sich bei den Kindern durchzusetzen. Du übrigens auch, lass dir bloß nicht von ihnen auf der Nase herumtanzen, denn darin sind sie sehr gut. Sie wissen genau, wie man sich Vorteile verschaffen kann."

Caro lächelte vielsagend, denn das hatte sie schon bei den drei Kindern der Familie mitbekommen, die zu Hause bei ihr im Erdgeschoss wohnten.

Mary trank den Rest des inzwischen kaltgewordenen Tees und stellte den Becher zurück auf den Tisch, dann wandte sie sich wieder an Caro und teilte ihr mit: „Heute Morgen kannst du dir das Haus, beziehungsweise alle Räume genau ansehen. Für die Küche ist die dicke Uma zuständig. Sie ist mit unserem Gärtner und Putzmann, Rahul Durani, verheiratet.

Rajani, die ihr beim Kochen hilft, ist eine ehemalige, neunzehnjährige Heimbewohnerin. Zusammen mit dem Ehepaar Uma und Rahul wohnt sie ein paar Straßen weiter in einer winzigen Wohnung.

Dann gibt es noch Meena und Sumati, die für die viele Wäsche zuständig sind."

„Hoffentlich kann ich mir alle Namen merken. Ein paar habe ich schon wieder vergessen", meinte Caro schmunzelnd."

„Du kannst dir ja einen Merkzettel machen!"

„Gute Idee. Ich werde mir nachher alle Namen mit den Eigenschaften der dazu gehörigen Personen aufschreiben."

„Damit du einen Einblick in unsere Arbeit im Heim bekommst, kannst du auch an verschiedenen

70

Unterrichtsstunden teilnehmen", sagte Mary und erklärte ihr: „Ruby, unsere Engländerin, ist für den wichtigen Englisch-Unterricht, für Lesen, Schreiben und natürlich Musik, das heißt: singen und tanzen zuständig.

Antonia Maier ist ausgebildete Krankenschwester und bringt den Kindern Biologie, Hygiene, sowie nähen, sticken und stricken bei. Sie leitet auch einen Deutsch-Kurs, der aber freiwillig ist.

Du musst ab morgen die Kleinen beaufsichtigen. Sie dürfen malen und etwas für die Kinder basteln, die bald Geburtstag haben. Zusätzlich bekommen sie kleine Geschichten vorgelesen, um sich mit der englischen Sprache vertraut zu machen. Nach Möglichkeit sollen sie danach den Inhalt in kurzen Sätzen wiedergeben.

Zwei oder drei der ganz Kleinen sprechen bislang nur ein paar Worte Englisch. Die Sprache ist aber wichtig, damit sie sich später, eventuell im Berufsleben, überall im Land verständigen können, denn es gibt sehr viele unterschiedliche Dialekte, die man nicht alle lernen kann."

Mary sah Caro an und meinte: „So, das reicht fürs Erste. Wenn du etwas wissen willst, ich bin im Büro zu finden. Dort vorne, in der Nähe des Eingangs." Mary wies mit der Hand in Richtung Haustür.

*

71

9. Kapitel

Auf Marys großem, überfülltem Schreibtisch stapelten sich Notizzettel, die sie gestern auf ihrem Rundgang durchs Haus verfasst hatte.

Zuerst kam immer die Küche, das heißt, der Lebensmittel-Einkauf für vierzig Personen an die Reihe. Da es nur zwei große Kühlschränke und wenig Lagerraum gab, musste das meiste jeden Tag frisch eingekauft werden, was einer logistischen Glanzleistung gleichkam.

Im VW-Bulli, den das Heim im letzten Jahr durch eine großzügige Spende aus Deutschland bekommen hatte, fuhr Rahul zusammen mit seiner Frau jeden zweiten Tag in aller Frühe zum Markt, um die Lebensmittel von der langen Liste zu besorgen, die Mary vorbereitet hatte.

Für vierzig Personen zu kochen, war nicht immer leicht, aber mit viel Ruhe und fröhlicher Gelassenheit schaffte es Uma immer, dass alle genügend zu Essen bekamen.

Als Mary auf den großen Kalender schaute, der gegenüber ihrem Schreibtisch an der Wand hing, sah sie, dass zwei der Kinder in der nächsten Woche Geburtstag hatten. Üblicherweise bekam jedes Kind eine Torte als Geschenk und zusätzlich etwas zum Anziehen: die Jungen zwei T-Shirts und eine Hose, die Mädchen ein Kleid oder Rock und ein T-Shirt.

‚Vielleicht sollte Caro die Engländerin Ruby beim Kauf der Kleidung begleiten. Es würde ihr bestimmt gefallen. Außerdem würde sie gleichzeitig ein wenig von der Stadt kennenlernen', überlegte Mary und wandte sich wieder ihren Spickzetteln zu.

Caro hatte sich zuerst in der Küche umgesehen und dachte: ‚Ein deutscher Restauranttester würde hier bestimmt einen Anfall bekommen, weil Schränke, Spüle und Herd ziemlich alt und nicht so sauber wie eine deutsche Küche aussahen.

‚Ich glaube, zur Vorsorge trinke ich lieber jeden Morgen einen kleinen Schluck aus meiner mitgebrachten Whiskyflasche. Vielleicht habe ich Glück und bekomme dann keine Magenverstimmung oder Durchfall', dachte Caro.

Rajani, die als Küchenhilfe angestellt war, hatte ihre Blicke bemerkt und sagte: „Du brauchst keine Angst zu haben. Wegen der Kinder haben wir Edelstahlgeschirr, das ist hygienischer und gleichzeitig bruchfest. Es lässt sich auch besser mit dem Spülmittel säubern, das Frau Antonia immer von einer Firma aus Deutschland zugeschickt bekommt. Das Wasser holen wir aus unserm eigenen tiefen Brunnen, der sich hinten im Garten befindet. Es ist sehr sauber, aber als Trinkwasser wird es vorher immer abgekocht."

„Warum habt ihr keinen elektrischen Ofen, sondern kocht mit Gas?", erkundigte sich Caro.

„Weil oft der Strom ausfällt!" Rajani zuckte mit den Achseln und meinte: „Ist dann schwierig für Meena und Sumati. Wenn die Waschmaschinen nicht laufen, müssen sie die Geschirrtücher auf dem Herd aufkochen und auch die restliche Wäsche mit der Hand waschen. Sie sind dann echt sauer."

„Das wäre ich auch", antwortete ihr Caro und verabschiedete sich von Rajani und auch von Uma, die ein wenig unfreundlich reagierte, weil Caro mit ihren vielen Fragen die Küchenhilfe von der Arbeit abgehalten hatte.

Als nächstes stieg Caro die Treppe zur ersten Etage hoch und sah sich die Schlafräume an.

Hier waren die Mädchen untergebracht. Ein großer Raum mit zwölf doppelstöckigen Betten und einer Schrankwand für Kleidung, Wäsche und Schuhe. Neben jedem Bett stand eine Art Nachttisch, in dem zwei abschließbare Schubladen für die persönlichen Dinge eines jeden Kindes untergebracht waren.

Mary hatte Caro berichtet: „Mit der Aufnahme in ein Kinderheim beginnt für ein Straßenkind ein völlig neues Leben, denn es schläft zum ersten Mal in einem Haus und in einem Bett. Die meisten Kinder gewöhnen sich schnell daran, lernen Ordnung und Sauberkeit zu schätzen.

Jedes Kind, das wir aufgenommen haben, wird von einem Arzt auf Krankheiten untersucht und getestet, damit es keine ansteckenden Viren einschleppt. Viele der Kinder hatten Läuse, waren unterernährt und mussten dringend zum Zahnarzt.“

,Im Vergleich zu einem europäischen Kinderzimmer, ist dieser Schlafraum sehr ärmlich eingerichtet', dachte Caro und schämte sich ein bisschen, als ihr einfiel, dass sie in Deutschland die beiden Kinder ihrer Freundin oft mit riesigen Geschenken und Kuscheltieren überhäuft hatte.

Die Kinder hier waren mit dem zufrieden, was angeboten wurde, denn im Gegensatz zur Straße, war hier für sie alles schon Luxus.

Das Mädchenbad befand sich neben dem Schlafsaal. Ein schmaler, langer Schlauch, mit einer ziemlich großen, begehbaren Dusche in der sich mehrere Kinder gleichzeitig waschen konnten, sowie zehn kleine Waschbecken und einige Toiletten.

Caro schloss die Tür und stieg die schmale Treppe zum Dachboden hoch, wo die Jungen ihr Reich hatten. Hier standen auf jeder Seite fünf einfache Betten nebeneinander, auch getrennt durch ein kleines abschließbares Schränkchen.

An den weiß gestrichenen Wänden hingen bunte Poster und Bilder. Ihre persönliche Kleidung war in einem Kasten unter dem Bett gelagert.

Die kleineren Jungen schliefen vorne im Raum, die Größeren weiter hinten. Durch die unterschiedlichen, farbigen Bezüge der Bettdecken wirkte der Raum sehr freundlich und gemütlich. Genau wie in der ersten Etage hing über jedem Bett ein Moskitonetz.

Neben dem Schlafraum befand sich ein ähnliches Bad wie bei den Mädchen, allerdings war es nur halb so groß.

Nachdem Caro sich alles angesehen hatte, ging sie zurück ins Erdgeschoss, wo sie die Bayerin Antonia traf.

„Na, hast du alles inspiziert?", erkundigte sie sich lachend bei Caro.

„So ziemlich, mir fehlen noch die Unterrichtsräume und der Garten."

„Das Erste kannst du gleich haben. Mein Klassenzimmer liegt hinter dem Aufenthaltsraum, in dem Ruby den Kindern gerade Englisch beibringt. Die fünf älteren Mädchen kommen anschließend zu mir in die Biologiestunde, damit sie erfahren, was sich demnächst in ihrem Körper alles verändert."

„Aufklärungsunterricht ist eine gute Sache", meinte Caro. „Als ich so alt war, hat mich keiner aufgeklärt. Das, was ich unbedingt wissen musste, hat mir eine

Freundin erzählt, die ein Jahr älter war als ich. Außerdem gab es ja auch noch die Jugendzeitschrift „Bravo", die ich mir immer von meinem Taschengeld gekauft habe."

„Glaubst du, mich hat einer aufgeklärt? Als ich zum ersten Mal meine Tage bekam, hat meine Mutter nur gesagt: das bekommen alle Mädchen, wenn sie so alt sind wie du. Du wirst jetzt eine Frau, also lass dich auf keinen Fall mit einem Jungen ein. Das Ergebnis war, dass ich mit sechzehn Jahren dachte, ich wäre schwanger, nachdem mich ein Junge in den Arm genommen und geküsst hat", erklärte ihr Antonia.

„Ich nehme an, dass hier in Indien immer noch viele junge Frauen sehr unerfahren, nicht richtig aufgeklärt sind, wenn sie heiraten oder vielmehr verheiratet werden, was wohl immer noch der Fall ist", meinte Caro.

„Das stimmt", antwortete Antonia, „aber dem versuche ich entgegenzuwirken. Doch selbst junge Männer, Söhne, wiedersetzen sich nicht den Wünschen ihrer Eltern, beziehungsweise der Mütter, wenn diese eine Frau für sie ausgesucht haben", und betrat zusammen mit Caro das Klassenzimmer, das durch eine Schiebetür vom Aufenthaltsraum abgetrennt war. Die bodentiefen Fenster, die man auch ganz öffnen konnte, ließen viel Licht und Luft herein.

Caro hatte sich im Raum umgesehen, wollte aber nicht bleiben und verabschiedete sich zuerst einmal von Antonia, deren Schülerinnen schon in der Tür standen, sich aber nicht trauten, hereinzukommen. In Handarbeitskursen brachte Antonia den größeren Mädchen auch Nähen und Stricken bei, weil sie der

76

Meinung war, dass sie vielleicht später damit ihren Lebensunterhalt verdienen könnten, denn viele Mädchen waren dafür sehr begabt.

Einmal in der Woche kam nachmittags sogar ein Tanzlehrer, der den Jungen und Mädchen, die sich zu dem Kurs angemeldet hatten, den klassischen Tanz mit Namen „Kathak" beibrachte.

In der Hindu-Mythologie soll Shiva, der Gott der Schöpfung und der Zerstörung, die Erde mit Tanzen zerstört und dann wieder neu aufgebaut haben. Getanzt wird auf dem flachen Fuß und auf den Zehenspitzen.

Professionelle Tänzer tragen bis zu 150 Glöckchen und kleine Schellen an den Fußgelenken um damit die Fußarbeit zu unterstreichen. Zum Tanz gehören auch etliche Drehungen und kleine Sprünge.

Caro erinnerte sich, dass Mary zu ihr gesagt hatte:

„Durch unser breites Angebot hat jeder Junge und jedes Mädchen die Möglichkeit sein besonderes Talent zu entfalten. Auch lernen sie in einer Gruppe zu arbeiten und sich kameradschaftlich zu verhalten."

Dies konnte Caro tatsächlich im Spielzimmer erleben, das momentan von Tarun beaufsichtigt wurde, der eigentlich für die Fächer Religion, Mathematik und Sport zuständig war.

Im Moment las er allerdings einigen Kindern, die ihm andächtig zuhörten, die spannende Geschichte von Rama, der kluge Eule vor, während eine Gruppe kleiner Mädchen auf dem Boden saß und gemeinsam an einem großen Bild malte.

„Komm, setz dich zu uns!", bat Tarun.

Zögernd kam Caro ein paar Schritte näher. Dann aber

folgte sie seiner Aufforderung und setzte sich zu den Kindern auf die Erde, die laut rufend endlich das Ende der spannenden Geschichte hören wollten. Zum Schluss klatschten die kleinen Zuhörer viel Beifall. Dann wandten sie sich neugierig an Caro und fragten:

„Wie heißt du?

„Ich heiße Caroline, aber ihr könnt Caro zu mir sagen. Das ist einfacher."

„Und woher kommst du?"

„Ich komme aus Deutschland. Das liegt in Europa und bis hierher ist es eine sehr lange Reise."

„Bleibst du jetzt bei uns?"

„Ja, ich werde hier arbeiten. Auf euch aufpassen."

„Das ist ok. Dann kannst du ja mit uns spielen und uns auch schöne und lustige Geschichten vorlesen."

„Das werde ich auch machen. Versprochen!"

Caro erhob sich, ging den Kindern zuwinkend zur Tür, schloss sie leise hinter sich und begab sich in ihr Zimmer, um mit Klaus zu telefonieren, ihm mitzuteilen, dass sie gut angekommen sei.

Dort war jetzt früher Morgen und für die meisten Menschen begann der alltägliche Arbeitstrott.

Als sie die Nummer von ihrem Freund gewählt hatte, meldete er sich sofort.

„Klaus Birkenstädt."

„Hallo Klaus, hier ist Caro. Ich wollte Dir nur kurz mitteilen, dass ich gut im Kinderheim in Bangalore angekommen bin."

„Das freut mich. War der lange Flug nicht zu stressig?"

„Nein, das ging. Ich habe die meiste Zeit geschlafen, zwischendurch etwas über Indien gelesen und mir im Bordfernsehen einen Bollywood-Film angesehen.

Es ging darum, dass sich Rizwan Khan, ein Moslem aus Mumbai, in die Hindufrau Mandira verliebt hat. Doch seine Eltern waren dagegen. Der Film hat mich an meine eigene, erste Liebe erinnert. Meine Eltern haben sich damals genauso verhalten, nur dass mein Freund evangelisch und ich katholisch war. Anscheinend gibt es überall auf der Welt das gleiche Problem zwischen Eltern verschiedener Religionen und heiratsfähigen Kindern."

„Wie ich höre, ist es dir jedenfalls nicht langweilig geworden. Wann beginnst du denn mit deiner Arbeit?"

„Ich fange morgen früh an. Gerade habe ich mir das Haus angesehen und Mary, das ist die Leiterin des Heims, hat mir alles genau erklärt. Bin schon gespannt, was es gleich als Mittagessen gibt. Hoffentlich vertrage ich alles. Danach werde ich aufs Zimmer gehen und ein bisschen Schlaf nachholen."

„Mach das, mein Schatz. Ich habe gerade gefrühstückt. Muss mich jetzt anziehen, damit ich pünktlich im Büro bin. Wie du weißt, haben wir ja neuerdings eine Zeiterfassungsuhr. Also meine Liebe, ich wünsche dir viel Erfolg bei deiner neuen Anstellung und ruf mal wieder an. Du könntest mir auch 'ne Mail mit ein paar Fotos vom Heim schicken."

„Werde ich machen. Tschüss Klaus. Bis bald mal!"

Caro blieb noch einen Moment am Schreibtisch sitzen, dann erhob sie sich, wuchtete den großen, schweren Koffer aufs Bett und begann ihn auszuräumen, die Kleidung in den Schrank zu hängen und die restlichen Toilettensachen ins Bad zu legen. Als Letztes fand sie Onkel Alberts Buch über Indien, das sie auch mit hinein gelegt hatte, weil es sie reizte, hier noch mal das Foto der hübschen Inderin mit dem kleinen Mädchen, das Devi Bachchan hieß, wie sie von Mary erfahren hatte, zu vergleichen. Sie wollte ihr das Buch mit dem Foto zeigen und war gespannt, was sie dazu sagen würde.

Caro schaute auf ihre Armbanduhr und stellte fest, höchste Zeit fürs Mittagessen. Sie legte das Buch zurück in den Koffer, hob ihn hoch und schob ihn oben auf den Kleiderschrank. Dann strich sie über die Sitzfalten ihres Kleides, was aber bei Leinen- und Baumwollstoffen nicht viel nützte, öffnete die Tür und ging zum Aufenthaltsraum, wo schon alle am Tisch saßen und sich angeregt unterhielten. Caro setzte sich wieder neben Mary und fragte sie: „Was gibt es denn zu essen?"

„Heute bekommen wir Reis mit frittierten Teigtaschen und als Nachtisch Weintrauben und frische Mangos, die hier viel besser schmecken, als in Deutschland. Ich wünsche dir guten Appetit."

*

10. Kapitel

Nach ein paar Wochen hatte sich Caro gut im Heim eingelebt und die Arbeit mit den Kindern füllte sie voll und ganz aus. Schon früh am Morgen war sie für die Mädchen zuständig, die in der ersten Etage schliefen. Tarun war für die Jungen zuständig, neun Knaben im Alter von vier bis zwölf Jahren, die unter der Dachschräge ihren Schlafraum hatten.

Die Mädchen waren in der Überzahl. Acht Kinder von sieben bis zwölf Jahren und dreizehn Kinder von drei bis sechs Jahren. Oft musste Caro die kleineren Mädchen wachrütteln, da sie tief und fest schliefen, ständig die Glocke überhörten, die sie wecken sollte.

Am ersten Tag hatte sie tatsächlich gedacht, die Kleinen wären tot, weil sie sich überhaupt nicht bewegten, sodass Caro sich über sie beugte und feststellte, dass sie trotzdem gleichmäßig atmeten.

Als sie endlich wach waren, ging sie mit ihnen in den Waschraum, weil das für sie lästige Zähneputzen oft aus Bequemlichkeit vergessen wurde. Danach half sie den Kleinen beim Anziehen.

Das Frühstück im großen Essraum, der mit Tischen und Stühlen möbliert war und zusätzlich für einige Fächer als Unterrichtsraum diente, wurde stets von einem Erwachsenen beaufsichtigt. Somit aß keiner, wie sonst oft im Privatbereich üblich, auf einem Kissen sitzend am Boden.

Meistens bestand das Frühstück aus Fladenbrot, genannt „Naan", mit Butter und Marmelade. Sonntags servierte Uma ab und zu Rührei für alle.

Während die Erwachsenen üblicherweise Gewürz-Tee tranken, bekamen die Kinder süßen, schwarzen

Tee mit gekochter Milch.

Wenn alle gegessen hatten, die Tische von der Küchenhilfe Rajani wieder abgeräumt und sauber gewischt waren, begann für die größeren Kinder der Unterricht. Die Kleinen durften ins Spielzimmer gehen, mit Blick in den Garten. Dort konnten sie spielen, malen oder irgendetwas basteln. Die Nachmittage verbrachten sie meistens draußen, wo sie sich an den unterschiedlichen Spielgeräten austoben konnten.

Caro, die sie beaufsichtigte, las ihnen morgens immer eine kleine, lustige Geschichte vor, was ihr und den Kindern viel Spaß bereitete. Auch ließ sie sich von ihnen die Geschichte in einfachen Worten sinngemäß erzählen, um so die englische Sprache zu fördern, zu verbessern.

Beim Mittagessen waren die Kinder unter sich. Meist gab es Kartoffeln mit Erbsen, Linsen in Soße oder Reis mit verschiedenen Gemüse-Curries, manchmal auch frittierte Teigtaschen, die mit Gemüse gefüllt waren. Dazu wurde das frisch gebackene, knusprige Fladenbrot gereicht, das die Kinder besonders gern mochten.

Sonntags gab es Reis, verschiedene Gemüse und Fleischgerichte aus Huhn oder Lamm, an die sich Caro, wie auch an die anderen Speisen, erst gewöhnen musste, da sie sehr scharf gewürzt waren. Weintrauben, Mangos und Bananen, die es auch als Zwischenmahlzeit gab, schmeckten viel intensiver als in Deutschland, weil sie hier erst gepflückt und Dann auf dem Markt angeboten wurden, wenn sie reif waren.

82

Die Erwachsenen aßen an den Wochentagen oft mittags im Büro, in dem ein langer, schmaler Esstisch stand. So konnten sie beim gemeinsamen Mahl den weiteren Verlauf des Nachmittags koordinieren oder Ausflüge und Unternehmungen für die Kinder planen.

An Sonntagen oder schulfreien Nachmittagen unternahmen die Mitarbeiter mit den größeren Kindern, die dann in drei Gruppen aufgeteilt wurden, Spaziergänge im großen Stadtpark, manchmal auch Bootsfahrten auf einem kleinen See in der Nähe oder Besichtigungstouren zu den vielen Tempeln in der Umgebung.

Die Kinder wurden zwar teilweise im christlichen Glauben erzogen, sollten aber auch die verschiedenen Religionen ihres Landes kennen lernen. Mit sechzehn Jahren konnten sie dann entscheiden, welcher Religion sie eventuell angehören wollten.

Für die ganz Kleinen war nach dem Essen Mittagschlaf angesagt. Die etwas größeren Kinder konnten spielen, mussten aber leise sein.

Zusammen mit der rothaarigen Engländerin, Ruby Miller, beaufsichtigte Caro die älteren Kinder und halfen ihnen oft bei den unterschiedlichen Hausaufgaben. Die meisten von ihnen konnten inzwischen gut Englisch, sodass Caro mit der Verständigung so gut wie keine Schwierigkeiten hatte.

Die Schüler wiederum bemühten sich sehr, Caro Kanaresisch beizubringen, was oft zu Missverständnisse und viel Gelächter führte.

Caro hatte ihrem Freund Klaus gemailt: „Die Kinder sind alle sehr lieb, aber manchmal zanken sie sich, streiten sich lauthals, sodass mich ihr Geschrei fast wahnsinnig macht. Wenn sie sich aber anschließend bei mir entschuldigen, mich mit ihren großen dunklen Augen ansehen, schmelze ich dahin. Ich kann ihnen dann nicht mehr böse sein, muss sie einfach umarmen und lieb haben."

Im April waren die beiden Studentinnen aus Deutschland angekommen. Weil alle Kinder zwei Wochen Schulferien hatten, sich freuten, dass sie nicht lernen mussten, konnten Mareike und Leoni die Kinder und die Erwachsenen sowie den gesamten Tagesablauf in aller Ruhe kennenlernen.

Mary bot für die größeren Mädchen einen deutschen Kochkurs unter der Leitung von Antonia Maier und einen einheimischen Kurs mit der Köchin Uma an, die beide gerne genutzt wurden.

Am liebsten wurden natürlich von beiden Gruppen süße Kuchen und Kekse gebacken.

Caro und Ruby, sowie die beiden Studentinnen, unternahmen mit den Kindern, in kleinen Gruppen aufgeteilt, Spaziergänge durch den Lal Bagh-Park. Als Erinnerung machte Caro dort von den Kindern Fotos, die sie später neben ihrem Bett aufhängen durften.

Ein besonderes Ereignis war -ähnlich wie in Deutschland-, wenn Tarun zum Ende der Ferien zu Mac Donalds fuhr und für alle Kinder und Erwachsene die vorher bestellten „Chickenburger" und für jeden eine kleine Cola abholte. Ein Festessen jedes Jahr, auf das sich alle freuten.

*

84

11. Kapitel

Eines Abends saß Caro zusammen mit Mary im Garten. Die beiden Frauen unterhielten sich über die unterschiedlichen Charaktere und Begabungen der Kinder.

„Kali, Leela und Gita, die drei zwölfjährigen Mädchen, wollen gerne Nähen lernen. Ich werde morgen mal versuchen, ob ich im Basar eine gebrauchte Nähmaschine auftreiben und ein paar preiswerte Stoffe kaufen kann", berichtete ihr Mary.

„Früher habe ich mir auch einige Röcke und Kleider selbst genäht. Hat ganz gut geklappt", meinte Caro „Leider lohnt es sich nicht, meine alte Koffermaschine aus Deutschland hierher zu schicken."

„Nein, der Aufwand wäre viel zu groß. Übrigens, ich muss dir ein Kompliment aussprechen, du kannst gut mit Kindern umgehen."

„Na ja... Es sieht jedenfalls so aus. Hätte ich gar nicht von mir erwartet. Die Kinder haben sich wirklich schnell an mich gewöhnt und vertrauen mir, besonders die kleine Devi Bachchan. Die war ja schon bei meinem ersten Besuch sehr anhänglich. Da fällt mir ein, dass ich dir ein Foto in einem Buch zeigen möchte, dass ich extra von zu Hause mitgebracht habe." Caro stand auf um das Buch zu holen.

Als sie Mary dann das Foto zeigte, stellte diese auch eine gewisse Ähnlichkeit zwischen der Frau im Sari und dem Kind fest. „Ich habe nie nachgeforscht, wo und aus welcher Familie die kleine Devi stammt. Vielleicht könntest du es demnächst selbst mal versuchen!"

„Das werde ich auch machen. Bin gespannt, was

dabei herauskommt, denn Devi und ich, wir beide mögen uns, verstehen uns prima. Nur mit dem dünnen elfjährigen Jungen komme ich nicht so gut klar. Weißt du, woran es liegen könnte, Mary?"

„Du meinst sicher Kamal Ganjhu. Er ist noch relativ neu bei uns und gilt als Problemkind, da er manchmal sehr zornig sein kann. Dann wiederum ist er still und in sich gekehrt, reagiert nicht, wenn man ihn anspricht. Aber um sich mehr mit ihm allein zu befassen, dazu fehlt uns die Zeit. Lässt sich aber leider nicht ändern", meinte Mary achselzuckend.

„Die anderen Kinder reagieren aber nicht so, obschon sie doch auch fast alle von der Straße kommen. Wieso ausgerechnet Kamal? Der scheint mir doch ziemlich gescheit zu sein", erkundigte sich Caro bei Mary.

„Als er zu uns kam, war er sehr verstört, hat nicht viel gesprochen. Erst nach ein paar Wochen hat er sich bei uns sicher gefühlt und so nach und nach einiges erzählt.

Der Junge hatte eine schlimme Zeit hinter sich. Seine Eltern waren arme Bauern, die im Umland von Bangalore lebten. Beide sind vor zwei Jahren bei einem schrecklichen Unfall ums Leben gekommen."

„Das ist ja traurig!"

„Das kannst du wohl laut sagen. Aber das Schlimmste kommt noch. Die Nachbarn wollten und konnten den Jungen nicht großziehen, deshalb kam er zu einem entfernten Verwandten der Familie, der hier im Außenbezirk der Stadt lebt. Der wollte ihn natürlich auch nicht haben, aber weil der Junge sehr hübsch ist, hat der Mann ihn einfach an ein Bordell verkauft."

86

„Und wie kam Kamal hierher?" Neugierig wartete Caro auf Marys Antwort. Die stellte ihr Saftgetränk, das sie in der Hand gehalten hatte, zurück auf den kleinen Holztisch und sagte: „Wie du sicher weißt, stehen pädophile Männer auf kleine, hübsche Jungen. Europäer buchen extra Vergnügungsreisen nach hier, um daheim nicht aufzufallen, denn viele von ihnen führen nach außen hin ein ganz „normales" Familienleben. Sie befinden sich in einer Partnerschaft mit einer Frau, sind verheiratet und haben sogar Kinder. Kamal hatte Glück, dass er von diesen Sextouristen nicht vergewaltigt wurde."

Mit der Hand verscheuchte Mary ein paar Mücken und berichtete dann weiter: „Irgendwie schaffte er es, das Bordell zu verlassen, den geilen, geldgierigen Betreibern zu entkommen und lebte seitdem auf der Straße. War total verdreckt und halb verhungert. Tarun hat ihn durch Zufall entdeckt, als der Junge bei ihm um Geld für Essen bettelte. Er brachte ihn mit hierher und kümmerte sich um ihn. Es hat eine ganze Zeit gedauert, bis er Vertrauen zu uns aufgebaut und Tarun so nach und nach einiges von seinen widerlichen Erlebnissen erzählt hat. Soweit ich mich erinnere, wurde der Junge auch des Öfteren zu einer reichen, älteren, dickleibigen Geschäftsfrau gebracht."

„Was hat die denn mit ihm gemacht?" Caro war schockiert, verschluckte sich an ihrem Getränk und stellte das Glas schnell zurück auf den Tisch, weil sie husten musste.

„Nun schau mich nicht so entsetzt an", meinte Mary.

„So etwas gibt es auch! Er musste sich stets nackt

ausziehen. Sie hat ihn dann überall gestreichelt, um sich an ihm aufzugeilen."

„Der arme Junge, kein Wunder, dass er mir gegenüber misstrauisch ist, dass er meint, ich könnte etwas von ihm wollen, ihm Schaden zufügen."

„Was hast du denn gemacht", erkundigte sich Mary, die jetzt zurückgelehnt im Gartenstuhl saß und zwischendurch an ihrer Zitronenlimonade nippte.

„Oh... Nichts Besonderes! Als er vor ein paar Tagen mit den Hausaufgaben fertig war, er ist sehr intelligent wie ich feststellen konnte, saß er noch eine Weile da, starrte auf sein Heft und sah so traurig aus. Ich habe mich zu ihm gesetzt, ihn in den Arm genommen und über seine Wange gestreichelt. Jetzt ist mir natürlich klar, warum er so aggressiv reagierte und mich weggestoßen hat. Sein Vertrauen zu erringen, wird für mich bestimmt schwer werden!"

„Ach was, das schaffst du schon. Unterhalte dich nur einfach mit ihm. Gib ihm eine Aufgabe, die er gut erledigen kann, damit er wieder mehr Selbstvertrauen bekommt", meinte Mary.

Sie stand auf und sagte: „Ich glaube, es wird Zeit, dass wir schlafen gehen. Zieh das Moskitonetz gut zu, damit dich über Nacht die Mücken nicht aussaugen können."

„Werde ich machen, obschon sie mich sehr selten stechen. Wahrscheinlich schmeckt ihnen mein Blut nicht!"

„Dann brauchst du ja auch keine Angst vor Vampiren haben", meinte Mary kichernd, bevor sie die Haustür abschloss.

*

88

12. Kapitel

Mit einem Rucksack, in dem Caro ihre teure Fotoausrüstung nebst zwei Flaschen abgekochtes Wasser untergebracht hatte, sowie der kleinen Geldtasche, die sie üblicherweise mit einem Lederband um den Hals unter ihrer langen Leinenbluse trug, machte sie sich zusammen mit Kamal ein paar Tage später auf den Weg zur Bushaltestelle.

Mary hatte ihr einen erfolgreichen, freien Nachmittag im ‚Lal Bagh-Park' gewünscht und hoffte, dass die beiden gut miteinander auskamen.

Die Buslinie zehn, mit der die beiden fuhren, hielt direkt am Süd-Tor des Parks und nach ein paar Schritten erreichten sie das Kassenhaus.

Caro bezahlte den verlangten Eintrittspreis von umgerechnet zirka siebzig Cent für beide und betrat zusammen mit Kamal den Park-Garten.

Hier war nichts mehr von der hupenden und lauten Großstadt zu hören. Es war eine große, grüne Oase mit vielen alten Bäumen und schön angelegten, bunten Blumenbeeten.

Seit dem letzten Besuch hatte sich nichts verändert und sie freute sich, endlich mehr Zeit zu haben um nach und nach die einzelnen, unterschiedlichen Bezirke zu erkunden. Auch hoffte sie, dass Kamal damit einverstanden sein würde, sie öfters hierher zu begleiten.

Caro war erstaunt darüber, dass der Junge sich tatsächlich gut im Park auskannte. Oder hatte er es kurzfristig im Internet, bei Mary im Büro, nachgelesen?

Jedenfalls berichtete er ihr voller Stolz: „Hyder Ali, der Herrscher von Mysore, hat im Jahr 1760 den Park in Auftrag gegeben. Sein Sohn, Tipu Sultan, hat ihn dann vollendet. Siehst du dort hinten das große Glashaus", Kamal wies mit dem Finger in die Richtung. „Das ist um 1890 gebaut worden. Im Januar und im August findet dort eine große Blumenshow statt, weil in diesen beiden Monaten ein besonderer Feiertag ist."

„Also müsste ich noch mal im August hierherkommen, um ein paar schöne Fotos zu machen? Weißt du, was der Name ‚Lal Bagh' bedeutet?"

„Ich glaube, es heißt Roter Garten", antwortete Kamal.

„Das könnte stimmen. Die meisten Blumenbeete, beziehungsweise duftenden Rosen, haben eine rote Blütenfarbe."

Plötzlich entdeckte Caro auf einem der alten Bäume eine Affenmutter mit ihrem Kleinkind. Zusammen mit den darunter befindlichen hohen Gräsern, deren lange Blütenähren sich leicht im Wind hin und her bewegten, war es ein schönes Motiv für eine Gegenlichtaufnahme mit der großen Kamera.

Ein paar Eichhörnchen, die wahrscheinlich oft von den Besuchern des Parks gefüttert wurden, kamen zutraulich näher, so als wollten sie sagen: „Wo bleibt unser Essen!"

„Kamal, während ich die Affen fotografiere, möchtest du dann die Eichhörnchen knipsen?"

Ehe er antworten konnte, hatte Caro ihm die kleine Digitalkamera gereicht, die er total erstaunt entgegennahm, dann aber glücklich lächelnd ein Bild nach dem anderen machte, sodass die puscheligen Eichhörnchen erschrocken davon huschten.

„Wenn die Fotos was geworden sind, bekommst du von allen einen Abzug", sagte Caro, als Kamal ihr die Kamera zurückgab. Doch er sah sie nur zweifelnd an, was so komisch aussah, das Caro lachen musste und nochmal bestätigte, was sie ihm versprochen hatte. Kurz darauf erkundigte sich Kamal bei ihr: „Gib es in Deutschland auch Eichhörnchen?"

„Ja, klar, aber nicht so große wie die Königshörnchen, die hier leben und deren Fell oft schwarz, braun oder dunkelrot aussieht. In Deutschland haben die Eichhörnchen meist ein schlichtes rotbraunes Fell und sind nur zirka zwanzig Zentimeter groß. Du kannst sie dir ja mal auf Marys PC ansehen."

Der Garten-Park war viel größer als Caro erwartet hatte und sie hätte sich hier noch Stunden aufhalten können, aber Kamal mahnte, eilig den Rückweg anzutreten. „Es wird sonst dunkel, bevor wir zu Hause sind!"

Caro hatte nicht mehr daran gedacht, dass hier schlagartig die Nacht hereinbrach, dass es hier nicht wie in Deutschland üblich eine längere Zeit der Dämmerung gab.

Die großen breiten Hauptstraßen waren zwar genügend mit Laternen bestückt, aber in den kleinen Gassen waren sie oft kaputt oder Mangelware, so dass man schlecht sehen konnte und aufpassen musste, dass man nicht über irgendetwas stolperte, womöglich der Länge nach hinfiel.

Notgedrungen legte Caro ihre Fotoausrüstung in den

Rucksack, schnallte ihn auf den Rücken und ging mit Kamal zum Ausgang.

Vor dem Park-Tor angekommen, konnten beide gleich in die passende Buslinie einsteigen, die sie zurück in die Nähe des Kinderheims brachte. Als sie ausstiegen, war es zwar erst kurz nach achtzehn Uhr, aber sie wurden dann doch von der schnell einsetzenden Dunkelheit überrascht.

„Kein Problem! Ich kenne die Gegend in- und auswendig", meinte Kamal. „Außerdem sind es ja nur ein paar Straßenzüge bis wir zu Hause sind."

Beide hatten aber nicht mitbekommen, dass ihnen von der Bushaltestelle aus ein paar Straßenjungen in Kamals Alter gefolgt waren und plötzlich wie Geier über sie herfielen, um Caro den Rucksack zu entreißen, in dem sie wohl eine fette Beute vermuteten. Aber so leicht gab Caro ihre darin befindliche, teure Fotoausrüstung nicht her.

Kamal rief irgendetwas in der Landessprache, schrie die Jungen förmlich an, die augenblicklich Caro samt Rucksack losließen und ihn anstarrten als sei er ein Geist. Dann drehten sie sich um und verschwanden wie ein Spuk in der Dunkelheit. Sprachlos blickte Caro hinter ihnen her.

„Bleib nicht stehen! Komm weiter", drängte Kamal. Noch von der Rangelei nach Luft ringend, lief Caro hinter ihm her und während der Junge eilig um die nächste Straßenecke bog, überlegte sie: ‚Womit hat er bloß die Bande in die Flucht getrieben'?

Nachdem sich Caro etwas beruhig hatte, konnte sie ihre Neugier nicht mehr unterdrücken.

„He, Kamal, wieso haben sie plötzlich aufgegeben? Womit hast du Ihnen gedroht?"

„Das es verboten ist, die eigenen Leute zu überfallen und dass ich es Ali Khan, ihrem Oberboss melden würde, wenn sie nicht sofort verschwinden würden!"

„Du kennst diese Jungen?"

„Nicht alle, aber zwei von ihnen schon. Bevor ich im Heim war, habe ich auch auf der Straße gelebt, mich hier in der Gegend vor den Männern des Bordells versteckt, aus dem ich geflohen war.

Ali hat mich zum Taschendieb ausgebildet, aber als ich ausgerechnet Tarun bestehlen wollte, hat er es sofort bemerkt, obschon ich so getan habe, als wollte ich bei ihm um Geld für Essen betteln. Er hat mich aber einfach festgehalten und mitgenommen. Am nächsten Tag hat er mir erklärt, wenn ich im Heim bleiben und die Schule besuchen würde, dann könnte vielleicht etwas aus mir werden.

Zuerst wollte ich seinen Versprechungen nicht glauben. Hatte schreckliche Angst, dass er mich wieder in ein Bordell stecken oder bei der Polizei abliefern würde."

„Schön, dass du dageblieben bist, denn wie ich festgestellt habe, bist du inzwischen ein guter Schüler."

„Meine Eltern waren zwar arm, aber ich durfte immer die kleine Schule bei uns im Dorf besuchen. Nach dem Tod meiner Eltern war damit natürlich Schluss!"

„Sei nicht traurig, im Heim hast du ja alles nachgeholt und wenn du dich weiter anstrengst, kannst du vielleicht sogar ein Gymnasium besuchen."

Als Caro mit Kamal um die letzte Straßenecke bog und an der alten verrosteten Eisenpforte vorbei zum

Hintereingang ging, war sie froh, dass alles so glimpflich ausgegangen war.

Sie bedankte sich bei dem Jungen, dass er sie so gut beschützt hatte und sagte: „Ich bin sehr stolz auf dich." Worauf Kamal verlegen auf den Boden blickte, dann aber schnell zu seinen Kameraden lief.

*

13. Kapitel

Die Fotos aus dem Park waren alle sehr schön geworden und so schickte Caro sie mit einigen Beschreibungen per Mail an den Grüner-Verlag, an die Redaktion der Gartenzeitschrift. Ein paar Tage später kam die Bestätigung vom Chef, dass ihre Fotos es auf die erste Seite geschafft hätten, und dass er noch mehr davon gebrauchen könnte, worüber Caro sich sehr freute.

Ihr Verhältnis zu Kamal hatte sich seit dem Besuch des Lal Bagh-Parks erheblich verbessert, so dass sie ihn an ihrem freien Tag oft als Begleiter durch die Stadt mitnahm.

„Du kennst dich gut aus und kannst mir vieles erklären, weil du noch den Dialekt der einfachen Leute sprechen und für mich übersetzen kannst! Bist ein guter und hilfsbereiter Fremdenführer."

Durch Caros Lobhymnen fühlte sich Kamal geehrt und wurde ihr gegenüber auch offener, vertraute ihr allmählich. Er zeigte ihr schöne Ecken und Hinterhöfe mit Blumen, die sich hinter dunklen Gängen oder in engen, zwielichtigen Seitenstraßen befanden.

Da sich Touristen hier eher selten verirrten, wurde Caro oft angestarrt. Manche wollten sogar ein Foto von ihr um später mit dem Bild der weißen Frau anzugeben. Zusammen mit Kamal durfte sie dafür die einfachen Behausungen, oder die manchmal etwas größeren, bunt dekorierten Räume, die Kinder der Familien und auch die ganz alten Menschen mit ihren verwitterten Gesichtern fotografieren.

Kamal zeigte ihr auch, wo sich schicke Bars, moderne Clubs, Discos und gemütliche Restaurants befanden, in denen es auch Alkohol und kontinentales Essen für Urlauber oder betuchte Europäer gab.

‚Ein guter Tipp, falls ich mal mit Ruby und Antonia etwas unternehmen will oder vielleicht später einmal zusammen mit Klaus den Urlaub hier in Bangalore verbringe', dachte Caro und bedankte sich immer bei Kamal, wenn er sie wieder mal begleitet hatte.

Wenn eines der Kinder Geburtstag hatte, wurde neuerdings immer ein großes Fest gefeiert. Uma hatte mit viel Liebe drei riesige, süße Kremtorten gebacken, die das Geburtstagskind anschneiden und an alle Kinder verteilen durfte.

Natürlich gab es ein paar Süßigkeiten und neue Kleidung, was besonders bei den Mädchen gut ankam. Anschließend wurde gesungen, getanzt, gespielt und viel gelacht.

Wenn Caro in die glücklichen Kinderaugen blickte und sich vorstellte wie die Mädchen und Jungen früher verdreckt, hungrig, durstig und bettelnd durch die Straßen gezogen waren, krampfte sich ihr Herz zusammen.

Eines Abends ging Caro mit Onkel Alberts Buch zu Mary, die noch im Büro saß und den Einkaufsplan für den nächsten Tag zusammenstellte.

Das Reisebuch über Indien, das sie nach seinem Tod geerbt hatte, lag seither die meiste Zeit bei ihr zu Hause im Regal.

Damals interessierte sie sich nur für die vielen Fotos mit den Untertiteln und natürlich für das Bild der jungen Inderin, das ihr sofort aufgefallen war. Erst hier im Heim hatte sie in ihrer freien Zeit begonnen, den dazugehörenden Text zu lesen und auch einige

Briefe ihres Onkels, die mit abgedruckt waren. Albert hatte alles sehr genau und sorgfältig aufgeschrieben.

Von seiner Reise im Sommer 1946 nach Indien, die fast einer Flucht aus dem zerbombten und noch nicht wieder aufgebauten Deutschland glich und die er zusammen mit seinem englischen Freund und Journalistenkollegen, Sam Harwight, unternahm. Sam hatte er kurz nach dem Zweiten Weltkrieg in der Nähe seiner Heimatstadt kennen gelernt, als dieser für eine angesehene englische Zeitung über Land und Leute in Deutschland berichten sollte.

Spannende Geschichten, die Caro mit viel Interesse bei einem Glas kühler Limonade in den Abendstunden gelesen hatte.

Nachdem sie an die Bürotür geklopft und eingetreten war, sah sie, dass Mary noch an einigen Unterlagen arbeitete.

„Ich hoffe, ich störe dich nicht?"

„Nein, ich bin gerade mit der Einkaufsliste für die Küche fertig geworden. Was gibt es? Was möchtest du wissen?", dabei zeigte sie auf das Buch, das Caro in der Hand hielt.

„Ich muss dir unbedingt noch mal das Foto zeigen, das mich seit langem beschäftigt." Caro schlug die Seite mit dem Bild der Inderin auf, überreichte Mary das Buch und sagte: „Ich finde, die Frau hat tatsächlich sehr viel Ähnlichkeit mit der kleinen Devi Bachchan."

Während Mary das Bild genau betrachtete, fragte sie:

„Wer ist denn die Frau?"

„Das weiß ich nicht. Vielleicht war es eine Bekannte meines Onkels, denn das Buch ist eine Art Tagebuch mit Reisebeschreibung und Fotos über Indien. Leider ist mein Onkel schon vor etlichen Jahren verstorben und von meiner Familie wusste auch keiner etwas über diese Frau. Wenn es eine Verbindung zwischen ihr und Devi gibt, muss ich hier in Indien anfangen danach zu suchen."

„Und wo willst du damit beginnen?"

„Du musst mir erzählen, wie die Kleine hierher kam? Wer ihre Eltern sind? Es müsste doch alles in der Aufnahme-Akte stehen."

„Kann sein, kann aber auch nicht sein! Ein paar der Kinder wurden hier an der Pforte und auch in der Jesuskind-Kirche beim Pfarrer abgegeben. Ich werde in den nächsten Tagen mal nachsehen und dir Devis Akte heraussuchen."

„Danke Mary!" Caro wünschte ihr eine Gute Nacht und begab sich in ihr Zimmer.

Wenn sie Klaus erzählen würde, dass sie hier immer um zweiundzwanzig Uhr zu Bett ging, würde er bestimmt sagen, dass es gelogen sei, weil sie zu Hause nie vor vierundzwanzig Uhr schlafen ging. Meistens wurde es sogar noch viel später.

Hier war ihr Schlafrhythmus aber total anders. Die Sonne ging sehr früh auf, so dass es zwischen vier- und fünf Uhr schon taghell war. Die Dämmerung dagegen begann schon meist gegen achtzehn Uhr und kurz darauf war es stockdunkel.

Bis auf die engen, kleinen Nebenstraßen war die Stadt aber bis in die späten Abendstunden hell und bunt erleuchtet. Erst in der Nacht kehrte Stille ein. Die Straßen waren dann wie leergefegt.

Wenn der Mond die Dunkelheit durchdrang, sie ein wenig erhellte, sah alles gleich viel schöner aus. Es schien, als würde sich die Stadt erholen um am

98

nächsten Tag das Gewusel von Lärm, Kühen und Menschen besser ertragen zu können.

Inzwischen hatten sich die beiden Studentinnen aus Deutschland, Leonie und Mareike, gut eingelebt. Sie mussten jetzt morgens die Mädchen aufwecken und den Kleinen beim Anziehen helfen, sodass Caro etwas länger schlafen konnte, was sie auch sehr genoss. Außerdem bekam sie immer frei, wenn sie nachmittags etwas mit Kamal unternehmen wollte, da dann die Studentinnen die Kleinen beaufsichtigten, ihnen etwas vorlasen.

Einige Tage später bekam Caro nach dem gemeinsamen Frühstück von Mary Devis Akte mit den Worten überreicht: „Ich habe sie gleich heute Morgen für dich herausgesucht. Es gibt aber nicht viele Angaben zu Devis Vergangenheit, nur das der alte grauhaarige Pfarrer der älteren Jesuskind-Kirche sie hierher gebracht hat."

„Weißt du, ob der Pfarrer noch lebt, dann könnte ich ihn aufsuchen? Vielleicht erinnert er sich an die Kleine und kann mir zusätzlich einiges berichten."

„Das weiß ich leider nicht!" Mary gab ihr aber den Rat: „Geh zum Pfarramt und erkundige dich persönlich nach Devi, nach eventuellen Familienangehörigen."

*

99

14. Kapitel

In Devis Akte stand tatsächlich nicht viel. Eine alte Frau, vielleicht ihre Großmutter, hatte sie beim katholischen Pastor abgegeben und war dann verschwunden, ohne eine Adresse zu hinterlassen. Die Kleine hatte nur ein Kleiderbündel, ein Medaillon und eine Geburtsurkunde dabei.

Caro hatte nie gesehen, dass Devi eine Kette trug und erkundigte sich danach bei Mary.

„Die Kette habe ich ihr abgenommen, da sie beim Spielen zerreißen oder einer der größeren Jungen sie ihr wegnehmen könnte. Nur weil alle hier im Heim leben, sind sie noch lange keine Engel. Ein paar der Jungen habe lange gebraucht um nicht mehr zu stehlen, um die Straße hinter sich zu lassen, um zu begreifen, dass es hier genug zu essen und zu trinken gibt. Ich habe die Kette mit einem Namen versehen und vorerst bei uns in den Safe gelegt. Wenn du willst, zeige ich sie dir bei Gelegenheit?"

„Prima! Ich werde am Sonntagmorgen mal zu dieser Kirche gehen. Wenn ich Glück habe, gibt es den Pfarrer noch und ich kann ihm die Kette zeigen. Was meinst du?"

„Eine gute Idee. Vielleicht erinnert er sich dann eher an das Mädchen."

Caro hatte nach ihrer Heirat mit Phillip Hausmann nicht mehr an einer Andacht oder Messe teilgenommen, obschon sie im Laufe ihres weiteren Lebens oft Kirchen besucht und für Zeitschriften fotografiert hatte. Sie glaubte zwar, dass es irgendwo ein höheres Wesen gab, aber nicht an die Institution

Kirche. Denn die angeblich so heiligen Männer klammerten sich an ihre Posten, die sie selbst bei Verfehlungen nicht aufgeben wollten und die oft von den Vorgesetzten gedeckt wurden, egal welcher Religion sie angehörten.

Besonders wütend machten sie die neuerdings bekannt gewordenen Missbrauchsskandale in der katholischen Kirche oder die mit der Freundin oder Haushälterin gezeugten Kinder, für die sie nicht einmal selber Unterhalt bezahlen mussten. Wenn sich normalverdienende Väter weigerten Unterhalt zu zahlen, wurde ihnen, wenn auch zu Recht, deswegen oft der Prozess gemacht. Bei den Kirchenfehltritten wurde meist alles vertuscht, damit die Gläubigen nicht zu zweifeln begannen, womöglich aus der Kirche austraten.

Die beiden Jesuskind-Kirchen lagen ungefähr zwanzig Minuten Fußweg vom Kinderheim entfernt. Neben der kleineren, alten Kirche stand inzwischen ein großer, supermoderner, fast runder Kirchenbau. Caro entschloss sich, es zuerst in der alten Kirche zu versuchen, ging hinein, setzte sich in eine der letzten Bankreihen und wartete, bis die Messe vorüber war.

Als sich die Kirche geleert hatte, ging der schon etwas ältere Pfarrer zum Kirchenportal um einige betuchte Inder persönlich zu verabschieden.

Als er zurück in die Kirche kam stand Caro auf und sprach ihn an: „Ich komme vom Kinderheim und habe ein paar Fragen zu einem Mädchen, das bei uns lebt."

„Bitte kommen Sie mit in den Nebenraum, dort können wir uns ungestört unterhalten. Was möchten Sie denn wissen?"

„Es geht um die vierjährige Devi Bachchan. Sie haben die Kleine vor ungefähr zwei Jahren zu uns ins Heim gebracht. Als Angestellte des Heims möchte ich gerne wissen, woher sie kommt und wer ihre Eltern sind."

„Das wird schwierig werden. Bei den vielen Kindern, die hier in die Kirche gebracht werden und die ich dann nach Möglichkeit weiter an ein Heim vermittle, kann ich mich nicht an ein Mädchen mit diesem Namen erinnern."

„Vielleicht doch, ich habe ihnen ein Foto und eine Kette mitgebracht, die das Kind damals getragen hat. Schauen Sie mal."

Caro reichte ihm ein Foto von Devi und das goldene Medaillon.

Der Pfarrer betrachtete beides eine Zeitlang, dann nickte er und sagte: „Ich erinnere mich. Es war eine alte Frau, die hier ab und zu mit dem Kind in die Kirche kam. Irgendwann sprach sie mich an und teilte mir mit, dass sie zu alt sei, um sich weiter um das Kind zu kümmern. Weil es keine Verwandten gäbe, bat sie mich einen Heimplatz für die Kleine zu suchen. Sie würde auch dafür bezahlen. Was sollte ich machen? Die alte Frau tat mir leid. Deshalb habe ich das Kind behalten und mit dem Geldbetrag zum Kinderheim gebracht, mit dem ich in Kontakt stand, weil ich wusste, dass dort gerade ein Platz frei war. Der alten Frau ist der Abschied sehr schwer gefallen. Ich habe gesehen, dass sie beim Verlassen der Kirche geweint hat."

„Wissen Sie vielleicht, wo sie wohnt?"

„Nein, aber einige Zeit später habe ich zufällig gesehen, wie sie ein paar Straßen von hier entfernt in ein graues, guterhaltenes Gebäude ging."

„Ob sie noch lebt?"

„Das weiß ich nicht. Warum interessieren Sie sich überhaupt für die alte Frau und das Kind?"

Caro berichtete ihm von dem Foto in dem Buch ihres Onkels.

„Ich will nachforschen, ob es eine Verbindung zwischen den beiden Personen gibt oder gab, denn die Kleine hat eine gewisse Ähnlichkeit mit dem Foto."

„Wenn Sie wollen, kann ich Sie bis zu dem grauen Haus begleiten. Dort können Sie sich nach der Frau erkundigen."

Caro ließ sich das Haus zeigen, wollte aber ein anderes Mal zusammen mit Kamal herkommen, da er sich besser verständigen konnte, falls keiner der Bewohner Englisch sprach.

Sie ließ sich Devis Foto und die Kette wiedergeben, bedankte sich nochmal beim Pfarrer und ging langsam zurück zum Kinderheim.

Unterwegs dachte sie: ‚Vielleicht finde ich die alte Inderin tatsächlich und kann sie nach Devi und auch nach dem Foto in Onkel Alberts Buch befragen. Wenn ich Glück habe, wird meine Neugier dann endlich gestillt'.

*

15 .Kapitel

Caro hatte Kamal ein kleines Geschenk versprochen, wenn er sie am nächsten Sonntag, als eine Art Dolmetscher, zum grauen Haus begleiten würde. Unterwegs erzählte sie ihm, dass es sich bei dem Besuch vielleicht um die Familie von Devi handeln würde.

Kamal mochte die Kleine und fand Caros Nachforschungen sehr spannend.

Am grauen Haus angekommen, gingen sie hinein, klopften der Reihe nach an alle Türen und als man ihnen öffnete, fragte Kamal nach der alten Frau. Doch überall hörten sie: „Tut uns leid, die wohnt hier nicht!"

Als sie wieder auf der Straße standen, kam ein Mädchen aus dem Haus auf sie zu gelaufen und sagte:

„Mein Großvater meint, es könnte die Frau sein, die früher in der oberen Etage zusammen mit einem kleinen Mädchen gewohnt hat. Soweit er sich erinnert, ist sie in das kleine Haus am Ende der Straße gezogen."

„Vielen Dank für deine Auskunft!" Caro wandte sich an Kamal und sagte: „Komm, wir fragen dort mal nach."

Das Haus war tatsächlich sehr klein und sah ziemlich heruntergekommen aus. Auf dem engen, dreckigen Hof tobten und lärmten ein paar Kinder. Als sie sahen, dass Caro und Kamal zur Haustür gehen wollten, kamen sie angelaufen und starrten sie an.

„Wohnt bei euch eine alte Frau?"; erkundigte sich Kamal und stupste dabei einen älteren Jungen mit dem Finger an. Dieser nickte nur, sagte etwas zu seinen Spielgefährten und lief dann mit ihnen zurück auf den Hof, wo Lärm und Geschrei von neuem begann.

In dem Moment öffnete sich die Haustür und eine relativ dicke Inderin, die über ihren Sari eine schmuddelige Schürze trug, erkundigte sich, ob sie vom Stadtamt kämen, eventuell pfänden wollten? Leider sei bei ihr aber nichts zu holen!

„Nein, wir wollen nichts von Ihnen. Wir suchen eine alte Inderin, die hier wohnen soll!" Erwartungsvoll blickte Caro die Frau an. Die überlegte einen Augenblick, verzog dann mürrisch den Mund und meinte: „Falls sie vorhin nicht weggegangen ist, sitzt sie hinten im letzten Raum."

„Dürfen wir sie besuchen? Es ist wichtig für uns!"

„Meinetwegen." Die Frau zuckte mit den Schultern, ging in den Hof und wies die Kindern an, leiser zu sein. Dann kam sie zurück und ging zusammen mit Kamal und Caro ins Haus. Mit der Hand zeigte sie auf das Ende des relativ dunklen Flurs, an dessen Wände alte, von den Kindern gemalte Bilder, sowie etliche Fetische hingen und murmelte: „Der Raum hinten links."

Das Zimmer, in dem Caro und Kamal standen, war klein und schmal. Es gab ein einfaches Bett, einen alten Schrank, einen abgewetzten Sessel und einen schmalen Tisch auf dem an einem Ende ein kleiner Fernseher stand. Auf dem Fußboden lag ein ehemals bunter, inzwischen verschlissener Teppich mit Fransen, aber die Frau war nicht da.

Die Wohnungsbesitzerin, die neugierig an der Tür stehengeblieben war sagte: „Ich meinte ja auch, dass sie vor einiger Zeit das Haus verlassen hat."

„Wissen Sie, wo sie hingegangen sein könnte?" Caro

sah die Frau an, die zuckte nur mit den Achsel und murmelte etwas wie: „Weiß ich nicht. Ist mir auch egal. Hauptsache sie zahlt immer pünktlich die Miete."

Da Caro sie nicht verstehen konnte, übersetzte Kamal was sie gesagt hatte.

Cora überlegte einen Moment und entschloss sich, es morgen nochmal zu versuchen, nochmal hierher zu kommen. Sie bat Kamal: „Sag ihr, sie soll der alten Frau sagen, dass wir sie morgen Nachmittag treffen wollen."

Danach verabschiedeten sie sich und schlenderten zurück zum Kinderheim. Unterwegs fragte Caro:

„Was für eine Sprache war das eben?"

„Das war Tamil. Die Familie kommt wahrscheinlich ganz aus dem Süden. Als meine Eltern noch lebten, haben wir zu Hause auch diese Sprache benutzt. Ich glaube, die Familie meines Vaters kommt dort her. Wahrscheinlich von der Ostküste, aus der Umgebung von Chennai, oder auch etwas südlicher. Aber so genau weiß ich es nicht."

„Die Heimleiterin hat mir erzählt, dass deine Eltern bei einem Autounfall ums Leben gekommen sind. Weißt du, wie es passiert ist? Warst du auch im Auto?"

„Nein, ich war zu Hause. Hab mit den Nachbar-Kindern gespielt. Ein Mann von der Polizei kam vorbei und erklärte mir, dass meine Eltern nicht wiederkämen, dass ich zu einem entfernten Onkel in die Stadt ziehen und dort bleiben müsse, weil er der einzige Verwandte meiner Eltern sei."

Cora merkte, dass es Kamal schwer fiel, darüber zu sprechen und ließ ihn in Ruhe, fragte aber: „Würdest du mich morgen nochmal zu dem Haus, in dem die alte Frau wohnt, begleiten?"

Zustimmend nickte der Junge, wahrscheinlich weil er hoffte, dann das versprochene Geschenk zu bekommen, und weil er neugierig war, da er mehr oder weniger Devi als seine kleine Schwester betrachtete, deshalb schon mal von den größeren Jungen gehänselt wurde. Es gab eine Prügelei und Tarun musste die Streithähne trennen.

Als Caro und Kamal am nächsten Tag bei dem kleinen Haus ankamen, war es für sie wie eine Art Déjà-vu. Die Kinder tobten und lärmten auf dem Hof. Die Frau, die die Tür öffnete, trug die gleiche schmutzige Schürze wie gestern und genauso mürrisch wies sie zum Zimmer hinten am Ende des Flurs.

Gefolgt vom Kamal ging Cora den Flur entlang, klopfte an der Tür und öffnete sie.

Die alte Frau saß in dem abgenutzten Sessel und schaute durch das winzige Fenster nach draußen in den Hof.

Als Caro sich räusperte, drehte sie sich um und sah die beiden Fremden fragend an. Caro ging zu ihr hin und erkundigte sich auf Englisch: „Kennen Sie ein Kind, das Devi heißt? Sind Sie vielleicht mit ihr verwandt?"

„Devi", murmelte die Alte, während ein leichtes Lächeln über ihr faltiges Gesicht flog. Doch dann zogen sich ihre Mundwinkel nach unten und mit zittriger Stimme fragte sie: „Ist was mit dem Kind?"

„Nein, nein, alles in Ordnung. Mein Name ist Caro Hausmann. Ich komme aus Deutschland und arbeite für einige Zeit im Kinderheim, in dem das Mädchen lebt", dabei sah Caro die alte Inderin genau an, studierte ihr Gesicht und verglich es mit dem Foto in Onkel Alberts Buch. Ihre Haare waren inzwischen grau, fast weiß und hinten zu einem Knoten zusammengesteckt. Das Gesicht war sehr runzelig, aber die Augen waren klar, sahen sie genauso ernst an wie auf dem Foto.

Mit fester Stimme und nach Worten suchend erkundigte sich die Alte etwas stotternd auf Deutsch:

„Was ist der Zweck Ihres Besuches? Was wollen Sie?"

Caro holte das Medaillon aus ihrer Tasche, hielt es ihr hin und fragte: „Gehört das Ihnen?"

Die Inderin nahm es, strich sanft mit den Fingern darüber und küsste es. Dann blickte sie zu Caro hoch und sagte leise: „Es gehörte einmal mir, aber ich habe es Devi geschenkt", dabei füllten sich ihre Augen mit Tränen, die langsam die Wange herunterrannen.

Caro kniete sich neben den Sessel, sah die alte Frau an und sagte: „Bitte seien Sie nicht traurig. Dann legte sie ihr Alberts Buch auf den Schoß, das sie extra mitgebracht hatte, schlug die Seite mit dem Foto auf und fragte: „Sind Sie das? Wie alt waren Sie, als das Bild gemacht wurde?"

Die alte Frau starrte eine Zeitlang auf die Fotografie, dann blickte sie auf, sah Caro erstaunt an und fragte mit leicht zittriger Stimme: „Woher haben Sie das Buch mit dem Foto?"

„Ich habe es von meinem Onkel Albert geerbt als ich vierzehn Jahre alt war und seitdem dieses Foto immer bewundert. Im Kinderheim habe ich dann eine gewisse Ähnlichkeit zwischen Devi und dem Foto festgestellt. Das hat mir keine Ruhe mehr gelassen, deshalb habe ich nachgeforscht. Ich würde sagen, es war Schicksal oder ein glücklicher Zufall, dass ich Sie gefunden habe."

„Zufälle gibt es nicht", antwortete die alte Frau und schaute immer wieder auf das Foto. Dann räusperte sie sich und sagte: „Sehen Sie, als ich jung war, habe ich immer das Medaillon getragen." Sie zeigte auf das Foto, wo am Hals der Inderin, ein wenig durch den Sari verborgen, tatsächlich ein winziges Stück des Medaillons zu sehen war.

„Albert hat es mir bei unserem letzten Zusammensein geschenkt. Ich glaube, ich war damals achtzehn oder neunzehn Jahre alt. Gedankenverloren blätterte sie einige Seiten um und mit leiser Stimme erkundigte sie sich: „Gibt es ein Foto von Albert?"

Caro schlug die erste Seite auf und zeigte ihr das Porträtfoto, das fast die ganze Seite füllte und ihn damit als Autor des Buches darstellen sollte.

„Ich möchte gerne etwas über Ihr Leben und das meines Onkels erfahren. Wenn Sie einverstanden sind, lasse ich Sie am nächsten Sonntag so gegen fünfzehn Uhr abholen. Im Kinderheim können wir ungestört reden und Sie können auch Devi wiedersehen?"

Mit brüchiger Stimme sagte die alte Frau zu. Caro verabschiedete sich von ihr und ging mit Kamal zurück zum Heim. Unterwegs nahm Caro ihm aber das Versprechen ab, der Kleinen nichts davon zu sagen, denn das müsse die alte Frau selber Devi erzählen.

Natürlich versprach er es, obschon er ein bisschen neidisch auf die Kleine war, denn er selbst hatte weder eine Großmutter noch eine Tante oder sonst einen Verwandten, der sich um ihn kümmerte, genau wie die meisten der anderen Heimkinder.

Als Caro sein trauriges Gesicht sah, stieß sie ihn an und sagte: „He, ich mag dich, und weil du mir bei den Fragen an die Vermieterin geholfen hast, möchte ich dich morgen Abend zu Mac Donalds einladen."

„Nur wir beide?"

„Ja, nur wir beide, oder traust du dich nicht?"

„Doch, doch!" Verlegen lächelnd verabschiedete er sich von ihr, als sie am Heim ankamen.

Abends schrieb Caro eine SMS an Klaus und berichtete ihm: „Ich kann es immer noch nicht fassen, aber ich habe tatsächlich die Inderin auf dem Foto in Alberts Buch gefunden. Sie ist mit der Kleinen verwandt, von der ich dir erzählt habe. Die alte Frau ist tatsächlich mit dem Kind verwandt."

„Das ist ja höchstinteressant. Stell aber nichts Unüberlegtes an, sonst sind später alle enttäuscht", schrieb Klaus zurück.

Antwort: „Mach ich nicht, aber ich bin neugierig wie Onkel Albert diese Frau kennengelernt hat."

„Das kannst du mir alles genau erzählen wenn du wieder hier bist. Noch gut sechs Wochen, dann bekommst du ja Urlaub."

„Stimmt, die Zeit ist so schnell vergangen, dass ich es kaum fassen kann. Ich vermisse dich doch sehr. Schade, dass du nicht hier sein kannst."

„Ich hab auch Sehnsucht nach dir. Freu mich schon, dich wieder in den Arm zu nehmen, aber jetzt muss ich Schluss machen. Meine Mittagspause ist vorbei. Die Arbeit ruft. Tschüss mein Schatz."

„Ok, ich melde mich wieder. Bis dann!"

Die nächste Woche verging unheimlich schnell. Die

Kinder forderten Caros ganze Aufmerksamkeit und an einem der Abende musste sie Mary genau berichten, wie sie die alte Frau gefunden habe und dass das Foto im Buch tatsächlich eine Aufnahme von ihr gewesen sei.

„Ich habe nicht daran geglaubt. Dachte, das Ganze wäre nur Einbildung, ein Wunschtraum von dir. Und nun stimmt es tatsächlich. Kaum zu fassen!"

„Ich kann es ja selber kaum glauben", meinte Caro. „Aber für Sonntag habe ich die alte Frau nach hier eingeladen. Sie will mir einiges aus ihrem Leben erzählen. Bin schon sehr gespannt darauf."

„Wirst du es Devi sagen?"

„Nein, ich warte erstmal ab. Will die Kleine nicht verunsichern."

„Ist vielleicht auch besser so", meinte Mary zustimmend.

Als Caro ein paar Tage später in Marys Büro kam, bat diese: „Kannst du für mich eine Reportage mit Fotos über das Kinderheim machen? Ich möchte damit einen Spendenaufruf starten, den ich an etliche große deutsche Zeitungen schicken will."

„Ja, das mache ich gerne!"

Und so hatte Caro an mehreren Nachmittagen Haus, Schul- und Schlafräume, so wie einige Kinder fotografiert, die mit großen Augen in die Kamera blickten. Anschließend hatte sie einen Bericht dazu geschrieben und Mary zur Begutachtung vorgelegt.

Die war begeistert und meinte: „So schön hätte ich das nicht hinbekommen. Vielen Dank, liebe Caro!"

„Ist schon ok, aber ich habe auch eine Bitte. Könnte ich in der nächsten Woche einen Tag frei bekommen und in den „Lal Bagh-Park" gehen? Als Begleitung würde ich gerne wieder Kamal mitnehmen, denn der Chef vom Grüner-Verlag bat mich in einer Mail um etliche Fotos vom Park und von der jährlich stattfindenden großen Flower-Show, zu der ich auch einige Beschreibungen liefern soll."

„Ja, natürlich! Und für Kamal ist es eine schöne Abwechslung. Ich habe nämlich festgestellt, dass er sich sehr für Fotografie interessiert. Den Unterrichtsstoff kann er ohne Schwierigkeiten nachholen, davon bin ich überzeugt."

„Prima!"

Der Monsun von Mai bis Anfang September war für die meisten Menschen im Land Fluch und Segen zugleich, denn nach monatelanger Trockenheit brachte er den ersehnten Regen. Die Felder außerhalb der Städte konnten wieder bewässert und die Trinkwasservorräte aufgestockt werden.

Zuviel Regen sorgte aber in den höher gelegenen Regionen oft für Erdrutsche, so dass die Straßen unpassierbar oder Häuser weggeschwemmt wurden.

In Bangalore und Umgebung regnete es aber meist nicht so stark wie in den anderen Regionen des Landes.

Auf die meisten Inder wirkte der Regen hier in der Stadt fast wie eine Befreiung. Man sah Kinder im Regen spielen und tanzen, sogar Erwachsene ließen sich nassregnen, weil es in der Sommerhitze so erfrischend war. Caro würde aber vorsichtshalber immer und überall ihren kleinen Schirm mitnehmen, denn nasse, anhaftende Kleidung mochte sie nicht.

Meistens regnete es aber nur eine Stunde am Tag,

112

dann verzogen sich die dicken, dunklen Wolken und blauer Himmel und Sonnenschein ließen die Nässe schnell vergessen.

Wenn es doch mal länger regnete, stand das Wasser allerdings nur für kurze Zeit im Garten des Kinderheims, da das Grundstück etwas höher lag und alles schnell bis zur Straße hin abfloss oder durch die darauf folgende, starke Sonneneinstrahlung relativ schnell verdunstete, sodass die Luft fast einer finnischen Dampfbad-Atmosphäre glich.

Caro hatte sich überlegt, dass es am Sonntag wohl besser wäre, sich mit der alten Frau im Haus zu unterhalten statt im Garten auf einer Bank, denn bei einem plötzlichen Regenguss kämen sie bestimmt nicht schnell genug ins Haus.

Auch hatte sie Tarun gefragt, ob er die alte Frau am Sonntagnachmittag mit dem Auto von zu Hause abholen könnte, da der Weg für sie bei der Hitze vielleicht zu beschwerlich wäre.

„Das mache ich doch gerne", hatte er geantwortet, denn die Geschichte mit dem Foto einer Inderin in einem deutschen Buch hatte sich inzwischen bei allen Angestellten herumgesprochen.

Uma, die Köchin, war sogar an ihrem freien Sonntagnachmittag extra von zu Hause gekommen, hatte in der Heimküche kleine Kuchen gebacken und eine Kanne Tee aufgebrüht, die sie persönlich in das kleine Besucherzimmer brachte, nur um einen Blick auf Caros eben angekommenen Gast zu werfen.

Dieses Verhalten erinnerte Caro an ihre vierwöchige Schulung in Köln, wo der Seminarleiter ihnen erzählt hatte, dass die meisten Inder sehr neugierig und kontaktfreudig seien.

Nachdem Uma gegangen war, wandte sich Caro der alten Frau zu, bedankte sich für ihr Kommen und fragte: „Wie darf ich Sie anreden? Wie heißen Sie eigentlich?"

„Ich heiße Lalita, Lalita Shastri."

Während Caro der alten Frau Tee einschenkte, bat sie: „Bitte erzählen Sie mir von ihrem Leben, Frau Shastri. Ich bin sehr gespannt, wie Sie meinen Onkel kennen gelernt haben?"

„Das ist eine lange und komplizierte Geschichte. Sie begann im Spätsommer 1946 in Delhi."

*

16. Kapitel

„Zusammen mit meiner Großfamilie wohnte ich damals im Norden Indiens, im Punjab, am Rande der Stadt Lahore.

Wir hatten viel Land, ein großes Haus und etliche Bedienstete. Waren relativ reich, wie man heute sagt. Durch die ganzjährige Bewässerung der landwirtschaftlichen Flächen gab es sogar mehrere Ernten im Jahr. Angebaut wurde hauptsächlich Weizen, Senf, Bohnen und etliche Felder mit Linsen. Manchmal bekomme ich Heimweh, wenn ich an meine Kinder- und Jugendzeit denke, an die geselligen, großzügigen Menschen in unserer Nachbarschaft. An die lebhaften Volkstänze bei den unbekümmerten, farbenfrohen Festen, an die alten überlieferten Gebräuche und natürlich an die vielen Schüsseln mit dem köstlichen Essen."

Vorsichtig nahm Lalita die Tasse vom Tisch und trank etwas von dem heißen Tee, dann stellte sie sie zurück und bedauernd sagte sie: „Aber das ist alles lange, lange her. Heute ist Lahore die Hauptstadt der pakistanischen Provinz Punjab und gehört nicht mehr zu Indien.

Aber zurück zu unserer Familie. Mein Vater war das Oberhaupt. Was er sagte war Gesetz. Da blieb kein Platz für eigenes Denken oder Handeln."

Caro nickte zustimmend und erklärte ihr: „In Deutschland mussten sich die Frauen auch den Männern unterordnen. Konnten keine eigenen Entscheidungen treffen. Das änderte sich erst in den sechziger, Anfang der siebziger Jahre."

„Meine Mutter hat sich immer den Wünschen ihres

115

gestrengen Mannes gefügt. Nur in der Küche musste er sich notgedrungen meiner herrischen Großmutter unterordnen."

Lalita lächelte. Vielleicht sah sie ihre Großmutter vor sich, die dem Sohn verbot, die Küche zu betreten, in der sie das Sagen über Hausangestellte, Töpfe, Pfannen und Lebensmitteln hatte.

Neugierig erkundigte sich Caro: „Und wie ging es weiter?"

„Weil ich die Älteste von den Kindern war und studieren sollte, schickte mich mein Vater nach der Schulzeit zu seinem Bruder nach Delhi, wo ich mit achtzehn Jahren, zusammen mit meiner Cousine, ein Studium für Lehrerinnen begann. Als Fremdsprachen hatte wir beide Englisch und Deutsch gewählt.

Die Familie meines Onkels gehörte zur Oberschicht, betrieb einen lukrativen Handel mit den Engländern und besaß mitten in Delhi ein stattliches Haus. Sie hatten Kontakte zu Ministern der Regierung, zu Rechtsanwälten und deshalb auch zu Mahatma Gandhi, der ja der geistige und politische Anführer der „Unabhängigkeits-Bewegung Indiens" und auch von Beruf Rechtsanwalt war.

Sie hatten auch Kontakte zu Nehru, der als Privatsekretär bei Gandhi angestellt war, außerdem zum englischen Vizekönig Louis Mountbatten und seiner Frau Edwina.

Oft gab es große Empfänge, an denen besagte Personen mit ihren eleganten Frauen nicht nur beim Vizekönig eingeladen waren, sondern auch im Haus meines Onkels weilten.

Bei einer dieser Festlichkeiten habe ich Albert Angermann durch dessen englischen Freund kennen gelernt. Wir verstanden uns auf Anhieb und da Albert auch Englisch sprach, was mir geläufiger war als Deutsch, konnten wir uns gut verständigen.

Er berichtete mir, dass er, genau wie sein Freund Sam, als Journalist arbeiten würde und viel in der Welt herum gekommen sei. Gebürtig käme er allerdings aus Deutschland und er wäre froh, dass jetzt wieder überall in Europa Frieden herrsche, dass der schreckliche Zweite Weltkrieg vorbei sei, in dem er notgedrungen als Soldat hätte kämpfen müssen. Ich habe mich sofort für diesen Mann interessiert und im Laufe des Abends haben wir ein paar Mal miteinander gesprochen.

„Wie war das möglich? Hielten sich Frauen und Männer damals nicht in verschiedenen Räumen auf?", erkundigte sich Caro.

„Nein, bei Empfängen nicht. Da zeigte sich mein Onkel als moderner Geschäftsmann. Vielleicht wollte er seine erwachsene Tochter und Nichte auch nur den betuchten Vätern mit ihren Söhnen präsentieren, umso an einen reichen Ehemann für sie zu kommen."

„Und…, hat es geklappt?"

„Ich glaube nicht. Jedenfalls nicht bei mir! Ich hatte nur Augen für diesen Deutschen, der ehrlich seine Meinung zu politischen und angeblichen Skandalen äußerte.

Ich erinnere mich, dass er der Ansicht war, Vizekönig Louis Mountbattens Frau Edwina und Nehru hätten ein Verhältnis. Es kam mir sehr unwahrscheinlich und unmoralisch vor. Besonders, da Nehru ja so viel älter war als Edwina.

Meine Eltern kannten Nehrus Familie, da seine Mutter auch aus Lahore stammte. Sie waren stolz darauf, dass er nach ein paar Jahren der erste Ministerpräsident Indiens geworden war und dass sie ihn einmal persönlich bei einem Fest kennengelernt hatten.

Soweit ich mich erinnere war Nehru bis 1964 im Amt, dann hat ein gewisser Lal Bahadur Shastri, ein entfernter Verwandter meines verstorbenen Mannes, das Amt als Ministerpräsident übernommen, allerdings nur für zwei Jahre, denn er wurde auf offener Straße erschossen."

Caro stand auf, goss Lalita eine weitere Tasse Tee ein und sagte: „Edwina und Nehru hatten tatsächlich ein Verhältnis. Nehru war Edwinas große Liebe und wie man heute weiß, haben sie sich im Laufe der Jahre oft in England getroffen. Mountbatten hat immer über die Eskapaden seiner Frau hinweggesehen, weil er angeblich auch etliche Liebschaften hatte. Aber bitte, erzählen Sie weiter. Ich bin viel zu neugierig auf Ihre Lebensgeschichte."

Lalita trank etwas von ihrem Tee und fuhr fort: „Im März 1947 habe ich Albert bei einem Gartenfest im Palast des Vizekönigs wiedergesehen. Er war darüber genauso erfreut wie ich und machte mir Komplimente über mein elegantes Aussehen. Der Onkel hatte mir erlaubt, für das Fest einen neuen Sari aus hellgrüner Seide zu kaufen. Albert sah in seinem weißen Dinnerjacket auch sehr gut aus."

Lalita verstummte für einen Moment, sah wohl in Gedanken Albert vor sich, denn ein flüchtiges Lächeln huschte über ihr faltiges Gesicht.

Als Caro sich räusperte, erzählte sie weiter.

„Zusammen mit einigen jungen Leuten sind wir im großen Garten spazieren gegangen. Dort hat Albert mich hinter einen dichten, blühenden Rosenbusch gezogen und einfach geküsst. Ich war darüber so sehr erstaunt, dass ich mich nicht gewehrt habe. Es war ein berauschendes Gefühl die Lippen eines mir fremden Mannes auf meinem Mund zu spüren. Ich schloss die Augen und wünschte, dieser Moment würde ewig dauern. Als sich Schritte näherten, die anderen uns wohl vermisst hatten, lösten wir uns voneinander. Albert hatte schnell eine Rosenblüte abgebrochen, damit es so aussah, als würde er sie mir in diesem Moment schenken, was er dann auch tat. Zusammen mit den anderen jungen Leuten sind wir zurück in den Palast gegangen, wo gerade Beifall geklatscht wurde, weil jemand eine Rede gehalten hatte.

Natürlich wollte Albert mich wiedersehen und wir verabredeten, dass er mich nach der Schule, im nahegelegenen Park, treffen könnte.

Notgedrungen musste ich Cousine Zarina, die Tochter des Onkels, die mit mir zur Schule ging, davon erzählen. Ihr das Versprechen abnehmen, mit niemanden darüber zu sprechen, was sie dann, wenn auch widerwillig, versprach.

Wir sahen uns jetzt öfters und irgendwann gestanden wir uns unsere Liebe zueinander. Ich glaube, meine Eltern hätten einer Heirat mit einem Christen, dazu noch mit einem Ausländer, nie zugestimmt. Aber ich war jung, unerfahren und bildete mir ein, wenn ich ein Kind von Albert bekommen würde, könnten sie nicht nein sagen, wären froh, wenn eine ihrer Töchter ohne teure Mitgift verheiratet würde. Außerdem hatte ich immer Sehnsucht nach ihm, nach seinen zärtlichen Küssen

119

und liebevollen Berührungen, wollte endlich ganz die seine werden.

Albert wusste, dass ich in den Sommerferien nach Hause fahren musste und versprach mir: Ich werde am Ende der Ferien zu deinen Eltern kommen und um die Erlaubnis bitten, dich zu heiraten. Aber so lange wollte und konnte ich nicht warten. Vor allem, da ich ahnte, dass es von ihnen keine Zustimmung geben würde. Also überlegte ich mir wie ich ihn, ohne dass es jemand aus der Familie des Onkels mitbekam, besuchen könnte.

An einem Nachmittag schaffte ich es für kurze Zeit das große Haus zu verlassen und mit einem Taxi ungesehen bis zu Alberts Wohnung zu gelangen. Was dann geschah, war die bisher schönste Stunde in meinem Leben.

Drei Tage vor meiner Abreise nach Lahore besuchte ich ihn nochmal. Als ich gehen musste, überreichte mir Albert als Geschenk ein kleines Medaillon, das ich immer tragen sollte. Dann folgte ein tränenreicher Abschied."

„Ist er am Ende der Ferien zu Ihnen nach Hause, zu Ihren Eltern gekommen?", erkundigte sich Caro.

„Nein, es kam ganz anders. Zwischen Muslimen, Sikhs und Hindus gab es besonders im Norden Indiens religiöse Auseinandersetzungen, die dazu führten, dass in großen Gebieten die öffentliche Ordnung zusammenbrach. Gandhis und Nehrus Wiederstand gegen die britische Kolonialherrschaft brachte schließlich die langersehnte Unabhängigkeit für Indien.

Es kam zu bürgerkriegsartigen Szenen, die sich über mehrere Wochen hinzogen. Aber die Muslime wollten einen eigenen Staat. Um weiteres Blutvergießen zu unterbinden und weil England Indien als Kolonie aufgeben wollte, unterzeichneten Nehru, Lord Ismay, Vizekönig Mountbatten und Dschinnah, der für die Moslembewegung zuständig war, am 15. August 1947 den Vertrag zur Teilung des Landes in den islamischen Staat Pakistan und in den Staat Indien, wobei das Gebiet des Punjab zur Hälfte zu Pakistan und die andere Hälfte zu Indien kam.

Das hieß, dass die muslimische Bevölkerung Indien verlassen, lieber in einem islamischen Land leben wollte. Die Sikhs und Hindus dafür aber aus dem jetzt zu Pakistan gehörenden Teil des Punjabs vertrieben wurden.

Meine Familie wohnte immer im Außenbezirk der Stadt Lahore, das nun nicht mehr zu Indien gehörte und da ich zu dem Zeitpunkt schon bei ihnen war, entschloss sich meine Familie, genau wie Millionen andere Menschen, wenige Stunden nach Bekanntgabe der neuen Grenzen zur Flucht. Soweit ich mich erinnern kann, war es Ende August oder Anfang September.

Ein Teil unserer Bediensteten waren Hindus, wollten bei uns bleiben und haben mitgeholfen, alles aus dem großen Haus auf etliche Wagen zu verladen. Wir haben auch einige Tiere mitgenommen. Geld und wertvolle Sachen wurden im Auto und unter der Kleidung der Frauen versteckt.

Nachdem Mutter und wir Kinder im Auto Platz genommen hatten, ist Vater vor dem Treck hergefahren.

Die Männer waren alle bewaffnet, denn sie fürchteten Überfälle von radikalen Moslems."

Die alte Frau atmete ein paar Mal tief durch, dann konzentrierte sie sich wieder auf ihre Lebensgeschichte und berichtete weiter:

„Weil noch der Monsun, die Regenzeit war, die im Norden viel stärker ist als hier in Bangalore, waren die Wege und Straßen oft völlig aufgeweicht und schlammig, so dass es ziemlich schwierig war, vorwärtszukommen. Vater schimpfte jedes Mal, wenn das Auto in einem Schlammloch stecken blieb, die Räder durchdrehten und er aussteigen musste. Bei diesen Gelegenheiten hatte Mutter ständig Angst, dass plötzlich jemand aus einem Hinterhalt Vater anspringen und töten würde, während meine jüngeren Geschwister völlig verstört leise weinten. Zusammen mit den Männern aus unserem Tross gelang es aber immer das Auto heraus zu schieben und die Fahrt fortzusetzen.

Vom ständig wehenden Wind, der oft abrupt seine Richtung änderte, wurde das Auto hin- und hergeschaukelt, so dass uns zusätzlich zur Angst auch noch übel wurde.

Gut, dass wir keinen der oft über die Ufer tretenden Flüsse überqueren mussten. Die Boote wären alle viel zu klein für unseren gesamten Hausstand gewesen.

Weil wir gut ausgerüstet und genug zu essen mitgenommen hatten, konnten wir während der Flucht einigermaßen überleben. Viele andere Flüchtlinge, besonders Kinder und arme Menschen starben vor Hunger und Erschöpfung.

Dauernd hatte ich Angst, dass man mich womöglich entführte, vergewaltigte oder dass mein Vater uns Mädchen im Notfall töten würde. Ich hatte zwar einen

Dolch unter meiner Kleidung versteckt, zweifelte aber, dass ich ihn benutzen, mir damit selber das Leben nehmen würde. Dabei hieß es immer: keine Frau oder Mädchen darf lebend in die Hände der Feinde fallen.

Während unserer Flucht, die vier oder fünf Tage dauerte, sahen wir oft am Straßenrand Frauen und Kinder liegen, ja sogar Männer, deren Kehlen durchgeschnitten waren, sodass Mutter meinen Geschwistern befahl, die Augen zu schließen, damit der schreckliche Anblick sie nicht zusätzlich belasten sollte.

Später habe ich erfahren, dass im Bürgerkrieg über eine Million Menschen gestorben waren, oftmals nicht einmal begraben wurden. Viele haben noch jahrelang ihr Leben in Flüchtlingslagern zugebracht. Zwar hatten sie ihre neue Heimat lebend erreicht, aber alles, was sie besaßen, zurück gelassen oder unterwegs verloren."

„Das muss ja schrecklich für Sie gewesen sein", unterbrach Caro den Bericht der alten Frau. „Es erinnert mich an die Flüchtlingstrecks der Ostdeutschen, die im Zweiten Weltkrieg vor den Russen geflohen sind. Damals sind in Deutschland auch sehr viele Menschen umgekommen oder auf der Flucht über die Ostsee ertrunken. Lalita, wo hat Ihre Familie dann Zuflucht gefunden?"

„Unsere Verwandten in Delhi besaßen vor der Stadt einen großen Bauernhof, auf dem wir in der ersten Zeit leben und unsere Tiere unterstellen konnten.

Kurz darauf bemerkte ich, dass sich in meinem Körper etwas verändert hatte, dass ich schwanger war. Ich habe mich im Stall verkrochen und geheult.

Eine Woche später brachte mein Vater mich wieder zur Familie meines Onkels in die Stadt, damit ich dort weiter studieren konnte. Nach Schulschluss bin ich heimlich zu Alberts Wohnung gegangen, in der Hoffnung ihn dort anzutreffen. Aber er war nicht da. Der Vermieter teilte mir mit, dass dort inzwischen ein anderer Mann wohnen würde. Verzweifelt erkundigte ich mich bei allen, die Albert näher kannten, bis schließlich einer meinte, die beiden Journalisten, der Deutsche und der Engländer, seien wohl des Landes verwiesen worden. Wieso oder warum, wusste keiner.

Da stand ich nun, der Mann, den ich liebte und von dem ich ein Kind erwartete, war verschwunden. Was sollte ich machen? Mir das Leben nehmen? Gleichzeitig ein ungeborenes Kind töten? Nein, das konnte ich nicht. In meinem Herzen schwelte die Hoffnung, dass Albert bald nach hier zurückkehren würde.

Doch diese Hoffnung wurde von meiner Tante, die mich wohl beobachtet hatte, zunichte gemacht. Sie nahm mich beiseite, schlug mir ins Gesicht und sagte erbost: „Ich habe festgestellt, dass du ein Kind bekommst. Wer ist der Vater?"

Ich weigerte mich den Namen zu nennen. Gleichzeitig schämte ich mich, dass ich trotz der großzügigen Aufnahme in die Familie meines Onkels Schande über sie gebracht hatte. Zusammen mit meinen zornigen Eltern, denen man umgehend die Nachricht überbracht hatte, beschloss der Familienrat möglichst schnell einen Ehemann für mich zu suchen und wehe ich würde etwas von einem Kind verlauten lassen.

124

Wenn es zur Welt käme, wäre es eben ein Siebenmonatskind.

Durch Beziehungen des Onkels wurde mir ein älterer Junggeselle, ich glaube er war vielleicht fünfzig Jahre alt und Lehrer an einer Grundschule in der Stadt, als zukünftiger Ehemann präsentiert. Anfang des nächsten Jahres würde er in den Süden, nach Bangalore versetzt.

Sie hatten ihm wohl eine relativ hohe Mitgift versprochen, die er für den Neuanfang gut gebrauchen konnte, während meine Familie und die meines Onkels mich auf diese Weise loswurden, ohne ihr Gesicht zu verlieren.

Ich habe den Mann nur einmal vor der Hochzeit gesehen. Den Vergleich mit Albert hielt er nicht stand, aber er war recht umgänglich."

„Konnten Sie sich nicht weigern einen so viel älteren Mann zu heiraten", erkundigte sich Caro.

„Nein, auf keinen Fall! Ich musste mich einfach damit abfinden, sonst hätte mich mein Vater auf die Straße gesetzt, oder ich wäre vielleicht sogar ums Leben gekommen, denn die älteren Söhne meines Onkels waren sehr sittenstreng und furchteinflößend.

Durch unsere Flucht aus dem Punjab konnten meine Eltern erklären, dass sie über einen guten Ehemann für die Tochter froh seien, aber nur eine kleine Hochzeit innerhalb der Familie ausrichten könnten.

Mein zukünftiger Mann, Krishna Shastri, war damit einverstanden, denn seine Eltern waren schon vor langer Zeit gestorben und zu seinen Geschwistern hatte er überhaupt keinen Kontakt.

Bei der Hochzeitsfeier hat meine Mutter ihn animiert

reichlich Alkohol zu trinken, sodass er in der Nacht nicht gemerkt hat, dass ich keine Jungfrau mehr war. Vor allem auch weil ich mich geziert habe, es mir unangenehm war. Ich hatte dabei immer das Bild von Albert vor Augen und habe mich seinetwegen geschämt mit meinem Ehemann zu schlafen. Aber ich durfte nicht mehr an Albert denken, musste mich um mein weiteres Leben kümmern.

Mit meinen persönlichen Sachen, meiner Kleidung, meinen Schulbüchern und ein paar Geschenken für den Haushalt bin ich zu meinem Mann an den Stadtrand von Delhi gezogen, wo er eine kleine Zweizimmer-Wohnung gemietet hatte.

Von nun an war ich für den Haushalt zuständig, was für mich eine enorme Umstellung war, denn in meiner Familie und vor allem in der meines Onkels gab es für alle Arbeiten Bedienstete. Besonders aber litt ich darunter, dass ich nicht weiter studieren konnte, denn das war zu teuer für meinen Ehemann.

Als ich ihm nach ein paar Wochen mitteilte, dass ich ein Kind erwartete, war er überglücklich und hoffte, dass er einen Sohn bekäme.

Einmal hat meine Mutter mich besucht, dann nie wieder, weil sie wohl Angst hatte, dass mein Vater es herausbekommen würde. Er hatte ja allen den Umgang mit mir, seiner liederlichen Tochter, strikt verboten."

Lalita machte eine kurze Pause, trank den inzwischen kalt gewordenen Rest des Tees und berichtete dann weiter.

„Der Abschied im Januar von Delhi, von meiner Familie und der meines Onkels, besonders der von Cousine Zarina, mit der ich studiert hatte und die wie eine Schwester für mich war, fiel mir sehr schwer, denn ich durfte das Haus meines Onkels nicht mehr betreten, konnte mich nicht persönlich von ihr und meinen Eltern verabschieden."

„Das muss ja schrecklich für Sie gewesen sein", stellt Caro mitfühlend fest.

„Das war es auch. Ich habe oft geweint, wenn mein Mann tagsüber in der Schule war, ich mich einsam und verlassen fühlte, vor Sehnsucht nach Albert immer dünner wurde. Manchmal hat mein Mann mit mir geschimpft, weil er meinte, ich müsse trotz Heimweh mehr essen, was ich dann dem Kind zu liebe versucht habe."

„Und wie sind Sie nach Bangalore gekommen?"

„Bepackt mit einigen Koffern, in denen sich unser Hab und Gut befand, fuhren mein Ehemann und ich Anfang 1948 mit dem Zug nach Bangalore, wo wir nach zwei stressigen Tagen erschöpft ankamen und mit einem Taxi zu einer teilmöblierten Wohnung fuhren, die die neue Schulbehörde für ihn besorgt hatte.

Am nächsten Tag haben wir ein Bett, einen Herd und was sonst noch gebraucht wurde, gekauft. Dann sind wir in der Nähe auf einen Markt gegangen und haben Lebensmittel besorgt, denn ab der nächsten Woche musste ich alleine einkaufen gehen, mich alleine in der fremden Stadt zu Recht finden, da mein Mann sich ja tagsüber in der neuen Schule befand."

„Konnten Sie das denn? Ich stelle mir das sehr schwierig vor, Besonders, wenn man noch so jung und unerfahren ist wie Sie es waren!", warf Caro ein.

„Da haben Sie vollkommen Recht, denn ich traute mich in der großen Stadt nur sehr ungern aus dem

Haus, saß dreiviertel des Tages allein in der Wohnung und habe stumm aus dem Fenster gesehen. Besser wurde es, als ich Krishna mitteilte, dass unser Kind bald auf die Welt kommen würde. Überglücklich brachte er mir am nächsten Tag süße Kuchen mit und hoffte inständig, dass er bald einen Sohn hätte.

Das Kind kam Anfang April, angeblich zweieinhalb Monate früher als geplant und es war ein Mädchen. Die Geburt war sehr schwierig, so dass die Hebamme der Ansicht war, ich dürfe keine Kinder mehr bekommen. Krishna war darüber zuerst böse, dann traurig, aber weil er mich liebte, resignierte er. Ich aber war im Stillen darüber froh. Unsere Tochter bekam, zum Andenken an seine Mutter, den Namen Kali. Sie wurde ein hübsches Mädchen und ähnelte mir sehr, so dass niemand auf die Idee kam, es wäre nicht Krishnas Kind.

Als ich mich nach Monaten bei ihm erkundigte, ob ich irgendwo einen Studienplatz bekommen könnte um meinen Abschluss zu machen, meinte er, ich müsse mich erst eingewöhnen, da hier im Süden alles anders sei als im Norden. Außerdem hätte ich keine Zeit dafür, müsse mich um den Haushalt und um das Kind kümmern.

Als Kali drei Jahre alt war, bekamen wir eine größere Wohnung und die Kleine ein Kindermädchen. Nun konnte ich endlich meinen Abschluss als Lehrerin machen und bekam eine Anstellung in der Schule meines Mannes.

Krishna war immer ein guter Vater, unsere Tochter wuchs heran, war fleißig und kam in der Schule gut voran.

Ende der fünfziger Jahre hatte mein Ehemann einen

schweren Unfall und ist kurz danach verstorben."

„Wie kam das denn?"

„Mitten in der Stadt wurde er beim Überqueren der vierspurigen Straße von einem Auto angefahren. Im Krankenhaus hat man alles nur Mögliche getan, konnte ihn aber nicht retten.

Danach konnte ich die große Wohnung nicht mehr behalten und bin mit meiner zehnjährigen Tochter Kali in eine Dachwohnung in der Nähe der Jesuskind-Kirche gezogen.

Beim Einräumen meiner Schreibsachen habe ich hinten in einem alten Schulheft Alberts Adresse in Deutschland gefunden. Und plötzlich war sie wieder da, die Sehnsucht, das Verlangen nach ihm, nach seinen Zärtlichkeiten.

Ich ließ ein Foto von mir machen und habe es ihm mit ein paar netten Worten zugeschickt. Allerdings bekam ich nie eine Antwort. Im Nachhinein ist mir eingefallen, dass ich wohl aus Versehen meine alte Adresse auf den Brief geschrieben habe."

Caro überlegte einen Moment, dann sagte sie: „Ich glaube aus den Erzählungen meiner Mutter heraus gehört zu haben, dass Albert zu der Zeit in England gelebt hat und erst Anfang der sechziger Jahre nach Deutschland zurückgekehrt ist. Wenn Post für ihn kam, was höchst selten war, hat der Briefträger sie immer unter seiner Wohnungstür durchgeschoben, wo sie bis zu seiner Heimkehr liegengeblieben ist. Anders kann ich mir nicht erklären, wie er dann doch Ihr Foto erhalten hat. Und da ihre Adresse nicht stimmte, ist sein Brief an Sie wohl zurück gesandt worden. Ich glaube aber, dass er oft an Sie gedacht, Sie immer geliebt hat."

„Ja vielleicht? In meinem Herzen war er stets präsent, aber während meiner Ehe mit Krishna habe ich es mir nie anmerken lassen!"

„Als Witwe war es doch bestimmt sehr schwierig für Sie, allein den Lebensunterhalt zu bestreiten?", erkundigte sich Caro.

„Es reichte so gerade. Besser wurde es, als Kali die Schule beendet hatte und eine Stelle in einer Näherei bekam. Sie wollte unbedingt selber Geld verdienen statt zu studieren, was mir persönlich aber lieber gewesen wäre. Aber so konnten wir gut leben und auch etwas Geld für ihre Mitgift sparen.

Durch die Vermittlung einer Lehrerkollegin hat sie dann einen guten Ehemann bekommen und wurde, wie damals üblich, in die Familie ihres Mannes mit Namen Bachchan aufgenommen. Leider ist ihr erstes Kind, ein Sohn, nach einem Jahr gestorben. Als Kali fast vierzig Jahre alt war, hat sie noch ein Kind, eine Tochter mit Namen Gita bekommen. Ihr Ehemann meinte, das Kind sei nicht von ihm und nachdem er drei Mal unter Zeugen das Trennungswort „Talag" zu ihr gesagt hatte, war er von ihr geschieden.

Ohne, dass sie etwas mitnehmen durfte, musste Kali zusammen mit ihrer kleinen Tochter das Haus der Schwiegereltern verlassen und ist wieder zu mir gezogen. Später hat sie herausbekommen, dass ihr Mann kurz nach der Trennung eine viel jüngere Frau geheiratet hat, die er wohl schon länger kannte und die ihm im Laufe der Jahre mehrere Söhne geschenkt hat"

„Lalita, stimmt es eigentlich, dass ein indischer Mann sich auch per Telefon oder sogar per SMS mit dem dreimal gesagten oder geschriebenen Wort

„Talag" trennen kann?", erkundigte sich Caro.

„Damit kenne ich mich nicht aus. Für diesen modernen Kram bin ich zu alt!"

„Einen Augenblick bitte. Ich hole meinen Laptop und gebe bei Google, Indien und Scheidung ein. Mal sehen, was ich finde!"

In einem Beitrag, den Caro angeklickt hatte stand: In Indien ist es muslimischen, christlichen und hinduistischen Gläubigen gesetzlich erlaubt, bei Familienangelegenheiten -etwa Ehe und Scheidung, Erbe und Adoption- religiöses Recht anzuwenden. Männer müssen nur dreimal das Wort "Talag-Scheidung" in Anwesenheit eines ehrbaren Zeugen aussprechen, um sich rechtlich bindend von ihrer Ehefrau zu trennen. Manche machen das inzwischen auch übers Telefon, Skype, SMS oder bei Facebook.

In Indien dürfen Muslime außerdem bis zu vier Ehefrauen haben. Das Gericht fordert nun von der Regierung ein neues Gesetz. Dazu müssen Teile des islamischen Privatrechts geändert werden.

„Es ist tatsächlich wahr", stellte Caro erstaunt fest.

„Allerdings finde ich es total unmöglich. Gut, dass es demnächst ein neues Gesetz gibt, damit die Frauen etwas mehr Rechte bekommen. Ob es allerdings überall angewandt wird, dass möchte ich bezweifeln. Mit Ihnen, Frau Shastri, meinte es das Schicksal nicht besonders gut. Denn, wenn wieder einmal alles in Ordnung und Sie mit ihrem Leben zufrieden waren, geschah aus unerfindlichen Gründen das nächste Unglück."

„Da haben Sie vollkommen Recht, denn meine Tochter Kali ist kurz vor Beginn der Jahrtausend-Wende gestorben, nachdem sie siebzehn Jahre bei mir gewohnt hat."

„Wie kam das denn?", erkundigte sich Caro und sah die alte Frau mitfühlend an.

„In der Näherei, in der sie nach meiner Entlassung aus dem Schuldienst einige Jahre gearbeitet hat, während ich mich um die kleine Gita gekümmert habe, war ein Feuer ausgebrochen. Viele der Näherinnen wurden verletzt oder sind genau wie meine Tochter elendig in den lodernden Flammen umgekommen."

„Wie schrecklich!" Caro erinnerte sich wieder an Nachrichten und Bilder von brennenden und schreienden Frauen in einer Textilfabrik in Indien, die sie vor Jahren im Fernsehen gesehen hatte. Nach einem weltweiten Aufschrei sollten diese Art Fabriken endlich besser kontrolliert werden.

‚Vielleicht sollte ich hier vor Ort mal recherchieren ob es tatsächlich gemacht wird', dachte Caro und aß einen der kleinen Kuchen, die Uma gebacken hatte. Die Inderin verzichtete darauf. Sie meinte, dass sie wohl sehr süß wären und sie deshalb vielleicht Magenschmerzen bekommen könnte. Jedenfalls wäre es schon öfters vorgekommen.

„Wenn Ihnen alles zu nahe geht, können wir auch aufhören und Sie erzählen mir den Rest ein anderes Mal."

„Nein, nein! Es geht schon. Wo war ich denn stehengeblieben?

Ach ja…, bei der abgebrannten Fabrik. Das war wirklich furchtbar, nicht nur für mich, sondern für alle Familien. Besonders weil für Feuerschutz oder Fluchtwege angeblich nicht genügend Geld vorhanden war, obschon die Frauen wenig Lohn bekamen, regelrecht ausgenutzt wurden."

„Wie haben Sie bloß alles Leid verkraftet?" Mitleidig sah Caro die alte Frau an, hätte sie gerne in den Arm genommen und sie an sich gedrückt, denn das harte Leben von Lalita, zu der sie auf eigenartige Weise durch ihren verstorbenen Onkel in Verbindung stand, ging ihr doch sehr nahe.

Die alte Frau räusperte sich und sagte: „Es war tatsächlich nicht einfach für mich. Nächtelang habe ich wachgelegen, meine Tochter in der lichterloh brennenden Farik vor mir gesehen, während sich mein Herz krampfhaft zusammen zog und ich nur noch weinen konnte. Manchmal konnte Gita, Kalis Tochter, auch nicht schlafen, kam weinend zu mir ins Bett, weil sie ihre Mutter vermisste, so dass ich das Kind in den Arm nehmen und trösten musste.

Um finanziell etwas besser dazustehen, habe ich ein paar Schülerinnen aus Gitas Schulklasse Nachhilfeunterricht gegeben. Meine Enkelin hatte keine Probleme, lernte fleißig und ging gerne zur Schule. Manchmal habe ich sie heimlich beobachtet und erstaunt festgestellt, dass manche ihrer Bewegungen oder Gesten mich eigenartigerweise an Albert erinnerten."

„Sie ist ja Alberts Enkeltochter und da ist es doch normal, dass sie etwas von ihrem Großvater geerbt hat", stellte Caro fest.

„Das stimmt wohl", meinte Lalita. „Die Reiselust hat sie auf jeden Fall von ihm geerbt, denn sie wollte unbedingt den Beruf der Journalistin ergreifen. Aber wie immer kam es ganz anders.

Gita war ein selbstbewusstes, modern denkendes Mädchen. Trotz meiner Warnungen, keinen Mann an sich heran zu lassen, verliebte sie sich in einen Schulfreund und wurde mit neunzehn Jahren schwanger. Doch die Eltern des jungen Mannes waren gegen eine Heirat und so musste sie ihr Kind ohne Ehemann auf die Welt bringen. Ich habe sie damals zum Krankenhaus begleitet und bis nach der Geburt auf dem Flur gewartet. Es dauerte und dauerte.

Als sich endlich die Tür öffnete und die Hebamme mit ernstem Gesicht auf mich zukam, ahnte ich schon, dass etwas nicht stimmte. Sie teilte mir mit, dass meine Enkeltochter kurz nach der Geburt gestorben sei. Das Kind, ein Mädchen, aber leben würde. Für mich war es ein Schock. Ich konnte es nicht fassen und dachte nur: ‚Warum muss ausgerechnet ich so viele Schicksalsschläge ertragen?'

Schließlich raffte ich mich auf und beschloss zwei Tage später, das Kind zu mir zu holen. Die Kleine bekam den Namen Devi, Devi Bachchan. Devi bedeutet Göttin, deshalb der Name, denn sie war ein sehr hübsches Kind und entwickelte sich gut. Nur ich wurde allmählich immer gebrechlicher. Es fiel mir schwer, die vielen Stufen zu meiner Dachwohnung hoch zu steigen, dazu das inzwischen quirlige Kleinkind, das immer meine ganze Aufmerksamkeit brauchte. Es ging einfach nicht mehr. Also beschloss ich, mir in der Nähe ein einfaches Zimmer zu suchen, das ebenerdig lag.

Die meisten Möbel und einige Wertsachen habe ich verkauft und den Erlös zusammen mit der Kleinen zum Pfarrer der katholischen Kirche gebracht. Das Medaillon, das Albert mir geschenkt hat, habe ich,

134

sozusagen als Andenken an mich, der Kleinen umgehängt."

Lalita atmete hörbar durch, versuchte sich wieder zu beruhigen, denn der Bericht über ihr Leben hatte sie doch sehr mitgenommen.

Caro nahm die Hand der alten Frau, streichelte sie sanft und sagte: „Am Ende Ihres Lebens hat sich Ihr Schicksal zum Guten gewendet. Ich kenne jetzt einiges aus Ihrem Leben, kenne die Frau auf dem Foto, das in Alberts Buch verewigt ist und das mich eigenartigerweise immer sehr berührt hat.

Als Gegenleistung werde ich Ihnen demnächst etwas aus dem Leben von Albert, Ihrer großen Liebe, berichten und mich etwas mehr um Devi kümmern, die ja Ihre und Alberts Ur-Enkelin ist.

Jetzt gehen wir gemeinsam zu den Kindern, damit Sie Devi wiedersehen können. Bitte sagen Sie ihr noch nicht, wer Sie sind. Ich glaube, es würde Devi momentan zu sehr belasten, denn ihr Zuhause ist jetzt hier."

Caro half der alten Frau beim Aufstehen, nahm ihren Arm und führte sie ins Spielzimmer, wo Devi und ein paar andere Kinder auf dem Boden saßen und einige weiße Papierstreifen bunt bemalten.

Als Caro mit Lalita den Raum betrat, blickten die Mädchen auf und Caro erklärte ihnen: „Ich habe Besuch bekommen und möchte euch Frau Shastri vorstellen, die euch ein wenig beim Malen zuschauen möchte. Bitte, lasst euch dadurch nicht stören."

Caro setze sich mit Lalita auf ein großes Kissen, das in der einen Ecke des Raumes lag. Devi und zwei andere Mädchen kamen mit einem Buch zu Caro und baten: „Liest du uns eine kurze Geschichte vor", dabei sahen sie fragend zur Besucherin hin. Als diese zustimmend nickte, antwortete Caro: „Gut, aber nur einen kurzen Text. Danach muss ich Frau Shastri verabschieden."

Die beiden kleineren Mädchen hatten sich vor den Frauen auf den Boden gesetzt, während Devi unbedingt mitten auf dem Kissen, zwischen Caro und der Besucherin, Platz nehmen wollte.

Als Caro zu lesen begann, lehnte sich die Kleine ohne Scheu bei der alten Frau an, die behutsam den Arm um ihre Ur-Enkelin legte und sie ein wenig näher an sich zog.

Als Caro zwischendurch aufblickte, sah sie, dass eine Träne über Lalitas Wange lief. Der Anblick berührte sie sehr. Ein Gefühl, das sie nicht beschreiben konnte, machte sich in ihrem Herzen breit. War es, weil sie gerade eine alte Frau glücklich gemacht hatte? Weil sie etwas geschafft hatte, das eigentlich nicht möglich gewesen war?

Caro versuchte die Gedanken auszublenden, konzentrierte sich wieder auf den Text und las die letzten beiden Sätze der Tiergeschichte vor.

„Das war eine schöne Geschichte"; stellte Devi fest. Liest du uns morgen eine andere Geschichte aus dem Buch vor?"

„Vielleicht."

„Ja, ja!" Jubelnd sprangen die Mädchen auf und liefen zu den anderen Kindern, die ihre Bilder inzwischen fertig gemalt hatten und stolz hochhielten.

Caro und Lalita erhoben sich, lobten die bunten Gemälde der Kinder und gingen zurück ins

Besucherzimmer, wo Tarun schon auf sie wartete um die alte Frau mit dem Auto nach Hause zu fahren. Lalita bedankte sich mehrmals bei Caro für den schönen Nachmittag und besonders, dass sie ihre kleine Urenkelin Devi wiedersehen durfte, was ihr sehr, sehr viel bedeutet habe.

„Nein, ich habe zu danken, denn Sie haben mir, einer Fremden, Ihr Leben erzählt und damit endlich meine Neugier zu dem besagten Foto gestillt. In der nächsten Zeit habe ich viel zu tun, denn ich muss, zusätzlich zu meiner Arbeit hier im Kinderheim, einen Gartenbericht über den Lal Bagh schreiben und danach habe ich für sechs Wochen Urlaub, fahre zurück nach Deutschland. Wenn ich wieder hier bin, könnte ich Sie an einem Sonntagnachmittag abholen lassen und wir trinken zusammen Tee. Möchten Sie das?"

„Wenn es Ihnen nicht zu viel Mühe macht, gerne", entgegnete Lalita höflich.

„Gut, dann bleibt es dabei und wir sehen uns Anfang September wieder." Caro begleitete Lalita bis zum Auto und verbeugte sich zum Abschied vor ihr.

*

17.Kapitel

Am Abend telefonierte Caro mit ihrem Freund Klaus und berichtete ihm, was sie von Lalita erfahren hatte. „Vielleicht sollte ich alles aufschreiben, damit Devi es später, wenn sie erwachsen ist, lesen kann."

„Das ist eine gute Idee und dürfte für dich ja auch nicht allzu schwer sein", meinte Klaus.

„Wie geht es dir denn inzwischen? Hast du deine Erkältung endlich überwunden?", erkundigte sich Caro.

„Es geht schon wieder. Noch einen Tag zum Erholen, dann beginne ich wieder mit der Arbeit. Und wie geht es dir? Macht dir die Wärme und der Monsunregen nicht sehr zu schaffen?"

„Ich komme mit dem tropischen Klima, mit der Wärme und Luftfeuchtigkeit hier in Bangalore besser zurecht, als ich gedacht habe. Meine neue dünne Baumwollkleidung hat sich schon bezahlt gemacht. Morgen werde ich in den Lal Bagh, in den großen Parkgarten mitten in der Stadt gehen und noch einige schöne Aufnahmen für den Grüner Verlag machen. Jetzt muss ich aber ins Bett. Mein Wecker klingelt morgens immer sehr früh und weil die Sonne dann schon ins Zimmer scheint, kann ich auch nicht länger liegen bleiben. Tschüss und bis demnächst, mein Schatz!"

„Schlaf gut, meine Liebe und träum von mir."

Caro musste schmunzeln, denn sie stellte sich gerade vor, sie wäre bei ihm und er würde ihr einen Gutenachtkuss geben, natürlich eng aneinander gekuschelt, so dass es bei dem einen Kuss sicher nicht bleiben würde. Der Gedanke daran ließ ein

Gefühl der Sehnsucht in ihr aufkeimen. Sie ging zum Fenster, schaute hoch zum sternenübersäten, samtblauen Nachthimmel und dachte: ‚Was solls', noch ein paar Wochen und ich habe Urlaub, bin wieder in Deutschland, bin wieder bei ihm und wir können alles nachholen'.

Mitte der Woche erkundigte sich Caro bei Kamal, ob er Lust hätte, sie für ein paar Stunden zum Park zu begleiten, weil sie dort Auftrags-Fotos machen müsse. Mary hätte erlaubt, dass er mitgehen dürfe.

Kamal stimmte sofort zu, weil er es als Caros Begleiter interessanter fand, als im Heim bei seinen Schulaufgaben zu sitzen oder sich um die kleineren Kinder zu kümmern.

Von der Hauptstraße aus fuhren beide diesmal mit einem Taxi zum Nord-Tor des Lal Bagh.

Der Monsun-Regen hatte den großen Park in eine grüne Oase und die Beete, mit den vielen blühenden Blumen, in eine Welt voller Farbe verwandelt, sodass es sich für Caro lohnte, in diesem Bereich besonders schöne Fotos zu machen.

Im nächsten Gartenbereich wollte Caro den dreihundert Jahre alten und über drei Meter dicken „Silk cotton Tree", einen Kapok- Baum ablichten, der auch Wollbaum genannt wurde.

Beim ersten Parkbesuch hatte sie ihn schon sehr interessant gefunden und bewundert. Seine vom Stamm ausgehenden, oberhalb der Erde liegenden enormen Wurzeln, die erst nach einigen Metern tief ins Erdreich drangen, um dem Riesen Standfestigkeit zu gewähren, hatten es ihr besonders angetan.

Selbst Kamal war vom Baum begeistert und durfte

mit Caros Digitalkamera für sich ein Foto davon machen.

Als nächstes sahen sie sich das jährlich im August stattfindende Blumenfest im viktorianischen Glashaus an. Hier waren für jede Jahreszeit einzelne Beete angelegt. So gab es verschiedene Arten von Tulpen für den Frühling, bunte Stauden- und Kakteen für den Sommer, blaue und rosa Astern, Strahlen-Dahlien in den Farben des Herbstes und für den Winter verschiedenartige Christrosen.

Viele Bereiche waren zusätzlich mit Miniatur-Häuser oder kleinen Tempeln geschmückt, die mit farbigen Blütenköpfen ausgefüllt waren.

An zahlreichen Ständen konnten die Besucher Blumen und Pflanzen von Züchtern kaufen, die aus dem ganzen Land an der Ausstellung teilnahmen, denn bei mehreren hunderttausend Besuchern lohnte es sich, die weite Anreise in Kauf zu nehmen.

Caro verglich das interessante Blumenfest mit der englischen „Chelsea Flower-Show" in London, die die britische Hauptstadt jedes Jahr in ein botanisches Paradies verwandelte und die weltweit zu den wichtigsten Messen im Bereich Garten gehörte.

Caro war ein paar Mal dort gewesen und hatte etliche schöne Fotos gemacht, sie stellte aber fest, dass die Show hier um einiges größer war und auch noch mehr Besucher anlockte.

Das nächste Ziel der beiden war der Rock-Hügel des Parks, der im Nordwesten steil abfiel, während er im Südosten langsam flach zur Erde hin auslief.

Auf einem Informationsschild konnten die Besucher lesen: „Diese Gesteinsmasse ist ein geologisches Denkmal, das vor zig Millionen von Jahren aus grob-

Körnigen Gneis entstanden ist und von Menschen aus der ganzen Welt besucht wird."

Weil Caro hier in Bangalore keinen Sport betrieben hatte, machte ihr der Aufstieg zur Hügelspitze doch arg zu schaffen, während Kamal fast leichtfüßig neben ihr her nach oben lief.

Auf dem Hügel angekommen bot sich ihnen ein traumhafter Ausblick auf die einzelnen Gärten, auf den blaugrün schimmernden See und auf die weitverzweigte Stadt, die wie ein riesiger, dunstiger Moloch vor ihnen lag.

Nachdem Caro auch einige besondere Felsstücke fotografiert hatte, die in unterschiedlichen Farben zusammengesetzt waren, machten sie sich auf den Rückweg.

Am Abend würde sie alle Bilder am PC auswerten um die Besten, mit einigen Beschreibungen, umgehend per Mail an den Grüner-Verlag nach Deutschland zu senden.

Mit diesem zusätzlichen Verdienst wollte sie Lalita Shastri, Devis Urgroßmutter, ein wenig unterstützen. Die von Kamal gemachten Fotos druckte sie für ihn aus und überreichte sie ihm am nächsten Tag, worüber er sich sehr freute und umgehend in das Album klebte, das Caro ihm neulich geschenkt hatte. Caro war froh, dass der Junge sie inzwischen akzeptierte und Vertrauen zu ihr hatte.

Weil die beiden deutschen Studentinnen noch da waren, sich um die Kleinen kümmerten, und Mary nichts dagegen hatte, nahm Caro neuerdings an ihren freien Tagen oftmals Kamal mit in die Stadt.

Er kannte sich gut aus und sie wurde durch seine

Begleitung so gut wie nie von Erwachsenen oder bettelnden Kindern belästigt. Wenn es doch mal geschah, verscheuchte Kamal sie laut und unmissverständlich. Als Dank durfte er sich dann bei McDonald's einen Burger holen, weil er es dort besonders cool fand.

Für Caro war der Laden ein Ort, an dem es saubere Toiletten und sogar ein WC mit normaler Wasserspülung für ausländische Touristen gab.

Zu Anfang ihres Aufenthalts hatte sie die Stadt als viel zu laut und dreckig empfunden, aber so nach und nach fühlte sie sich hier wohl.

In der Nähe des Gubbon-Parks, nördlich des Lal Bagh, befanden sich viele Geschäfte, Boutiquen und ein großes Einkaufscenter mit oft günstigen Angeboten. Wenn man sich besser in der Stadt auskannte, entdeckte man schick eingerichtete Bars, die auch alkoholische Getränke ausschenken durften.

Ihre Kollegin, Antonia Maier, hatte sogar ein Lokal mit einer Bäckerei gefunden, das „Max" hieß. Hier konnte man deutsche Speisen bekommen und sonntags gemütlich frühstücken. Es gab sogar richtige Brötchen, sodass man sich wie zu Hause in Deutschland fühlen konnte.

Caro hatte Antonia und Ruby an einem freien Sonntag ins Max's zum Frühstück eingeladen. Ruby fehlten allerdings Bohnen mit Schinken, die sie morgens immer zu Hause in England aß.

Das Einzige, woran sich Caro nie gewöhnen würde, waren die überfüllten Straßen mit dem lauten Hupgetöse und die vielen frei laufenden Kühe, die im Müll der Stadt nach Futter suchten und überall hinmachten.

Die letzten zwei Wochen bis zum Urlaub, Caros Abreise nach Deutschland, waren viel zu schnell vergangen. Einerseits freute sie sich auf zu Hause, auf Klaus, den sie doch sehr vermisste, was sie ihm gegenüber natürlich nicht zugegeben hätte. Andererseits hatte sie sich an die Kinder und besonders an Devi und Kamal gewöhnt, sodass sie ihr nach ein paar Tagen bestimmt fehlen würden.

*

18. Kapitel

Nach einem tränenreichen Abschied von den Kindern und von den Mitarbeitern hatte Tarun Caro zum Flugplatz gebracht und ihr viel Glück für die Heimreise gewünscht. Nun saß sie im Flieger, der sie nach einem Zwischenstopp in Dubai zurück nach Düsseldorf brachte.

Um die lange Zeit zu überbrücken, hatte sie ihren Notizblock und einen Stift zur Hand genommen und schrieb auf, was sie alles unternehmen wollte, um genug Geld für den dringenden Anbau an das Kinderheim zu bekommen.

Zusammen mit Mary hatte sie überlegt, dass zur Gartenseite hin genug Platz wäre für vier neue Räume und ein Bad.

In dem einen Raum könnte Devis Urgroßmutter leben, ein zweiter Raum wäre für Besucher und die beiden anderen für die größeren Kinder jeweils als Werkraum und als Nähzimmer mit etlichen neuen Maschinen. So würden die größeren Mädchen lernen, ihre Kleidung selber herzustellen, um später damit ihren Lebensunterhalt zu verdienen.

Caro notierte sich ihre verschiedenen Ideen. Zum Beispiel könnte sie in etlichen Städten, Kulturzentren oder Gartenvereinen gegen Gebühr Vorträge über Bangalore, über den schönen Park und natürlich über das Kinderheim halten, dazu ihre Fotos zeigen oder eventuell sogar eine Art Lesereise unternehmen.

Zusätzlich könnte sie eine Spendengala mit einem Essen für Firmen, Vereine und Gartenzeitschriften veranstalten. Ferner auf Facebook und Instagram um Spenden werben.

Auch hatte sie ein paar Bekannte, die gegen eine Spendenquittung bestimmt einiges locker machen würden.

Erst müsste sie aber mit der Zentralleitung in Köln sprechen, ob ein Anbau möglich sei, wenn sie dafür genügend Geld gesammelt hätte.

Nachdem ihr keine weiteren Vorschläge einfielen, legte Stift und Notizblock zurück in die Tasche, gähnte hinter vorgehaltener Hand und beschloss, ein wenig zu schlafen, um dadurch die lange Flugzeit erträglicher zu gestalten.

Doch daraus wurde nichts, denn die Flugbegleiterinnen kamen polternd mit ihren hohen Servierwagen durch den Gang geschoben und boten einen kleinen Imbiss und Getränke an.

Caro nahm zum Essen einen Tomatensaft mit groben Pfeffer, den sie allerdings zu Hause nie trinken würde. Er schmeckte ihr immer nur in einer Höhe von mindestens zehntausend Meter über der Erde.

Nach dem servierten Imbiss schlief sie tatsächlich ein und wurde erst wieder über der Schweiz wach, weil das Flugzeug in eine Schlechtwetterzone geraten war, sodass es von starkem Wind hin und her geschüttelt wurde.

Kreidebleich und ängstlich hatte Caros Sitznachbarin automatisch nach ihrer auf der Armlehne liegenden Hand gegriffen, sie festgehalten und mit zittriger Stimme gesagt: „Es ist mein erster Flug und ich habe schreckliche Angst. Hoffe nur, wir stürzen nicht ab!"

Caro versuchte, sie in ein Gespräch zu verwickeln, stellte ihr dauernd Fragen, damit sie sich auf ihre

Antworten konzentrieren musste, so vom Geschehen außerhalb des Flugzeuges abgelenkt war. Ab und zu strich Caro über die Hand der Frau, um sie zu beruhigen. Besonders, als der Flieger in einem Luftloch kurz absackte, die Frau einen spitzen Schrei von sich gab und tiefer in ihren Sitz rutschte, während der Pilot das Flugzeug wieder hochzog und leicht ruckelnd damit die letzten dunklen Gewitterwolken durchquerte.

Alle Insassen waren froh, als das Unwetter hinter ihnen lag und sie heil in Düsseldorf landete.

Nachdem Caro ohne Beanstandung durch die Passkontrolle kam und sie fast als Erste am Band ihren Koffer fand, marschierte sie eilig in den Ankunftsbereich, wo Klaus schon auf sie wartete, sie in den Arm nahm, sie an sich drückte und ihr zuflüsterte: „Schön, dass du wieder da bist, meine Liebe!"

Caro übernachtete bei Klaus, der für sie extra ein schönes deutsches Menü als Abendessen zubereitet hatte. Anschließend saßen sie noch eine Zeitlang mit einem Glas Rotwein auf dem Sofa und hatten sich viel zu erzählen.

Kaus berichtete ihr: „Mutter ist inzwischen in einem gutangesehenen Damenstift, im Westteil der Stadt, untergebracht und fühlt sich dort recht wohl, sodass ich an den Wochenenden mehr Zeit für mich habe, Mutter nur noch sporadisch besuche. Sie hat dort auch neue Freundinnen gefunden mit denen sie sich prima versteht. Ich glaube, sie hätte ihren Umzug schon ein paar Jahre eher planen sollen, denn es geht ihr jetzt wieder richtig gut."

146

Cora erzählte ihm von ihrer geplanten Spendensammlung und dass sie in der nächsten Woche einen Termin bei ihrem Chef im Grüner-Verlag hätte. „Er tat jedenfalls ziemlich geheimnisvoll. Mal sehe, was er von mir will."

Dann sahen sie sich noch eine spannende englische Krimiserie an, die in einem Ort an der Küste von Cornwall spielte, wo sonst oft die Liebesfilme von der Autorin Rosamunde Pilcher gedreht wurden, die Klaus aber nicht mochte, weil sie ihm zu kitschig waren.

Für Caro hatten diese Filme immer einen Wiedererkennungswert, da sie dort schon mal Urlaub gemacht hatte und sie die schöne Landschaft mit den kleinen Dörfern und urigen Häusern liebte. Dort hatte sie auch zum ersten Mal frischgebackene Scones mit Erdbeermarmelade und Clotted Cream, eine Art Sahne, zum englischen Tee genossen.

„Eine süße Versuchung", wie sie Klaus erst am Ende des Krimis erzählte, da er ja in Ruhe den Film sehen wollte.

„Versuchung hin, Versuchung her, wir gehen jetzt ins Bett und dann knabbere ich dich an."

Caro hatte nichts dagegen, stand auf und ging schon vor ins Schlafzimmer, während Klaus den Fernseher und das Licht im Wohnzimmer ausschaltete und ihr dann folgte.

Nach dem stürmischen Liebesakt lag sie erschöpft im großen Doppelbett und genoss die kleinen Küsse, die er ihr gab. Sein Atem kitzelte sie und die kleinen Bartstoppeln kratzten ein wenig auf ihrer Wange, aber beides zusammen fühlte sich sehr gut an. Eine sinnliche Mischung, die ihr gefiel und durch die sie begehrlich nach mehr verlangte. Eng aneinander gekuschelt, schliefen sie schließlich ein.

Am nächsten Morgen brachte Klaus Caro nach einem gemeinsamen Frühstück zu ihrer Wohnung, setzte sie nach einem Abschiedskuss vor der Haustür ab, wünschte ihr einen schönen Tag und fuhr weiter zum Büro.

Caros Untermieterin, Barbara Baumgarten, beide hatten gestern Abend zusammen telefoniert, erwartete sie schon. Weil sich die Frauen gut verstanden, schlief Caro während ihres Urlaubs auf dem Sofa im Wohnzimmer, so dass Barbara weiter das Schlafzimmer benutzen und in der Wohnung bleiben konnte.

Für sechs Wochen ein Hotelzimmer zu mieten wäre relativ teuer und unpraktisch für Caro gewesen, denn ihr Essen hätte sie noch dazu buchen müssen.

Als Barbara abends aus dem Verlag nach Hause kam, berichtete sie Caro: „Stell dir vor, der Chef hat deine Fotos aus dem indischen Park als unglaublich gut befunden und einige sogar weiter verkauft, wie ich von einer Kollegin aus deiner Abteilung gehört habe."

„Super, vielleicht will er mich deshalb ja persönlich sprechen."

„Das könnte sein. Lass dich überraschen. Bestimmt ist es etwas Gutes."

Nachdem Caro den schweren Koffer ausgepackt, ihre Wäsche gewaschen und sich nach zwei Tagen etwas akklimatisiert, das heißt an die etwas kälteren Temperaturen in Deutschland gewöhnt hatte, fuhr sie mit dem Zug nach Köln und wurde beim Förderverein

„Indiens Zukunft" vorstellig, um mit dem Vorstand ihren Plan zu besprechen. Nach etlichem hin und her einigten sie sich auf den von Caro geplanten Anbau, wenn sie dafür genügend Geld zusammenbekäme.

Am Tag darauf fuhr sie zum Verlag und bat am Infostand: „Bitte melden Sie mich bei Herrn Grüner an. Ich habe einen Termin bei ihm."

Oben, im luxuriösen Büro mit Blick auf die Stadt, wurde sie vom Chef mit den Worten: „Bitte nehmen Sie doch Platz, Frau Hausmann", herzlich empfangen. Caro setzte sich, zog ihren Rock gerade und schaute ihr Gegenüber fragend an.

„Liebe Frau Hausmann, Ihre letzten Fotos aus dem Park und auch die von der Blumen-Show sind einmalig, haben das gewisse Etwas. Deshalb habe ich sie auch überregionalen Zeitschriften und einem englischen Gartenjournal angeboten, das einen Preis für besonders schöne und ausgefallene Fotos gestiftet hat. Zu meiner eigenen Überraschung haben drei Ihrer Fotos den ersten Platz belegt. Die Gala zur Preisverleihung ist am übernächsten Samstag auf einem Castle in der Nähe von London, wo Sie persönlich erscheinen müssen. Natürlich werde ich Sie begleiten."

Caro war sprachlos, dann stotterte sie: „Damit habe ich ja überhaupt nicht gerechnet. Was ist denn der erste Preis? Ein Gutschein oder ein kleiner Pokal?"

„Nein, nein, Sie bekommen eine Summe von dreißigtausend Euro überreicht."

„D. d. dreißigtausend... Du meine Güte, dann müssen die Fotos wirklich gut sein!"

„Das sind sie auch, liebe Frau Hausmann, und ich gratuliere Ihnen recht herzlich dazu. Außerdem bekommen Sie noch Prozente vom Verkauf der Fotos an andere überregionale Gartenzeitschriften."

„Oh, mein Gott, damit habe ich überhaupt nicht gerechnet." Caro strahlte übers ganze Gesicht, freute sich riesig und wäre ihrem Chef am liebsten um den Hals gefallen.

„Wissen Sie, Herr Grüner, das Geld kann ich gut in Indien, für einen Anbau am Kinderheim gebrauchen. Auch möchte ich meine Fotos und die vom Heim und den Kindern in einer Art Lesereise durch Deutschland vorstellen, um damit noch zusätzlich etwas Geld zu sammeln. Vielleicht kann ich mit Ihrer Hilfe auch eine Spendengala mit einem Essen organisieren und das vielleicht sogar für Gartenfreunde in England. Es müsste nur relativ schnell machbar sein, weil ich nur sechs Wochen Urlaub habe und dann wieder zurück nach Indien fliege."

„Natürlich werde ich Sie gerne unterstützen, denn durch Ihre Fotos ist unsere Zeitschrift jetzt überall bekannt geworden und die Auflage steigt stetig. Ich werde bei den Radiosendern und beim Fernsehen anrufen, damit Sie in die Talkshows kommen."

„Vielen, vielen Dank, auch im Namen der indischen Kinder."

„Ich habe zu danken und wünsche mir, wenn Ihr Aufenthalt in Indien beendet ist, dass Sie dann wieder ganz dem Verlag zur Verfügung stehen."

Caro nickte zustimmend und verabschiedete sich herzlich von ihrem Chef.

Wieder in ihrer Wohnung angekommen, rief sie gleich Klaus an, der gerade vom Büro nach Hause gekommen war. Aufgeregt berichtete sie ihm von ihrem Erfolg.

„Das müssen wir unbedingt feiern", meinte er. „Ich bestelle einen Tisch bei unserem Lieblings-Italiener."

„Prima, darauf freue ich mich schon. Treffen wir uns dort um neunzehn Uhr."

Bei der Platz-Reservierung hatte Klaus wohl etwas von einer kleinen privaten Feier erwähnt, denn sie bekamen einen schönen Tisch mit Blumen und Kerzen in einer Nische am Fenster zugewiesen. Als der Ober nach der Bestellung fragte, ließen sie sich zuerst einen Prosecco servieren mit dem sie auf Caros Erfolg anstießen.

Nachdem sie die Speisekarte durchgesehen hatten, einigten sie sich auf eine grüne Kräutersuppe, Saltimbocca mit Roma-Salat und als Dessert Panacotta mit einem Sauerkirsch-Spiegel. Zum Hauptgericht wählten sie einen trockenen Weißwein, Pinot Grigio aus Apulien.

„Trinken wir nach dem Essen noch einen Espresso?", erkundigte sich Caro bei Klaus.

„Wenn es dir nichts ausmacht, nehme ich lieber einen Grappa."

„In Ordnung, aber die Rechnung übernehme ich diesmal", erwiderte Caro großzügig.

*

19. Kapitel, Spendensammlung

Zwei Tage später rief Caros Chef an und teilte ihr mit: „Ich habe für Sie zweimal pro Woche, das heißt insgesamt zehn Foto-Vorstellungen bei großen Zeitschriften und Gartenjournalen gebucht. Der Eintritt beträgt jeweils 15 Euro und ich hoffe für Sie, dass viele Besucher kommen.

Ferner wird Graf Canningham, ein Bekannter von mir, auf seinem Landsitz, einen Tag nach der Preisverleihung, für Sie abends Freunde und Bekannte zu einer Spendengala einladen, zu der Sie natürlich erscheinen, eine Rede halten und ein paar Fotos zeigen müssen. Der Graf ist übrigens ein exzellenter Gärtner, Hobby-Fotograf und gehört zum Gremium der Preisrichter.

Für die Talkshow in der Freitagabend-Sendung der ARD habe ich Sie für die nächste Woche auch angemeldet, dort dürfen Sie dann einen Spendenaufruf starten."

„Vielen Dank, Herr Grüner. Bitte teilen Sie mir die genauen Daten per Mail mit und wann und wo wir uns für die Reise nach England am Düsseldorfer Flugplatz treffen. Hoffentlich vergesse ich vor lauter Aufregung nichts."

„Ich bin mir sicher, dass Sie alles gut hinbekommen, Frau Hausmann!"

„Nochmals vielen Dank für Ihre Bemühungen, Herr Grüner!"

Als Barbara am Abend vom Verlag nach Hause kam, berichtete ihr Caro freudestrahlend, dass der Chef angerufen und für sie Termine vereinbart hätte. „Stell dir vor, der NDR hat mich sogar am Freitag nach

Bremen in die bekannte 3 nach 9 Talkshow im Fernsehen eingeladen."

„Man, dann bist du ja eine Berühmtheit."

„Na ja… Was aber viel wichtiger ist, die Preisverteilung und die Spendengala finden in der Nähe von London, in einem alten Castle statt, und dafür brauche ich noch etwas Passendes zum Anziehen."

„Da gehst du am besten zu „Bella Moda", die neue kleine Boutique vorne am Markt. Dort findest du bestimmt das Richtige."

„Du bist ein Schatz, danke für den Tipp!"

Caros Einkauf am nächsten Morgen bestand aus einem klassischen blauen Hosenanzug mit weißer Bluse und einem eleganten dunkelroten Abendkleid, das auch den abschätzenden Blicken der englischen Ladys standhalten würde und in dem sie sich, trotz tiefem Rückenausschnitt, sehr wohl fühlte.

Passende Handschuhe brauchte sie nicht zu kaufen, denn sie erinnerte sich, dass in irgendeiner der Schubladen im Schlafzimmer noch ein Paar lagen, die sie von ihrer Mutter geerbt und nie benutzt hatte.

Als sie am Nachmittag ihre Mails las, stellte sie fest, dass alle ihre Vorträge am frühen Abend stattfanden, sodass sie anschließend immer nach Hause fahren konnte, nicht in einem Hotel übernachten musste.

Es war zwar anstrengend, die vielen Termine in den nächsten drei Wochen einzuhalten, aber am Ende hatte es sich finanziell gelohnt und der Spendenaufruf in der Talkshow hatte zusätzlich einiges gebracht. Jedenfalls war mehr Geld zusammen gekommen als sie erwartet hatte.

Zwei Tage vor der Abreise nach England hatte ihr Chef angerufen und ihr mitgeteilt: „Ich hole Sie am Freitag so um zehn Uhr von zu Hause ab. Der Flieger nach England startet um dreizehn Uhr. Bitte seien Sie pünktlich fertig."

Dann war es soweit. Inzwischen hatte Caro schon dreimal ihre Fototasche und ihre Unterlagen durchgesehen, damit auch nichts fehlte. Alles andere hatte sie in ihrem kleineren Reisekoffer verstaut. Als sie schließlich neben ihrem Chef im Easy-Jet auf dem Flug zum Londoner Airport Gatwick saß, legte sich ihre Aufregung.

Herr Grüner befriedigte Caros Neugierde in Bezug auf den Gastgeber und erzählte ihr: „Ich kenne John Canningham, Baron of Heywer, schon einige Jahre. Er besitzt ein altes Tudor-Schloss südlich von London, in der Nähe von Edenbridge. Die meisten Orte und Städtchen in dieser Gegend enden alle auf …bridge. Vom Airport aus, wo ich einen Leihwagen bestellt habe, fährt man ungefähr eine halbe Stunde bis zu seinem Anwesen. John hat Gartenarchitektur studiert und ist leidenschaftlicher Hobbyfotograf, was Sie bei der Besichtigung seiner kleinen Blumenbilder-Ausstellung im viktorianischen Wintergarten feststellen werden."

„Und seine Frau, wie heißt sie?", erkundigte sich Caro

„John ist seit vier Jahren Witwer. Seine Frau hieß Viktoria, genannt Vicki. Sie war die Tochter eines reichen Bankiers aus London.

Sohn George und seine Frau Mary managen alles, hauptsächlich aber leiten sie das angebaute Hotel, das aus kleinen, im englischen Fachwerkstil aneinandergereihten altmodischen Häusern besteht."

„Wie muss ich denn unseren Gastgeber anreden?"

„Es reicht, wenn Sie ihn mit „Baron Canningham" ansprechen. Übrigens, vergessen Sie nicht ihre Uhr umzustellen, denn statt anderthalb Stunden Flugzeit gibt es durch die Zeitverschiebung noch eine Stunde zusätzlich, bis wir am Airport landen."

In Gatwick konnten sie gleich den bestellten Leihwagen bekommen und fuhren über teils von hohen Hecken begrenzten, engen Landstraßen nach Heywer, wo am Ortseingangsschild „welcome to Kent county" stand.

Nach ungefähr einem Kilometer tauchten vor ihnen, zwischen etlichen grünen Büschen und hohen Bäumen, die Türme von Heywer Castle auf.

Sie durchfuhren das hohe, aus Backsteinen gebaute Torhaus und weiter über eine schmale Brücke, unter der ein kleiner Fluss rauschte, zum großen Kies-Platz vor dem Haupteingang. Hier wurden sie schon von John Canningham erwartet, der sie erfreut begrüßte und in die Eingangshalle führte.

Nach einer kurzen Unterhaltung, die später weitergeführt werden sollte, kam der Butler, um ihnen die Gästezimmer zu zeigen, damit sie sich für die Preisverleihung umziehen konnten.

Caro war von ihrem Zimmer begeistert. Die Zimmerdecke hatte ein weißes Stuckmuster, während die Wände rundherum mit dunklem Holz verkleidet waren.

Ein großes Himmelbett, zwei bequeme, typisch englische Sessel mit kleinem Tisch und ein dicker, heller Flauschteppich vervollständigte das Ganze. Nachdem sie ihren Koffer ausgepackt, sich im Bad frisch gemacht und ein wenig geschminkt hatte, zog sie ihren neuen Hosenanzug und die weiße Seidenbluse an, nahm ihre Handtasche und verließ das Zimmer.

Im kleinen Festsaal setzte sie sich zu ihrem Chef auf den für sie reservierten Platz in der ersten Reihe. Weil schon fast alle Gäste anwesend waren, konnte kurz darauf die Preisverleihung mit einer Begrüßungsrede des Gastgebers beginnen. Die drei Hauptpreise wurden vom Country Life Magazin „English Gardens" gestiftet.

Den dritten Platz mit tausend Euro belegte ein junger Holländer, der vor lauter Aufregung fast das Couvert mit dem Scheck hätte fallengelassen, so das Caro heimlich schmunzeln musste.

Der zweite Platz mit fünftausend Euro ging an einen älteren Schotten, der im Kilt erschienen war.

Als Letzte wurde Caro von John Canningham aufgerufen.

„Frau Hausmann erhält ein Preisgeld von dreißigtausend Euro für die Fotos eines zirka dreihundert Jahre alten „indian red silk-cotton tree", einen rotblühenden Seidenwollbaum, auch Kapok-baum genannt, dessen oberirdische Wurzeln fast so groß sind wie die Krone. Laut Frau Hausmanns Beschreibung ist der asiatische Baum sechsundzwanzig Meter hoch und hat einen Umfang von zirka dreiundzwanzig Meter. Ihre exzellente Gegenlichtaufnahme entstand im Lal Bagh Park in Bangalore, Südindien, wo Frau Hausmann im Moment in einem Kinderheim arbeitet, zu dessen Gunsten morgen Abend hier im Saal eine Spendengala stattfindet, und zu der ich Sie alle herzlich einlade."

Caro bedankte sich für den Scheck und nahm wieder Platz, denn zum Abschluss der Preisverleihung gab es noch ein musikalisches Highlight für die Gäste: „Gartenlieder von Fanny Mendelssohn", dargeboten von der bekannten französischen Pianistin Hèlène Grimaud auf dem Klavier.

Nach einem opulenten Frühstück am nächsten Morgen nahm Caro ihre Kamera und fragte John Canningham, ob sie sich die Gärten ansehen und ein paar Fotos machen dürfe.

„Wenn Sie nichts dagegen haben, Frau Hausmann, werde ich Sie begleiten."

Unterwegs erklärte ihr John: „Wie bei den meisten größeren Gärten ist auch bei uns die gesamte Fläche in einzelne Räume unterteilt. Allerdings nicht typisch englisch, sondern eher italienisch. Der Eiben-Irrgarten wurde schon im Jahr 1900 angelegt.

Im Baumgarten gibt es Spalierobst und etliche Bienenstöcke. Unser Rosengarten ist zum Schutz gegen den Wind mit einer roten Backsteinmauer umgeben, auf dessen Längsseite außen ein Präriegarten entstanden ist."

Total überrascht war Caro von dem modernen, kreisrunden Wassergarten.

„Das ist ja mal was ganz anderes!"

„Es ist eine neue Anlage. Die Trittsteine um den Sprudelbrunnen sind rundherum fest im Wasser verankert und wer sich traut, kann zwischen Schilf

157

und weiß blühenden Seerosen darauf spazieren gehen", erklärte ihr John.

„Ist genau das Richtige für meinen Chef, für seine Gartenzeitschrift", meinte Caro lachend, während sie ein paar Aufnahmen von dem Wasser-Rondell machte und sich dabei bemühte nicht hinein zu fallen oder vom leichten Sprühregen des Brunnen nass zu werden.

Am Nachmittag nahm Caro an einer öffentlichen Schlossführung teil, die von einer Angestellten geleitet wurde. Dort erfuhr sie, dass das Herrenhaus um 1400 erbaut wurde und dem Vater von Anne Boleyn gehört hatte, die dort mit ihren Geschwistern die Kinderzeit verbrachte. Danach musste sie für einige Jahre zur Erziehung nach Flandern und kam anschließend an den französischen Königshof in Paris.

Ein Jahr später holte man sie zurück und brachte sie zum Königshof nach London wo sie die zweite Ehefrau von Heinrich VIII wurde. Drei Jahre nach ihrer Heirat hat man sie zusammen mit ihrem Bruder Georg wegen Hochverrats hingerichtet.

In späteren Jahren gab es für das Castle einige Besitzerwechsel.

Um 1900 erwarb die Familie von Canningham das Anwesen. Heute ist es gleichzeitig Hotel und Konferenzzentrum, sodass dadurch der Unterhalt für das große Herrenhaus gesichert ist.

Wieder im Wohnzimmer angekommen, wo Caros Chef und John Canningham saßen und sich unterhielten, wandte sich Caro an den Baron: „Ich habe mir im Treppenhaus Ihre Ahnengalerie

158

angesehen, dabei kam mir ein Herr irgendwie bekannt vor, obschon es wahrscheinlich nicht sein kann."

„Was war es denn für ein Bild?"

„Auf dem Gemälde waren zwei Männer abgebildet."

„Es wird das von meinem Vater und seinem Bruder sein. Samuel war das schwarze Schaf der Familie, wie man so schön sagt, denn er hat den Namen seiner Mutter angenommen und als Journalist und Fotograf gearbeitet, was mein Großvater total unmöglich fand und ihn teils enterbt hat."

„Ihr Onkel, wie nannte er sich denn?"

„Wir habe ihn immer Sam genannt, Sam Harwight."

Caro überlegte einen Moment, dann fiel es ihr wieder ein.

„Jetzt weiß ich, woher ich den zweiten Mann auf dem Gemälde in Ihrer Ahnengalerie kenne. Sam war der englische Freund meines Onkels, Albert Angermann, der bis zum Sommer 1966 in England gelebt hat."

„Das ist ja ein eigenartiger Zufall. Sam ist in dem Jahr tödlich verunglückt. Vielleicht war das der Grund, warum Ihr Onkel wieder nach Deutschland zurückgekehrt ist."

„Das könnte sein. Aus den Erzählungen meiner Mutter weiß ich, dass die beiden sich eine große Wohnung in der Londoner City geteilt haben."

„Kannten Sie denn meinen Onkel?"

„Nein, aber Albert hat ein Buch über sein Leben, über seine vielen Reisen geschrieben, die er zusammen mit Sam im Auftrag einer englischen Zeitung gemacht hat, und da gibt es auf der zweiten Seite auch ein Foto von seinem Freund Sam

159

Harwight. Das Buch hat mir mein Onkel kurz vor seinem Tod geschenkt. Albert ist im Herbst 1976 gestorben."

Axel Grüner meldete sich zu Wort und meinte:

„Schade, dass ich nur einen Verlag für Gartenzeitschriften habe. Würde ich ein buntes Boulevard-Blatt herausgeben, wären die zufällig entdeckten Gemeinsamkeiten zwischen euch eine interessante Story für die erste Seite."

Zur Spendengala am Abend im Bankettsaal erschien Caro in ihrem neuen Abendkleid und bekam sowohl von ihrem Chef als auch vom Hausherrn reichlich Komplimente.

Viele der Gäste waren schon einen Tag eher angereist, hatten an der Preisverleihung für Gartenfotos teilgenommen und waren gespannt auf den Bildervortrag von Frau Hausmann über das indische Kinderheim, über Bangalore und den großen Stadt-Park.

Hinterher wurde ein Vier-Gänge-Menü serviert mit begleitenden Weinen aus französischen Anbaugebieten und musikalischer Untermalung im indischen Stil.

Die Gäste waren total begeistert, was sich im Spendenaufkommen bemerkbar machte.

Am Sonntagmorgen bedankte sich Caro bei John Canningham für den gelungenen Abend und ihr Chef erkundigte sich: „Wieviel Geld ist denn zusammengekommen?"

„Nach Abzug einiger Unkosten bleibt eine Summe von fünfzehntausend Euro übrig, die ich Ihnen, liebe Frau Hausmann, hiermit überreiche." John fasste in die Brusttasche seines karierten Sakkos und gab Caro den Scheck mit den Worten: „Ich habe ihn ein wenig aufgerundet, denn durch die vielen Übernachtungsgäste waren wir an diesem Wochenende im Hotelbereich total ausgebucht."

„Vielen, vielen Dank, Baron Canningham und als kleine Geste meinerseits möchte ich Ihnen eins der Siegerfotos für Ihre Galerie schenken."

Nach einer Umarmung und der Aufforderung von John sich im nächsten Jahr wieder an der Ausschreibung zu beteiligen, verabschiedeten sich Caro und ihr Chef, stiegen in das angemietete Auto und fuhren bei strahlenden Sonnenschein zum Airport Gatwick, obschon Kollegin Barbara gemeint hatte: „In England regnet es immer."

Der Rückflug nach Düsseldorf wie auch die Fahrt nach Hause verlief planmäßig. Caro bedankte sich nochmal bei ihrem Chef für seine Bemühungen und das für sie geopferte Wochenende.

„Nichts für ungut, Frau Hausmann. Auf diese Weise konnte ich meinen Freund John wiedersehen, gleichzeitig war es auch eine enorme Werbekampagne für meinen Verlag, den Sie demnächst bei Ihren Vorträgen oder Interviews kurz erwähnen könnten", meinte er lachend.

„Werde ich versuchen", antwortete Caro, winkte dem abfahrenden Auto hinterher und stieg die Treppe zur Wohnung hoch.

Nachdem sie den Koffer ausgepackt, die Schecks in ihrem kleinen Wand-Safe gelegt hatte, brühte sie sich einen Kaffee auf und machte es sich auf ihrem blauen Sofa im Wohnzimmer gemütlich. Dann nahm sie ihr Handy, rief den Leiter des Fördervereins in Köln an und teilte ihm mit, dass sie zirka fünfzigtausend Euro für den Anbau zusammen bekommen hätte.

Seine Antwort lautete: „Für Indien müsste es reichen. Ich werde alles Weitere in die Wege leiten. Schon mal vielen Dank für Ihre Bemühungen, Frau Hausmann."

Als nächstes tippte sie die Telefonnummer von Kaus ein, der sich sofort meldete.

„Hallo Schatz, bin wieder unbeschadet zu Hause angekommen."

„Gott sei Dank! Ich hatte mir schon Sorgen gemacht, da die Wetterkarte ein Tief und starke Windböen über England anzeigte."

„In Südengland war davon nicht zu merken. Ist wahrscheinlich mehr im Norden gewesen."

„Wie war denn die Preisverleihung?"

„Die war relativ kurz, aber die Spendengala war super. Ich bin erst um zwei Uhr morgens ins Bett gekommen."

„Hast du Lust heut Abend zum Essen zu kommen, sagen wir um neunzehn Uhr?"

„Ja, gerne! Dann kann ich dir alles genau berichten. Damit ich dann ausgeruht bin, werde ich jetzt ein wenig Schlaf nachholen."

„Ja, mach das. Ich werde etwas Schönes für uns kochen!"

Klaus hatte Caros Lieblingsessen, Rinderrouladen mit Apfelrotkohl, zubereitet und als Dessert Rote Grütze gekocht, die er mit Schlagsahne und einem Hauch Kirschwasser servierte.

„Ich glaube, ich habe wieder mal viel zu viel gegessen", stöhnte Caro, „Aber es schmeckte einfach zu gut."

162

„Das freut mich, obschon du ja in England bestimmt ein Luxusessen bekommen hast."

„Das stimmt zwar, aber deine Hausmannskost schmeckt mir auf die Dauer besser."

Nach dem Essen half Caro den Tisch abzuräumen und das Geschirr in die Spülmaschine zu stellen. Dann setzten sie sich mit einem Glas Rotwein ins Wohnzimmer und Caro zeigte Klaus die Siegerurkunde und die mitgebrachten Prospekte vom Schloss.

„Leider darf man das in England nicht zu einem großen, alten Herrenhaus sagen", erklärte sie ihm. „Man nennt es Castle und dieses hier hat einen Hotelanbau im Tudorstil. Stell dir vor, mit dem Preisgeld und den Spenden habe ich fünfundvierzigtausend Euro eingenommen."

„Dann hat sich der ganze Aufwand ja für dich gelohnt", stellte Klaus zufrieden fest.

„Auf jeden Fall! Der weitläufige, italienisch angehauchte Garten hinter dem Herrenhaus mit den unterschiedlichen Räumen hätte dir bestimmt auch gefallen. Sobald ich die Fotos auf dem PC habe, zeige ich sie dir."

Caro kuschelte sich bei Klaus an, so dass er fragte: „Na, habe ich dir gefehlt, mein Schatz?"

„Ein bisschen, obschon mir der Hausherr, John William Canningham, Baron of Heywer, mit seinem Vollbart auch sehr gut gefallen hat."

„Das mag ja sein, aber soweit ich festgestellt habe, gefallen dir meine Küsse bislang immer noch sehr gut", meinte Klaus und nahm sie liebevoll in die Arme. Caro bedeckte sein Stirn, seine Augen und seine Lippen mit vielen kleinen Küssen, die ihm fast die Luft raubten. Begehrlich presste er sie enger an sich und flüsterte ihr ins Ohr: „Wie wärs, wenn du mit nach nebenan ins Schlafzimmer gehst?"

In der letzten Urlaubswoche rief der Leiter des Fördervereins „Indiens Zukunft" aus Köln an und teilte Caro mit: „Ein Architekt hat nach ihren Angaben eine Bauzeichnung für zwei Räume als Werkstatt, zwei kleine Gästezimmer und ein Duschbad angefertigt. Mit den Behörden in Bangalore ist alles geklärt, so dass im Oktober mit dem Anbau begonnen werden kann. Laut Kalkulation werden zirka fünfzigtausend Euro für den Anbau reichen. Ich bedanke mich nochmal für die von Ihnen zur Verfügung gestellte Summe."

„Das ist eine sehr schöne Nachricht, die ich in der nächsten Woche mit nach Bangalore nehmen werde, denn die dortige Leiterin, Mary Bachmann, konnte sich nicht vorstellen, dass ich so viel Geld zusammen bekommen habe."

*

20. Kapitel

Wie schon beim ersten Mal brachte Klaus Caro zum Flugplatz. In den sechs Urlaubswochen hatten sie sich oft getroffen und sehr aneinander gewöhnt, sodass ihnen der Abschied besonders schwer fiel. „Wieder ein halbes Jahr ohne dich. Keine gemeinsamen Spaziergänge, keine Kino- oder Theaterbesuche und Weihnachten und Silvester muss ich auch ganz alleine feiern."

„Mein armer Schatz, aber ich glaube, du wirst es überleben. Außerdem können wir, genau wie im letzten halben Jahr, telefonieren oder uns per SMS unterhalten! Zwischendurch werde ich dir auch Fotos vom Fortschritt des Anbaus schicken", entgegnete Caro, warf Klaus noch einen Handkuss zu und ging winkend, ohne jegliche Beanstandung, durch die Personen- und Handgepäckkontrolle. Beim Hinflug im Frühjahr hatte sie zur Kontrolle ihre Schuhe ausziehen und ihre Reisetasche öffnen müssen.

Der lange Flug mit Zwischenstopp in Dubai verlief bis auf ein paar Turbulenzen über dem Indischen Ozean, bei denen Caro wieder mal die Hand einer ängstlich zitternden Sitznachbarin halten musste, relativ ruhig.

Nach zirka dreizehn Stunden, mit einer Zeitverschiebung von vier Stunden, kam Caro am nächsten Morgen um neun Uhr auf dem Flugplatz in Bangalore an. Von dort ließ sie sich mit einem Taxi zum Kinderheim bringen.

Mit den Worten: „Schön, dass du wieder da bist", wurde sie von Mary empfangen. „Bring den Koffer und die Taschen in dein Zimmer. Ich sage inzwischen Uma

Bescheid, dass sie dir Tee aufbrüht und etwas zu essen macht, danach kannst du dich ausruhen."

„Eine Tasse heißen Tee genügt", meinte Caro, gähnte hinter vorgehaltener Hand und sagte: „Bitte entschuldige, aber ich habe im Flieger kaum geschlafen, hatte eine total verängstigte Dame neben mir sitzen, die mich dauernd mit allen möglichen Fragen genervt hat. Ich musste mich zusammenreißen, um ihr nicht laut zu sagen, sie solle lieber im Stillen beten, denn es könnte sein, dass das Flugzeug abstürzen würde, nur um endlich Ruhe vor ihr zu haben."

Nachdem Caro den vermissten Schlaf nachgeholt hatte, ging sie am Nachmittag zu Mary ins Büro und berichtete ihr, was sie alles in Deutschland erlebt hatte.

„Wie hast du es nur geschafft so viel Geld einzusammeln?", neugierig sah Mary Caro an.

„Durch viele Vorträge, durch das hohe Preisgeld beim Fotowettbewerb und durch die Spendengala in England. Jetzt können wir tatsächlich mit dem Anbau beginnen."

Mary bestätigte es und teilte Caro mit: „Der Vorstand aus Köln hat mir schon schriftlich mitgeteilt, dass alles dafür in die Wege geleitet sei. Mein Gott, ich kann es immer noch nicht fassen. Komm her und lass dich dafür drücken."

Mit Tränen in den Augen nahm sie Caro in den Arm und meinte: „Ich glaube, die größeren Mädchen haben zusammen mit Antonia Maier eine kleine Überraschung für dich vorbereitet. Komm, wir gehen in den Aufenthaltsraum!"

Dort wurde Caro von allen Kindern mit einem Lied

begrüßt, anschließend zu einem Tisch geführt, auf dem eine große Torte stand.

„Die haben die älteren Mädchen extra für dich nach einem Rezept von mir gebacken. Eine echte Schwarzwälder-Kirschtorte. Du musst sie gleich probieren!" Antonia war richtig stolz, dass die süße Überraschung so gut geklappt hatte.

Natürlich gab es noch drei andere Kuchen, die an die Kinder verteilt wurden, denn alle freuten sich, dass Caro wieder da war.

Die ersten Tage musste sich Caro wieder an das Land, an das warme Klima, an das Essen und an die Kinder gewöhnen. Die hatten sie vermisst, waren froh, sie wieder bei sich zu haben und bombardierten sie mit Fragen über Deutschland.

Am Sonntagnachmittag fuhr Caro mit Tarun zu Lalita, um sie ins Kinderheim zu holen. Der alten Frau ging es gesundheitlich nicht so gut, aber sie raffte sich auf, weil sie sich den Besuch bei ihrer Ur-Enkelin nicht entgehen lassen wollte. Außerdem hatte Caro ihr beim letzten Besuch versprochen, etwas über Albert zu erzählen.

Da kein Regen angesagt war und die Sonne schien, ging Caro mit der alten Frau in den Garten. Im Schatten eines Baumes setzten sie sich auf eine Bank und Caro berichtete ihr, was sie alles über ihren Onkel, über Albert Angermann, wusste. Interessiert hörte Lalita zu.

„Mein Onkel war der Bruder meiner Mutter. Er war Journalist und hat während des Zweiten Weltkrieges für die Deutsche Presse als Berichterstatter gearbeitet. Als ausgebildeter Soldat, bewaffnet mit

Pistole, Handgranate, Schreibblock, Stift und einer Leica-Kamera hat er viele Berichte und Fotos aus Frankreich, Polen, Russland und soweit ich weiß auch aus Norwegen an die deutschen Zeitungen geschickt.

Meine Mutter erwähnte einmal, dass er für ein bestimmtes Foto sogar vom Führer einen Orden bekommen hätte. Dabei war er stets gegen Hitler gewesen, was er aber nicht laut äußern durfte, sonst wäre er ins Gefängnis gekommen oder womöglich erschossen worden.

Seinen englischen Freund, Sam Harwight, hat er in den ersten Wochen nach dem Krieg in Deutschland, im englischen Sektor, kennen gelernt.

Wie Sie vielleicht wissen, Lalita, wurde Deutschland zu dem Zeitpunkt von den vier Besatzungsmächten, Russland, Amerika, Frankreich und England regiert.

Aus den späteren Erzählungen meiner Mutter ist mir bekannt, dass Albert im Sommer 1946 zusammen mit dem Engländer bei uns zu Hause war und ihr berichtet hat, dass er und sein Freund Ende des Jahres für eine Reportage nach Indien reisen würden. Die sollte später in der Daily Mail erscheinen.

Soviel ich weiß, gab es die Zeitung damals auch in Schottland, Irland und in Indien. Zusätzlich zu den Büros in England gab es Büros in Berlin, München und Paris. Artikel deutscher Autoren und Berichte der Fotografen wurden ins Englische übersetzt und gut bezahlt. In dieser Zeit ein Traumjob für Albert.

Mutter meinte, es wäre für ihn wohl so etwas wie eine Flucht aus dem zerbombten und noch nicht wieder aufgebauten Deutschland gewesen."

Lalita seufzte und sagte: „Einiges von dem, was Sie

168

berichten, hat mir Albert auch erzählt. Er hatte auch ein Bild von einer völlig zerstörten Stadt in seiner Brieftasche."

„Es könnte Berlin, wahrscheinlich aber Dresden gewesen sein, eine Stadt an der Elbe, denn dieses Foto befindet sich auch in seinem Buch. Im September 1947 ist er aus Indien zurückgekommen und im Januar darauf zu seinem Freund nach England gezogen, um dort als freier Journalist zu arbeiten. Er ist viel in der Welt herumgekommen, schickte Mutter oft bunte, engbeschriebene Ansichtskarten. Ich glaube, einmal war er noch in Indien. Ob er nach Ihnen gesucht hat, das weiß ich nicht, es ist aber anzunehmen. Als er später nach Deutschland zurückgekehrt ist, hat bei uns im Garten seinen sechzigsten Geburtstag gefeiert. Es war eine tolle Party mit Musik von den Rolling Stones und den Beatles, die er aus England kannte. Aber am meisten liebte er Seemannslieder mit Fernweh von dem deutschen Sänger Freddy Quinn oder von der bekannten österreichischen Schlagersängerin Lolita. Ich kann mich daran erinnern, dass er an meinem vierten Geburtstag auch bei uns war. Er brachte mir ein Kuscheltier mit, einen großen Hund. Wissen Sie, ich habe Onkel Albert geliebt, denn im Laufe der weiteren Jahre war er oft bei uns zu Besuch und hat mir immer spannende Geschichten aus fernen Ländern erzählt."

„Kinder lieben diese Art von Geschichten", bestätigte Lalita und hielt Ausschau nach ihrer Urenkeltochter.

Gerade kam sie hinter den anderen Mädchen aus dem

Haus gelaufen, sah Caro mit der alten Frau auf der Bank sitzen und eilte auf sie zu. Mit dem üblichen „Namaste" begrüßte sie die alte Frau, verbeugte sich vor ihr, sah sie einen Augenblick an und sagte: „Ich finde dich nett!" Dann drehte sie sich um und rannte zu den anderen Mädchen, die laut lachend und herumalbernd am Klettergerüst hingen.

„Ich finde sie auch nett. Sie ist so herzlich! Weiß sie inzwischen, dass ich ihre Urgroßmutter bin?", erkundigte sich Lalita.

„Nein, ich werde es ihr vielleicht im nächsten Jahr mitteilen, dann ist sie etwas älter und verständiger", entgegnete Caro. „Aber für Sie habe ich etwas! Ich gehe kurz hinein und hole es."

Mit einem kleinen, schön verpackten Geschenk kam Caro zurück und reichte es Lalita mit dem Worten: „Es ist das Foto von Albert, das sich vorne im Buch befindet. Ich habe es kopiert und für Sie einrahmen lassen."

Lalita bedankte sich überschwänglich bei Caro und bat: „Bitte erzählen Sie mir, was aus Albert geworden ist? Hat er nach seinem sechzigsten Geburtstag immer in Deutschland gelebt?"

„Ja, er hat in unserer Nachbarschaft gewohnt, war weiterhin als freischaffender Journalist tätig und viel auf Reisen. Manchmal lag sogar für mich eine bunte Ansichtskarte mit Poststempeln aus Amerika, aus Afrika und einmal sogar aus Mexiko im Briefkasten, die ich dann voller Stolz meinen Schulkameradinnen gezeigt habe.

Als ich etwas älter war, habe ich ihn nach eventuellen Freundinnen ausgefragt, aber er hat immer nur abgewinkt und gemeint: ‚Ich brauche keine Frau, die

170

mir womöglich dauernd sagt, was ich tun oder lassen soll. Ich komme gut alleine zurecht.' Aber so schnell gab ich mich nicht zufrieden und erkundigte mich, ob er denn nie verliebt gewesen sei. Er sah mich eine Zeitlang an und sagte dann: ‚Ich hatte mal ein Mädchen, eine junge Inderin, aber die ist mir verloren gegangen.' Ich glaube, er war darüber sehr traurig. Das Buch über seine Reisen, besonders über Indien, das ich auch immer wegen dem schönen, dunkelroten Ledereinband bewundert habe, bekam ich nach Alberts Tod im Jahr 1976. Sozusagen als Andenken an ihn und weil er wusste, dass mich das Foto der Inderin, also Ihr Foto, liebe Lalita, von Anfang an fasziniert hatte."

„Woran ist Albert denn gestorben?"

„Als er mir versprach, dass ich das Buch irgendwann bekommen würde, musste er schon gewusst haben, dass ihm nicht mehr viel Zeit blieb, denn ein viertel Jahr später ist Albert an Krebs gestorben. Durch die starken Medikamente hat er aber wohl nicht allzu sehr leiden müssen. Auf seinen Wunsch hin, bekam er eine Seebestattung. Für mich war es eine ganz neue Erfahrung. Mit dem Auto sind meine Eltern und ich, sowie einige seiner Freunde, zur Nordsee gefahren und vom Emdener Hafen aus mit einem kleinen Schiff hinaus auf den Dollart. Das ist eine große Bucht, in der jetzt ein Fluss mündet, der früher direkt ins Meer geflossen ist. Entstanden ist die Bucht durch eine mächtige Sturmflut, die große Teile des Küstenlandes, viele Orte und kleine Dörfer, unter Wasser gesetzt hat. Ein Teil der Bucht wurde vor Jahren für Seebestattungen zugelassen. Nach der feierlichen Totenandacht vom Kapitän des

Schiffes wurde die Urne mit Alberts Asche, begleitet von seinem Lieblingslied, „Deine Heimat ist das Meer, deine Freunde sind die Sterne", ein Schlager von der Sängerin Lolita, im tiefblauen Wasser versenkt. Wir haben dann rote und weiße Rosenblätter verstreut, die sanft auf den Wellen hin und her schaukelten."

Lalita sah Caro an und erklärte ihr: „Wenn ich gestorben bin, werde ich, wie die meisten Inder, auch verbrannt und meine Asche soll auch ins Meer, oder in einen heiligen Fluss gestreut werden. Aber ich sorge mich, wer sich darum kümmern wird? Der Kontakt zu meinen Verwandten in Delhi ist nach meiner Verheiratung völlig abgebrochen und hier in Bangalore habe ich niemand!" Traurig senkte sie den Kopf.

„Wenn Sie es erlauben, würde ich mich darum kümmern. Ihre Urne mit nach Deutschland nehmen und in der Nordsee versenken, und zwar dort, wo auch Alberts Urne versenkt wurde. Vielleicht wird sich Ihre Seele dann mit der Seele von Albert im Himmel oder wie Sie sagen, im Nirwana verbinden, sodass Sie dann endlich beide vereint sind. Das wäre auch für mich ein schöner, tröstlicher Gedanke."

Lalita konnte nicht fassen, dass Caro ihre Beerdigung übernehmen wollte und erkundigte sich ungläubig: „Sie wollen das wirklich für mich machen?"

„Es würde mir sehr viel bedeuten. Allerdings müssten Sie mir eine Art Vollmacht ausstellen, denn in Deutschland muss alles schriftlich erklärt und begründet werden. Ich hoffe aber, dass dies noch einige Jahre dauern wird!"

„In meinem Alter muss man jeden Tag damit rech-

172

nen"; meinte Lalita ein wenig traurig.

„Hoffentlich nicht! Ich werde mich aber in meiner Heimatstadt erkundigen, welche Dokumente man für eine Überführung mit einer Seebestattung braucht und lasse sie mir hierherschicken."

„Wie soll ich Ihnen nur dafür danken?"

„Wenn ich ein Hindu wäre, würde ich sagen, ich sammle gute Taten für mein Karma! Aber als Christin kommt man dann vielleicht eher in den Himmel, denn da wollen schließlich alle Menschen hin, nur dass der Ort in jeder Religion einen anderen Namen hat. Jetzt sollten wir aber ins Haus gehen und zusammen Tee trinken. Ich würde mich freuen, wenn Sie mir zeigen könnten, wie ich einen Sari anziehe. Ich war in verschiedenen Geschäften und habe endlich einen Seidenstoff in meiner Lieblingsfarbe gefunden, einen schönen blauen mit einer kleinen Borte, der nicht ganz so auffällig ist wie die vielen bunten Saris."

„Das mache ich sehr gerne", antwortete Lalita.

Caro half der alten Frau beim Aufstehen und gemeinsam gingen sie ins Haus.

Während Uma in der Küche den Tee zubereitete, führte Caro Lalita in ihr Zimmer, wo der Sari zusammengefaltet auf dem Stuhl lag.

„Bisher habe ich es nicht geschafft, die fünf Meter Stoff um mich herum zu wickeln, damit es wenigstens einigermaßen aussieht."

„Das Wichtigste ist ein Shirt oder eine enge Seidenbluse mit kurzen Ärmeln und ein Unterrock mit einem festen, etwas breiteren Gummizug in der Taille, hinter dem der Stoff rund herum festgesteckt, vorne aber in fünf bis sechs Falten gelegt wird. Dann wickelt man den verbliebenen Stoff nochmal lose um sich herum und legt den Rest in Falten über die linke Schulter. Damit er nicht herunterrutscht wird er mit einer Art Sicherheitsnadel befestigt. Wenn Sie es ein paar Mal üben, geht es wie von selbst", meinte Lalita. Mit flinken Fingern drapierte die alte Frau den Stoff um Caro herum. Dann trat sie einen Schritt zurück, betrachtete sie und sagte: „Diese Art Kleid steht Ihnen ausgezeichnet und wenn Sie sich ein bisschen schminken, sehen Sie mit ihren dunklen Haaren fast wie eine Inderin aus."

„Vielen Dank für das Kompliment. Vielleicht überrasche ich zu Hause meinen Freund damit, oder ich ziehe ihn bei meinen Vorträgen über Indien und über das Kinderheim an."

Caro wickelte sich wieder aus der Stoffmasse heraus und legte sie ordentlich zusammengefaltet aufs Bett und ging mit Lalita in den Aufenthaltsraum.

Beide tranken den süßen, von Uma servierten Tee, aßen ein paar Kekse, die Caro aus Deutschland mitgebracht hatte und unterhielten sich dabei über ganz banale Dinge.

Als Tarun hereinkam und fragte, wann er Frau Shastri nach Hause bringen solle, sah Lalita auf ihre alte, abgeschabte Armbanduhr und stellte fest:

„Durch unsere Gespräche ist die Zeit so schnell vergangen, dass ich nicht gemerkt habe, wie spät es inzwischen geworden ist."

Sie stand auf und verabschiedete sich von Caro mit den Worten: „Danke für die Einladung und dass Sie mir so viel über Albert erzählt haben. Es ist schön zu wissen, dass er doch wohl ab und zu an mich gedacht hat."

*

21. Kapitel

Als Lalita Ende September wieder für ein paar Stunden zu Besuch m Heim war, erzählte ihr Caro, dass ein Anbau an das alte Haus aus der englischen Kolonialzeit geplant sei und man damit im Oktober beginnen würde.

„Wir brauchen für die größeren Jungen und Mädchen je einen Werkraum, damit sie handwerkliche Arbeiten erlernen können, denn die meisten von ihnen schaffen es nicht, eine höhere Schule zu besuchen. Außerdem wird es zwei Gäste-Zimmer geben. Eins möchte ich gerne Ihnen anbieten, damit Sie immer in der Nähe Ihrer Urenkelin sind. Was halten Sie davon?"

Erstaunt sah Lalita sie an und erkundigte sich: „Ist die Heimleiterin denn damit einverstanden?"

„Aber sicher, sonst würde ich es Ihnen ja nicht anbieten. Bis es soweit ist, dauert es ja noch, so dass Sie es sich in Ruhe überlegen können."

„Schön wäre es schon für mich, aber ob ich es mir leisten kann? Ich bin alt und habe nur wenig Geld zur Verfügung."

„Sie müssten nur etwas fürs Essen abgeben. Das Zimmer würde für Sie nichts kosten."

„Warum tun Sie das alles für mich?"

„Irgendwie fühle ich mich dazu verpflichtet, denn wenn das Schicksal es gut mit Ihnen gemeint hätte, wären Sie ja damals meine Tante geworden und Ihre verstorbene Tochter wäre meine Cousine. Außerdem fühle ich mich zu Ihnen hingezogen und Ihre Ur-Enkelin, die kleine Devi, die mag ich besonders gern. Ich glaube, sie mag mich auch."

175

Lalita überlegte einen Moment und schlug dann vor: „Wenn ich Ihr Angebot annehme und es mir gesundheitlich gut geht, könnte ich ja den Kindern täglich etwas vorlesen. Für mich wäre es eine sinnvolle Beschäftigung. Ich wäre dann eine Art Großmutter für alle Kinder, so dass sich keiner der Kleinen benachteiligt fühlt, wenn ich mich etwas mehr um Devi kümmere."

„Das ist eine gute Idee, die ich mit der Heimleiterin besprechen werde, denn dadurch haben die Lehrer, Betreuer, etwas mehr Freizeit."

Caro freute sich, dass sie die alte Frau nicht überreden musste, demnächst in das neuerbaute Gästezimmer zu ziehen. Es stimmte zwar, dass die Inderin eine Fremde für sie war, trotzdem hatte sie von Anfang an das Empfinden, als würden sie sich kennen. Vielleicht weil sie sich in all den Jahren immer wieder das Foto in Onkel Alberts Buch angesehen hatte.

Mitte Oktober war es dann soweit. Der Chef der Baufirma war mit der Zeichnung erschienen und hatte die Außenmaße abgesteckt. Dann wurde der Untergrund ausgebaggert und die Betonsohle gegossen, was besonders für die älteren Jungen interessant war, die nach den Schulstunden immer neugierig zuschauten.

Mary erklärte Caro gerade: „Ich hoffe, dass der Anbau zügig vorangeht. Gott sei Dank regnet es im Oktober selten, denn die Regenzeit, der Monsun, dauert von Juni bis ungefähr Ende September. Danach gibt es eine Art Herbst mit viel Sonnenschein. Von November bis März ist es relativ kühl. Und bevor die Sommerzeit von Mitte März bis Ende Mai mit manchmal bis zu vierzig Grad im Schatten beginnt, muss der Bau fertig sein. Ich kann mich noch gut daran erinnern, wie du über diese Hitze gestöhnt hast, trotz der Deckenventilatoren in allen Räumen. Für dich war die Umstellung natürlich besonders schlimm, da du ja aus dem winterlich kaltem Europa hierhergekommen bist."

„Was meinst du, Mary, wenn alle Handwerker einigermaßen pünktlich erscheinen und das Baumaterial immer termingerecht geliefert wird, müsste es doch klappen? Sind Inder eigentlich fleißige Menschen oder eher faul?", dabei dachte Caro an zu Hause wo sie gesehen hatte, dass einige Arbeiter beim Garagenbau auf dem großen Nachbargrundstück nicht allzu arbeitsfreudig waren, viel zu oft eine Zigarettenpause eingelegt hatten.

„Wenn sie gut bezahlt werden, gibt es zu deutschen Handwerkern, die aber viel mehr verdienen, keinen großen Unterschied. Die Arbeitszeit beginnt hier meist um neun Uhr und endet um achtzehn Uhr mit einer Stunde Pause. Ihren Lohn schätze ich umgerechnet auf zirka dreihundert bis vierhundert Euro im Monat und das ist für hiesige Verhältnisse schon relativ viel."

„Sollten wir ihnen Tee oder Säfte hinstellen? Vielleicht motiviert sie das?"

„Schaden kann es auf keinen Fall!"

Abends schrieb Caro eine Mail an Klaus, mit der sie ihn über den Fortschritt des Anbaus berichtete und einige Foto beifügte.

Dann sprühte sie sich mit Mückenspray ein und ging auf die beleuchtete Terrasse, wo Mary mit Antonia und Ruby bei einem kalten Saftgetränk saßen und sich unterhielten.

Als sie Platz genommen hatte, hörte das Gespräch auf und Antonia erkundigte sich bei Caro: „Wir haben gerade von Mary erfahren, dass du den Anbau bezahlen wirst. Warum machst du das? Hast du im Lotto gewonnen? Mary sagte, wir sollten dich selber fragen?"

Caro musste lachen und antwortete: „Im Lotto habe ich nicht gewonnen, aber Fotos von mir haben bei einem Wettbewerb den Hauptpreis gewonnen. Außerdem habe ich während meines Heimaturlaubs etliche Vorträge gehalten mit Bildern vom Heim und von den Kindern und dafür auch Geld bekommen."

„Und das alles willst du in den Anbau stecken? Was hast du denn davon"? Neugierig wandte sich Ruby an Caro und meinte: „Ich hätte mindestens einiges für mich behalten."

„Wisst ihr, ich wollte ein gutes Werk tun, denn ich habe endlich herausbekommen, wer die Frau auf dem Foto im Buch meines Onkels ist. Hat Mary euch nichts darüber erzählt?"

„Nein, ich war der Meinung, das solltest du ihnen selber sagen!"

„Also gut. Ihr habt doch die alte Inderin gesehen, mit der ich mich sonntags unterhalten und Tee getrunken habe. Sie ist tatsächlich Devis Urgroßmutter. Als ich die Kleine das erste Mal gesehen habe, musste ich unwillkürlich an das Foto im Buch denken, weil es bestimmte Ähnlichkeiten aufwies. Mit Marys Genehmigung habe ich dann hier recherchiert und die Frau gefunden."

Kopfschüttelnd sah Antonia zu Caro und meinte: „Bist

du dir sicher, dass das Ganze kein Schwindel ist?"

„Ja, es hat schon alles seine Richtigkeit. Ich zeige euch jetzt mal das Foto und du, Mary, holst Devis Medaillon aus dem Safe."

Als beide zurückkamen, standen Ruby und Antonia schon erwartungsvoll unter der altmodischen, hellleuchtenden Kuppellampe vor der Eingangstür, um besser sehen zu können.

Mary zeigte ihnen Devis Medaillon und Caro das Foto, worauf man deutlich die gleiche Kette am Hals der jungen Frau erkennen konnte.

„Das ist ja eine unglaubliche Geschichte", meinten beide Frauen gleichzeitig.

„Das kann man wohl sagen, denn die alte Inderin wäre damals fast meine Tante geworden. Und weil sie in sehr ärmlichen Verhältnissen wohnt, habe ich mit Mary vereinbart, dass sie ihren Lebensabend hier im Heim, in einem der neuangebauten Gästezimmer verbringen darf. Lalita Shastri, so heißt sie, war früher Lehrerin und hat angeboten, solange es ihr gut geht, sich ein wenig um die kleineren Kinder zu kümmern. So ist sie in der Nähe ihrer Urenkelin und gleichzeitig eine liebevolle Bezugsperson für die anderen Kleinen."

„Eine schöne Idee! So ist allen geholfen und du hast dein Geld tatsächlich sinnvoll angelegt. Weiß Devi denn, dass die alte Frau ihre Urgroßmutter ist", erkundigte sich Antonia.

„Ich werde es ihr sagen, wenn der Anbau im nächsten Frühjahr fertig ist und Lalita hier wohnt. Vielleicht auch erst später, wenn sie älter und verständiger ist, schließlich will ich sie damit nicht überfordern."

Im Dezember ging Caro zu Mary ins Büro und fragte: „Was ist eigentlich mit Weihnachten? Wird es hier gefeiert?"

„Aber ja! Die Kinder werden zwar im Unterricht über die verschiedenen Religionen aufgeklärt. Besonders natürlich über den Hinduismus, der hier in Indien praktiziert wird, bei dem die Menschen an eine Wiedergeburt und an eine ewig lebende Seele glauben."

„Fast so wie beim Christentum, nur dass die Menschen an eine Auferstehung und an das ewige Leben glauben"; erwiderte Caro.

„Na ja, irgendwie ähneln sich alle Religionen. Genau wie bei uns gibt es bei den Hindus auch drei große Feste. Das größte Fest ist „Kumbh Mela". Zwischen Januar und Anfang März pilgern alle Hindus nach Möglichkeit zur Stadt Allahabad. Sie glauben, dass sie durch ein Bad in dem heiligen Wasser des Ganges von allem Bösen befreit werden.

Im März gibt es am Tag des ersten Vollmonds das „Holi-Fest", weil der Frühling über den Winter gesiegt hat. Es ähnelt unserem Karneval, wird ausgelassen, fröhlich und mit viel Musik und Tanz gefeiert. Die Menschen bewerfen sich mit buntem Farbpulver und bespritzen sich mit Wasser, denn die wärmere Jahreszeit hat über den meist allzu grauen Winter gesiegt.

Das dritte Fest nennt sich „Diwali". Ein Lichterfest, das Ende November gefeiert wird und mich an unser Weihnachtsfest erinnert, da überall viele bunte Lichterketten aufgehängt werden. In den Familien gibt es ein richtiges Festessen. Es werden etliche kleine Geschenke ausgetauscht und Süßigkeiten wie Kokosnuss-Laddoos gegessen.

„Was ist das denn?"

„Das sind kleine Bällchen aus Butter, geröstetem Kichererbsen-Mehl, Zimt, Vanille und viel Zucker, die in Kokosraspel, gehackten Mandeln und Pinienkerne gewälzt werden. Für uns hier im Heim eine typische indische Süßigkeit, die Uma immer zu Weihnachten macht und die du dann auch probieren kannst."

„Nach dem Aufzählen der Zutaten hört sich das an, als würde es sehr gut schmecken."

„Schau mal, dort drüben im Regal liegt ein Buch mit einem bunten Umschlag über hinduistische Feste. Da stehen noch andere süße Rezepte und auch Geschichten zu den einzelnen Feierlichkeiten drin. Das kannst du dir ausleihen."

Als Caro abends im Bett lag, nahm sie das Buch vom Nachttisch, suchte interessiert nach dem Holi-Fest im Frühling und fand die passende Legende dazu.

Prinz Prahlada war ein treuer Anhänger der Göttin Vishnu. Daher weigerte er sich, seinen Vater als Gott zu verehren. Erbost darüber, versuchte der Vater viele Male, ihn zu töten, aber jedes Mal half Vishnu, dies zu verhindern.

Als letztes Mittel rief er seine Schwester, die Dämonin Holika, zu sich. Sie, die sich immun gegen Feuer glaubte, sollte den jungen Prinzen auf den Schoß nehmen, sich in Flammen setzen um ihn so zu töten. Doch auch hier sprang Vishnu dem Prinzen bei und wie durch ein Wunder blieb er unversehrt, während Holika zu Asche verbrannte.

Dämonen wurden deshalb mit dem kaltherzigen Winter verglichen, der endlich gehen musste um dem jungen Frühling Platz zu machen.

Wenn Caro abends nicht mit Klaus telefonierte oder per SMS mit ihm über den Verlauf des Anbaus sprach, las sie im geliehenen Hindu-Buch und schrieb sogar einige, für sie interessante Rezepte ab. Als sie den dicken Band in der nächsten Woche zurückbrachte, sagte Mary: „Du warst am fünfzehnten August nicht hier, denn da gibt es noch ein Fest. An diesem Tag feiert ganz Indien die Unabhängigkeit von England. Es ist ein nationaler Feiertag, der sehr patriotisch begangen wird. In Städten und Dörfern, vor allem auch an den Schulen wird die indische Flagge gehisst und die Nationalhymne gesungen."

„Danke für deine Erklärungen. Das Buch ist übrigens sehr lesenswert. Ich habe es wieder hinten ins Regal gestellt."

Zwei Wochen vor Weihnachten begannen alle Kinder unter Rubys Leitung mit den Bastelarbeiten. Aus weißem Papier wurden Sterne für die Fenster ausgeschnitten und Strohsterne für den Tannenbaum zusammengeklebt, denn Antonia hatte im letzten Urlaub, aus ihrem Heimatort in Bayern, einen echt aussehenden Plastiktannenbaum gekauft und nach hier mitgebracht.

Im Jahr zuvor hatten die größeren Kinder -wie allgemein üblich- im Garten den Mango-Baum mit einer Lichterkette und bunten Kugeln geschmückt.

Nun freuten sich alle auf einen richtigen Tannenbaum, der drinnen im Aufenthaltsraum stehen würde.

Caro hatte für ihre Kolleginnen und für Tarun kleine

Geschenke aus der Stadt besorgt, in buntes Papier gewickelt und mit einem Schleifenband versehen. Als es am Heiligen Abend dunkel geworden war, versammelten sich alle im Aufenthaltsraum. Mit viel Betonung und Gestik las Mary die Geschichte von der Geburt Jesu vor. Dann wurden Weihnachtslieder gesungen, während die kleinen Kinder mit glänzenden Augen den wunderschönen Tannenbaum betrachteten.

Caro bestaunte die Krippe, die neben dem Baum aufgestellt war. Tarun stellte sich neben sie und fragte: „Gefällt sie dir?"

„Ja, ist mal ganz was anderes."

„Sie ist schon ein paar Jahre alt. Ich habe sie zusammen mit einigen von den großen Jungen aus Brettern ausgesägt und angemalt. Für das Jesuskind mussten wir aber eine kleine Puppe nehmen, da es mit dem Aussägen, trotz einiger Versuche, nicht geklappt hat."

„Ich finde es so auch viel schöner", meinte Caro. Dann drehte sie sich um und ging mit Tarun zum Tisch, wo inzwischen Uma und ein paar der älteren Mädchen das Weihnachtsessen hingestellt hatten.

Nachdem alle Platz genommen hatten, fassten sie sich an den Händen und wünschten sich gegenseitig frohe Weihnachten, Merry Christmas oder wie es auf Hindi hieß „Shubh naya Baras".

Es gab Fleischcurrys mit Reis, verschiedene Gemüse und kleine Pfannkuchen aus Reismehl, die Uma extra für heute Abend gebacken hatte. Wer wollte, konnte danach noch eine mit Milch gekochte, süße Nudelsuppe bekommen oder eine Tasse Chai-Tee trinken, gewürzt mit Kardamom, Zimt, Fenchel,

Anis, Ingwer und Nelken, dazu etwas Milch und Honig. Caro liebte Chai und hatte sich vorgenommen davon einige Tüten mit nach Hause zu nehmen, denn für sie war er am Abend das richtige Getränk nach einem stressigen Arbeitstag.

Nach dem Essen verteilten die Erwachsenen kleine Geschenke wie Schreibhefte, Stifte und eine Tüte mit Plätzchen an die Kinder. Caro und Antonia hatten sie abends heimlich in der Küche gebacken und mit bunter Glasur und Schokostreusel verziert, was besonders bei den Kleinen gut ankam.

Später saßen die Erwachsenen noch eine Zeitlang zusammen, verteilten ihre Geschenke untereinander und tranken ein Glas Rotwein, der etliche Kilometer nördlich von Bangalore, in den Nandi Hills, angebaut wurde und den Tarun aus einem Weindepot in der Stadt besorgt hatte.

Um zwölf Uhr gingen sie mit den Kindern, die noch nicht schliefen, nach draußen, um sich die vielen kleinen Feuerwerke anzusehen, die über der Stadt bunt und funkensprühend in den dunklen Nachthimmel aufstiegen. Während Caro nach oben schaute, dachte sie: ‚Weihnachten, gefeiert wie bei uns in Deutschland und doch so total anders. Ohne Kälte, ohne Schnee und ohne viele Geschenke, laut und bunt, statt ruhig und besinnlich, aber trotzdem schön.'

Bevor Caro ins Bett ging, schrieb sie noch eine SMS an Klaus: „Ich wünsche Dir ein frohes und besinnliches Weihnachtsfest. Hoffentlich fühlst du dich nicht zu einsam. Gehst du morgen zu deiner Mutter ins Damenstift? Wenn ja, bestelle ihr einen schönen Gruß von mir. Hier im Heim war Heilig Abend ziemlich laut und wuselig mit den vielen Kindern, so dass ich unseren ruhigen und gemütlichen Heilig Abend ein wenig vermisst habe. Aber in gut acht Wochen bin ich ja zu Hause, dann können wir wieder ruhige Abende gemeinsam auf dem Sofa verbringen. Jetzt wünsche ich dir eine Gute Nacht. Schlaf schön und träum von mir."

Am ersten Weihnachtstag hatte Caro Lalita zum Tee eingeladen. Caro zeigte ihr den buntgeschmückten Weihnachtsbaum und überreichte ihr als Geschenk einen Sari und eine Tüte Plätzchen.

„Es sind die ersten Geschenke seit vielen Jahren. Weil wir wenig Geld hatten, habe ich von Devis Mutter immer etwas Selbstgebasteltes bekommen." Gerührt bedankte sich die alte Frau.

Caro hatte sich vorher bei den kleineren Kindern erkundigt, wer von ihnen ihrem Besuch zeigen würde, was für Geschenke er bekommen hätte. Weil sich mehrere Kinder meldeten, fiel es gar nicht auf, dass Caro nur Devi auswählte.

So konnte Lalita ihre Urenkelin sehen, die nun ganz stolz das neue Schreibheft der alten Frau zeigte. Als Devis Blick auf Lalitas gefüllte Tüte fiel sagte sie:

„Solche bunten Plätzchen wie du hast, haben wir auch alle bekommen, aber meine hab ich schon alle aufgegessen."

Lalita öffnete ihre Tüte und hielt sie Devi mit den Worten hin: „Du kannst dir eins von meinen Plätzchen nehmen." Dann fragte sie die Kleine wie ihr die Weihnachtsfeier mit dem neuen Tannenbaum gefallen hätte.

„Oh, der ist sehr schön und viel besser als im letzten Jahr der geschmückte Baum im Garten."

„Und..., hast du schon einen Freund?", erkundigte sich Lalita.

Devi kicherte, sah zu Caro und als die nickte, meinte sie: „Er heißt Kamal und ist viel größer als ich."

„Kamal ist fast zwölf Jahre alt und kümmert sich ein bisschen um Devi. Manchmal nehme ich ihn auch als Stadtführer oder Dolmetscher mit, denn nicht alle Inder verstehen mein Englisch", erklärte Caro.

„Kann ich jetzt gehen, wieder mit den Kindern spielen?", fragend blickte Devi zu Lalita und dann zu Caro.

„Ja, geh nur! Ich verstehe, dass es dir bei uns langweilig wird."

Devi verbeugte sich vor Lalita, drehte sich um und wollte gehen, doch die alte Frau nahm die Kleine kurz in den Arm, drückte sie an sich und sagte:

„Demnächst werde ich euch eine schöne Geschichte vorlesen."

Später bedankte sich Lalita bei Karo, dass sie ihre Urenkelin sehen durfte.

Als allmählich die Dämmerung einsetzte, brachte Tarun sie wieder mit dem Auto nach Hause.

„Wenn man genug zu tun hat, vergeht die Zeit wie im Flug", sagte Antonia gerade zu Caro. Die beiden waren Ende Januar dabei, für das letzte der drei Geburtstagskinder in diesem Monat eine kleine Feier auszurichten. Die üblichen Geschenke, T-Shirt und Rock, hatten sie gestern zusammen im Nordteil der Stadt bei C&A gekauft.

Caro wäre nie in den Sinn gekommen, dass es so ein

Geschäft hier in der Stadt geben könnte.

„Viele bekannte Markenhersteller haben hier Nähereien, so auch C&A. Deshalb gibt es im Westen der Stadt noch ein zweites, größeres Geschäft", erklärte ihr Antonia.

Ruby hatte mit den großen Mädchen einen alten Geburtstagstanz eingeübt, bei dem die Kinder kleine Glöckchen an den Füßen trugen. Begleitet vom rhythmischen Klatschen der Zuschauer achtete sie darauf, dass alle Tänzer ihre Hände synchron bewegten.

Das Beste aber war ein Stück vom süßen Geburtstagskuchen, den Uma im Auftrag von Mary auf mehreren Kuchenblechen gebacken hatte.

*

22. Kapitel

Anfang Februar war das Dach eingedeckt und der Anbau fertig. Der Bauleiter und die Arbeiter bekamen von Caro für ihre gute und zügige Arbeit ein kleines Geldgeschenk, welches sie dankbar annahmen. Jetzt konnte der Innenausbau beginnen, dass hieß, die Wände und der Betonfußboden mussten mit einer festen Farbe gestrichen werden, was die großen Jungen freiwillig übernahmen.

Tarun und Kumar, der Mann der Köchin, hatten Regalbretter gekauft und nachdem die Farbe trocken war, an den Wänden der beiden Werkräume befestigt. Der hintere Raum wurde als Töpferei ausgestattet, weil sich die meisten Jungen nach einer gemeinsamen Abstimmung dafür entschieden hatten.

In einer inzwischen aufgegebenen Töpferei erstanden Tarun und Kumar günstig einen gebrauchten Brennofen, Ton und verschiedene Farben, die man für den Gebrauch nur in Wasser auflösen musste. Der ältere Ladenbesitzer, der wegen seiner rheumatischen Hände das Geschäft nicht mehr betreiben konnte, überließ ihnen für wenig Geld auch eine relativ neue Drehscheibe.

Als Tarun ihm erklärte, dass er alles für ein Kinderheim, beziehungsweise für die älteren Schüler gekauft hätte, bot der Mann ihm an, im Heim ein paar Unterrichtsstunden zu geben, wenn er dafür ein paar Rupien bekäme. Erfreut sagte Tarun sofort zu.

Für die Werkstatt der Mädchen hatte Caro, zusammen mit Antonia und Tarun, den sie als männlichen Begleiter mitgenommen hatten, drei fußbetriebene Nähmaschinen, drei gebrauchte elektrische Koffernähmaschinen, zwei Tische, Stühle, verschiedene Garne und etliche billige Stoffe gekauft, so dass nun alles geliefert und hingestellt werden konnte.

Das neue Gästezimmer bekam ein Etagenbett, einen Schrank, Tisch und zwei Stühle. Für das andere Zimmer, das Lalita bekommen sollte, hatte Caro ein neues Bett, Kissen mit bunten Bezügen, ein Moskitonetz, einen gemusterten Teppich sowie einen neuen Fernseher gekauft, den Tarun nur noch anschließen musste.

Lalita hatte ihrer Vermieterin gesagt, dass sie Mitte Februar ausziehen würde. Caro und Kamal halfen Tarun, die wenigen Möbel, die sie behalten wollte, mit dem Auto zum Heim zu bringen. Als alles am richtigen Platz stand, lief Lalita begeistert in ihrem Zimmer hin und her, konnte nicht fassen, dass sie jetzt so ein schönes zu Hause hatte. Mit Tränen in den Augen verneigte sie sich vor Caro, die wiederum glücklich war, dass alles so gut geklappt und dass das von ihr gesammelte Geld für alle Ausgaben gereicht hatte.

Zum Einweihungsfest Mitte Februar kam der Leiter des Fördervereins „Indiens Zukunft" zusammen mit seiner Frau aus Köln angereist. Auch ein Vertreter der Stadt Bangalore war anwesend. Alle hatten sich festlich angezogen und die Kinder begrüßten die Gäste mit einheimischen Tänzen. Danach hielten die beiden Herren eine kurze Rede, in der sie sich nochmal bei Caro für ihren Einsatz und für die gespendeten Gelder bedankten.

Nach einer Besichtigung des neuen Anbaues durften

sich alle an dem draußen im Garten aufgebauten und mit bunten Blüten dekorierten Buffet bedienen.

Die Frau des Vereinsleiters unterhielt sich eine Zeitlang mit Caro. Sie berichtete ihr: „Mein Mann war nicht davon überzeugt, dass der Anbau in so kurzer Zeit fertig sein würde. Wie haben Sie das bloß hinbekommen?"

Caro musste lachen und antwortete: „Ganz einfach: mit Bestechung!"

„Wie bitte?"

„Oh, wir haben die Arbeiter oft mit Essen versorgt. Zusätzlich haben alle nach Fertigstellung des Anbaus eine kleine Geldprämie bekommen. Für sie war es viel Geld, für mich in Euro umgerechnet sehr wenig."

„Da haben Sie Recht, denn für unser Hotelzimmer mit Frühstück müssten wir in Deutschland das Doppelte bezahlen."

„Vielleicht können Sie bei Ihren Freunden oder Bekannten ein bisschen Werbung fürs Heim machen, damit jemand eine Patenschaft für ein begabtes Kind übernimmt, das dann ein Gymnasium besuchen und später studieren kann", schlug Caro vor. „Es lohnt sich, denn die meisten Kinder sind sehr wissbegierig und lernen gerne. Für die größeren Mädchen freut es mich, dass ihr Traum Nähen zu lernen endlich in Erfüllung gegangen ist."

„Das ist auch eine gute Investition für ihr späteres Leben", meinte die Frau des Vereinsleiters, die sich in ihrem Synthetik-TShirt sehr unwohl fühlte, was Caro durchaus verstehen konnte. Doch eigentlich hätte sie wissen müssen, dass man bei einer Temperatur von oft über dreißig Grad besser Baumwollkleidung trägt.

„Wie ist denn das Wetter in Deutschland? Ist es sehr

kalt und schneit gelegentlich?", erkundigte sich Caro. „Im Dezember gab es teilweise extreme Schneefälle, sodass wir endlich wieder mal weiße Weihnachten hatten. Die Kinder in unserer Nachbarschaft haben sich darüber besonders gefreut, weil sie ihre schon fast verstaubten Schlitten aus dem Keller holen konnten. Anfang Februar gab es teils mildes, teils kaltes Wetter und während die Sonne im Januar Überstunden gemacht hatte, schien sie in der letzten Zeit viel zu wenig. Darum war der Wechsel von Kalt und Regen zu den Sommertemperaturen, die hier herrschen, für mich sehr ungewohnt."

„Ich musste mich auch erst an die hiesigen Temperaturen gewöhnen. Im März ist es umgekehrt, weil ich dann wieder in Deutschland lebe. Aber mindestens einmal im Jahr werde ich die Kinder hier im Heim besuchen", entgegnete Caro.

Am nächsten Tag waren alle mit dem Aufräumen beschäftigt und dann hatte der Alltag sie wieder: mit Büroarbeit, Schule, Kursen und Sonstigem.

Lalita gewöhnte sich schnell an ihr neues Zimmer und so nach und nach hatte sie durch das bessere Essen, das Uma immer für alle zubereitete, ein wenig zugenommen. Durch ihre Beschäftigung, den Kleinen Geschichten vorzulesen und dabei jeden Tag ihre Urenkelin zu sehen, hatte Lalitas Leben wieder einen Sinn bekommen. Sie bedauerte nur, dass Caro in den ersten Märztagen zurück nach Deutschland fahren musste, dass die Gespräche mit ihr dann erstmal beendet waren. Allerdings hatte Caro zugesagt, sich ab und zu bei ihr sowie bei Devi und Kamal per Handy oder übers Internet zu melden.

Der Abschied fiel auch Caros Kollegen schwer und bei einigen Kindern rollten sogar ein paar Tränen.

„Nun seid nicht traurig, ich komme ja wieder und wehe, ihr habt bis dahin nicht fleißig gelernt."

Antonia und Ruby umarmten Caro. Mary drückte sie liebevoll an sich und bedankte sich für ihre Arbeit. Zum Schluss überreichte ihr Zarina, eines der großen Mädchen, ein Geschenk und sagte: „Es ist ein Seidenschal. Unsere erste Arbeit, denn jede von uns hat ein kleines Stück auf der Nähmaschine für dich umgesäumt."

Gerührt nahm Caro das Geschenk entgegen. Sie hatte nicht nur Devi und Kamal, sondern alle Kinder, trotz ihrer unterschiedlichen Eigenarten, liebgewonnen und die Erwachsenen waren ihre Freunde geworden. Alle hatten sie respektvoll behandelt. Nie hatte es Eifersucht oder Streit gegeben, obschon sie nicht immer einer Meinung gewesen waren.

Caro holte Koffer, Rucksack und Tasche aus ihrem Zimmer, vergewisserte sich, dass sie nichts liegengelassen hatte und ging zusammen mit Tarun, der den schweren Koffer nahm, zum Auto, während alle Bewohner hinter ihr herwinkten und ihr eine gute Heimreise wünschten.

Unterwegs zum Flugplatz sagte Tarun zu ihr:

„Schade, dass du zurück nach Deutschland fliegst, aber von Mary habe ich gehört, dass Mitte März wieder zwei Praktikantinnen aus Deutschland für ein halbes Jahr bei uns arbeiten werden."

„Das ist schön! Ihr seid dann etwas entlastet und habt ein bisschen mehr Freizeit für euch."

Am Airport angekommen, half Tarun Caros Sachen auszuladen, dann verabschiedete er sich höflich und fuhr zurück zum Heim.

Caro hatte einen Direktflug nach Frankfurt gebucht um von dort aus mit dem Zug nach Düsseldorf zu fahren wo Klaus sie mit dem Auto abholen wollte. In der Lufthansa-Boing hatte sie einen Fensterplatz zugewiesen bekommen und da die beiden Plätze neben ihr nicht besetzt wurden, war sie froh, etwas mehr Bewegungsfreiheit zu haben.

Nachdem der Pilot die Reiseflughöhe von zirka zehntausend Metern erreicht und das zeitweilige Ruckeln der Maschine aufgehört hatte, hörte man nur noch das leise Brummen der Motoren.

Caro hatte sich vom Steward ein kleines Kissen und eine dünne Decke geben lassen, um bei dem eintönigen Geräusch, das allmählich müde machte, ein wenig zu schlafen.

Im Traum sah sie sich wieder in der Palmblattbibliothek bei dem alten weisen Vorleser sitzen, der ihr zu lächelte, als würde er sagen: „Ich habe Recht behalten!" Dann wechselte das Bild, der Mann wurde jünger und bekam Ähnlichkeit mit Klaus, der ihr irgendetwas Glänzendes entgegenhielt. Doch so sehr sie sich auch anstrengte, sie konnte nicht erkennen, was es war.

Durch ein polterndes Geräusch wurde sie schließlich wach und stellte fest, dass der Stewart einen Rollwagen durch den Gang schob und Getränke anbot. Ein Blick auf die Armbanduhr bestätigte ihr, dass sie einige Stunden geschlafen hatte.

Sie bestellte sich einen starken Kaffee, der den Rest der Müdigkeit verscheuchte. Leider konnte sie sich nur noch vage an ihren Traum erinnern.

„Schade, das Träume oft so flüchtige Gebilde sind", murmelte sie vor sich hin. Dann stellte sie ihre Rückenlehne gerade und sah eine Zeitlang aus dem Fenster, sah nach unten auf das tiefblaue Arabische Meer und dachte über das vergangene Jahr nach. Sie hatte tatsächlich bewusster gelebt und trotz abwechslungsreicher Arbeit war es nie besonders in Stress ausgeartet, obschon die Kinder sie manchmal sehr gefordert hatten.

Auch hatte sie festgestellt, dass man mit weniger Komfort sehr gut und zufrieden leben konnte. Das Einzige, was sie trotz vieler Gespräche vermisst hatte, waren die Zärtlichkeiten von Klaus. Wenigstens ab und zu in den Armen eines geliebten Mannes einzuschlafen, am nächsten Morgen mit ihm wach zu werden und den Tag mit einem gemeinsamen Frühstück zu beginnen, wäre schon sehr schön gewesen. Aber dies würde sich ja ändern, wenn sie wieder zu Hause wäre. Während sie so aufs Meer hinunterschaute, bekam sie Sehnsucht nach Klaus, sodass es fast wehtat. Deshalb schaute sie sich im Bordfernsehen auch keinen Liebesfilm an, sondern einen alten, spannenden James-Bond-Streifen.

Später gab es einen kleinen Imbiss, der allerdings nicht zu vergleichen war mit dem großzügigen Essen auf den Flügen, die sie vor etlichen Jahren nach Teneriffa unternommen hatte, wo es kurz vor der Landung noch für jeden Reisenden eine kleine Flasche Sekt und ein Stück Kuchen gab. ‚Was soll's! Heutzutage wird an allem gespart!'

Caro beschloss, noch ein wenig zu schlafen. Im Traum wollte sie nach Italien, in den warmen Süden reisen. Alles waren kurze abgehackte Szenen, die sie vor sich sah.

Es ist dunkel. Der Wecker klingelt. Blick auf die Uhr: halb drei. Aufstehen und anziehen. Aber was? Kurze Hose oder buntes, langes Kleid für südliche Nächte? Der Koffer, viel zu voll, viel zu schwer. Runter ins Erdgeschoss tragen. Stolpern auf der Treppe. Zum Geländer greifen. Mit letzter Kraft festhalten. Herzrasen. Gerade nochmal gut gegangen!

Draußen: rosa Sonnenaufgang. Vereinzelte dicke Wolken, weggeschoben vom Wind.

Im Taxi: Zigarettenrauch, Unterhaltung über südliche Gefilde. Ankunft am Flugplatz. Gedränge in der Abflughalle. Jeder will der Erste sein, dabei sind alle Plätze nummeriert.

Im Flieger ein Glas Sekt trinken. Leise Musik hören: „Wenn bei Capri die rote Sonne im Meer versinkt."

Nach der Landung, im Taxi zum Hotel. Unterwegs nur karge Landschaften. Felsen moosbedeckt, aus denen trübes, grünes Wasser rinnt. Ekelig...

Hotel „ Südsee-Paradies", total heruntergekommen. Sessel und Stühle in der Halle mit großen, weißen Laken abgedeckt, wie Leichentücher. Eigenartig...

Vertrockneter, blassblauer Blumenstrauß in einer Vase auf filigranem Tisch. Sieht aus, als wäre die Zeit stehen geblieben. Nächster Raum ebenso. Scheußlich...

Blick durch zerbrochene Glasscheibe: Gelbe Unkrautbüsche wachsen auf vorstehenden, grauen Fenstersimsen. Darunter: dichte Lavendelrabatten. Duftende, blauviolette Blütenähren im Wettstreit mit hohen, wuchernden Brennnesseln. Hinter zerfallenen Gartenmauern schemenhafte Gestalten.

Schwarze Umhänge und bleiche Gesichter. Wie Totenköpfe. Grässlich…

Sie winken, rufen laut: „Amore mio, bleib… Bleib bei uns!"

„Nei.n.n.n…!"

Im Halbschlaf spürte Caro eine Hand auf ihrer Schulter, schüttelte sie entsetzt ab und fuhr erschrocken hoch, während eine Stimme neben ihr etwas sagte, den Satz wiederholte: „Bitte stellen Sie Ihre Rückenlehne senkrecht. Wir landen in zwanzig Minuten."

Aufatmend und immer noch mit Herzklopfen ließ sie sich zurück in den Sitz fallen und dachte: ‚Wie kann man nur so ein wirres Zeug träumen?"

Als sie nach dem langen Flug und der Zugfahrt endlich in Düsseldorf ankam und Klaus in der Bahnhofshalle entdeckte, bekam sie tatsächlich Herzklopfen, so als sähe sie ihn zum ersten Mal und musste über sich selbst lachen.

Klaus, der sie fast erreicht hatte, sah, dass sie ihr Gepäck fallenließ, eilte auf sie zu, nahm sie in die Arme, hielt sie fest umschlungen und küsste sie.

Als er sie wieder losließ, sagte er: „Ich freue mich sehr, dass du endlich wieder hier bist."

„Ich habe dich auch vermisst!" Caro strahlte ihn an und meinte: „Besonders freue ich mich auf deine Kochkünste, auf mein Lieblingsessen und natürlich auf dein weiches Bett ohne Moskitonetz, dafür aber mit leiser Schmusemusik."

„Mal sehen, was sich so alles arrangieren lässt!", antwortete Klaus lachend. Dann nahm er einen Teil ihres Gepäcks und gemeinsam gingen sie zum Parkplatz wo sein Wagen stand.

Die Autobahn war mitten in der Nacht relativ leer, sodass sie zügig fahren konnten und nach gut anderthalb Stunden zu Hause bei Klaus ankamen.

„Brrrr…, hier ist es ja ziemlich kalt!", stellte Caro fröstelnd fest, als sie zur Haustür gingen.

„Das kommt dir nur so vor, weil du von einem sonnenverwöhnten Subkontinent kommst. Aber da du immer schnell frierst, habe ich in der ganzen Wohnung die Heizung höher gestellt."

Im Wohnzimmer angekommen, schaute Caro auf die alte Standuhr in der Ecke und stellte fest: „Es ist ja schon fast ein Uhr. Sollen wir gleich schlafen gehen oder kann ich noch ein Glas Rotwein bekommen?"

„Sicher, möchtest du auch noch eine Kleinigkeit essen?"

„Nein, nur noch einen Moment mit dir zusammen auf dem Sofa sitzen und mich ein wenig entspannen."

„Von mir aus können wir auch noch länger sitzen bleiben. Ich brauche Morgen nicht ins Büro, hatte noch einen Tag alten Urlaub." Klaus drehte sich um, ging in die Küche und kam mit einer Flasche Rotwein und zwei Gläser zurück, entkorkte die Flasche, goss den Rotwein ein und reichte Caro ein Glas.

Die hatte es sich inzwischen mit einer Decke auf dem Sofa gemütlich gemacht.

„Prost mein Schatz! Schön, dich endlich wieder hier bei mir zu haben."

Der schwere Rotwein führte dazu, dass Caro kurze Zeit später in den Armen von Klaus einschlief.

Notgedrungen trug er sie ins Schlafzimmer, legte sie behutsam aufs Bett und deckte sie zu. Dann zog er sich aus, kroch zu ihr unter die Bettdecke und murmelte: „Eigentlich habe ich mir unsere erste Nacht ein wenig anders vorgestellt, aber das können wir morgen früh alles nachholen. Schlaf gut und träum wenigstens von mir!"

Als Caro am nächsten Morgen wach wurde, sich zu Klaus umdrehte, stellte sie fest, dass er einen Schlafanzug trug, sie aber angezogen im Bett lag. Ganz erstaunt fragte sie: „Wieso habe ich noch Kleid und Strümpfe an?"

„Zuerst einmal Guten Morgen, mein Schatz! Und nun zu deiner Frage: Du bist gestern Nacht auf dem Sofa eingeschlafen. Da es dort zu unbequem für dich war und weil ich dich nicht wecken wollte, habe ich dich angezogen ins Bett gebracht."

Er grinste sie schelmisch an und meinte: „Jetzt solltest du dich aber ausziehen."

Was sie umgehend tat und als sie sich dann in seine Arme schmiegte, flüsterte er ihr ins Ohr: „Ach Liebste, du kannst dir nicht vorstellen, wie sehr ich diesen Moment herbeigesehnt habe!"

Als sie später aufstanden, ließen sie das Mittagessen ausfallen und frühstückten dafür ausgiebig. Klaus hatte frische Brötchen, Aufschnitt und etwas Obst geholt, während Caro in der Zeit Rührei mit Schinken gebraten und den Tisch gedeckt hatte.

Etwas später brachte Klaus sie zu ihrer Wohnung, half das Gepäck hochzutragen und verabschiedete sich mit den Worten: „Ich lade dich für heute Abend zum Essen in den Ratskeller ein. Um neunzehn Uhr hole ich dich ab. Bitte sei rechtzeitig fertig, meine Liebe." Er gab ihr einen Kuss auf die Wange und lief die Treppe hinunter zu seinem Auto.

Caro räumte ihren Koffer aus, steckte die schmutzige Wäsche in die Maschine und schaute nach, was ihre Mitbewohnerin Barbara alles für sie an Post gesammelt hatte. Das Meiste war allerdings Reklame, die gleich im Mülleimer landete.

Am späten Nachmittag besah sie sich ihre Kleider, die neben dem Kleiderschrank auf einem Rollständer hingen und dachte: ‚Was ziehe ich nur zum Abendessen an?' Schließlich entschied sie sich für das weinrote Kaschmirkleid mit dreiviertel langen Ärmeln, den schwarzen Wollmantel und die schwarzen Pumps.

Wie immer holte Klaus sie pünktlich ab. Half ihr im Ratskeller aus den Mantel und sagte: „Du siehst wieder ganz bezaubernd aus. Direkt zum Verlieben."

„Wieso zum Verlieben? Ich denke, du bist schon in mich verliebt!"

„Na ja… Jedes Mal aufs Neue und das ist doch auch was Schönes", meinte er und sah sie mit einem Augenzwinkern an.

„Was möchtest du denn essen", fragte er, als sie am Tisch saßen und vom Ober die Speisekarte bekommen hatten.

„Ein Steak mit Röstis und einen Salatteller. Nach den vielen vegetarischen Gerichten im letzten Jahr ist es genau das Richtige. Dazu bitte ein gut gekühltes Bier, denn süße Säfte, die ich bislang immer trinken musste, schmecken auch nicht zum Fleisch."

„Weißt du was, ich nehme das Gleiche!"

Nach dem Essen fragte Caro: „Kann ich mir noch ein Dessert bestellen?"

„Das habe ich schon für dich ausgesucht."

„Hab ich gar nicht mitbekommen. Was ist es denn?"

„Einen Augenblick bitte!" Klaus fasste in die Brust-Tasche seines Jacketts, holte ein Kästchen hervor, öffnete es und hielt es ihr hin. „Mein Dessert für dich. Willst du mich heiraten?"

Sprachlos starrte Caro auf den Brillantring, der im Schein der Tischkerzen, auf der blauen Samtunterlage funkelte, während Klaus sie erwartungsvoll ansah und dabei hoffte, sie würde endlich ja sagen. Und das tat sie dann auch mit einem strahlenden Lächeln, beugte sich vor und gab ihm einen zärtlichen Kuss. Dann streifte sie den Ring über ihren Finger und sagte: „Schau, er passt super und ist genau mein Geschmack. Hast du gut ausgesucht."

Zur Feier des Tages bestellte Klaus eine Flasche Champagner, damit sie auf eine gemeinsame Zukunft anstoßen konnten.

Caro hatte Barbara angeboten, dass sie ab Mai die Wohnung übernehmen könnte, weil sie zu ihrem Verlobten ziehen und im Sommer heiraten würde.
Die junge Frau war ganz happy, denn sie fühlte sich in der Wohnung inzwischen pudelwohl.

„Die nächsten paar Wochen müssen wir beide aber noch miteinander auskommen. Ich werde oft bei Klaus sein, darum kannst du weiter das Schlafzimmer benutzen und ich schlafe auf dem Sofa.
Barbara bedankte sich, umarmte Caro und meinte:

„Ich bin so froh, dass ich nicht mehr weiter suchen muss. Du glaubst gar nicht, wie schwierig es ist, eine passende Wohnung zu finden und wenn doch, dann ist sie viel zu teuer für mich."

*

23. Kapitel

Ab dem ersten April musste Caro wieder im Grüner-Verlag arbeiten. Ihr Chef freute sich, dass sie endlich wieder da war und hatte schon etliche Fototermine für sie vereinbart. Außerdem hatte er ihr einen erheblichen Betrag vom Verkauf ihrer letzten Foto-Serie aus Indien überwiesen. Dieses Geld wollte sie Mary für die laufenden Kosten des Heims spenden, denn ab jetzt bekam sie ja wieder ihr volles Gehalt vom Verlag.

Ihre geliebte Arbeit empfand sie aber neuerdings als stressig. Immer musste sie hetzen, um von einem Termin zum Nächsten zu kommen. Was nützte das gute Gehalt, wenn sie nicht einmal Zeit hatte, das Geld auszugeben.

„Durch Ihr Superfoto sind Sie bekannt geworden. Kein Wunder, dass alle Sie buchen wollen", meinte ihr Chef, wenn sie für ein langes Wochenende frei haben wollte, um die Zeit zusammen mit Klaus zu verbringen, was dann doch nicht immer klappte.

Der hatte sich auch schon beschwert und gesagt:

„Was nützt es, dass du jetzt bei mir wohnst, aber ganz selten da bist. Wie wär's, wenn wir im Juli heiraten und du ab dann freiberuflich für den Verlag arbeitest. Ich verdiene schließlich genug für uns beide."

„Soll ich, soll ich nicht"; fragte sie Tage später Barbara, die inzwischen ihre Wohnung samt der meisten Möbel übernommen hatte und mit der sie sich öfters im nahe gelegenem Café traf.

„Du bist verlobt mit ihm und wie du sagst, liebst du ihn, also heirate ihn. Außerdem finde ich seinen

201

Vorschlag, als freie Mitarbeiterin angestellt zu sein, super. Auch kannst du dich dann wieder mehr den künstlerischen Fotos widmen und zwar solche, wie ich sie immer im Treppenhaus des Verlags bewundere, die du vor ein paar Jahren gemacht hast. Ich selber könnte so was nicht, hab dafür keinen Blick."

„Eigentlich hast du ja Recht, aber ich konnte mich bisher noch nicht dazu durchringen."

„Warum eigentlich nicht. Du behältst doch mehr oder weniger deine Freiheit. Soweit ich Klaus kenne, würde er dich doch nie einengen. Also gib dir `nen Ruck und heirate, schließlich gehst du auf die Fünfzig zu."

„Na hör mal, bis dahin habe ich noch einige Jahre Zeit."

„Zeit, Zeit... Die vergeht so schnell. Nutze sie lieber für deine eigene stressfreie Zeit, fürs Glücklich sein mit deinem Ehemann und für deine Hobbys."

Als Klaus sich bei Caro erkundigte, ob sie über einen Heiratstermin nachgedacht hätte, antwortete sie: „Ich wäre für Mitte Juli. Dann ist meistens schönes Wetter. Wir könnten Freunde und Bekannte zu einer Gartenparty einladen und nicht zu vergessen: deine Mutter. Wenn sie es gesundheitlich schafft, kann sie das Damenstift für ein paar Stunden verlassen und zu uns kommen. Sie hat doch schon lange gehofft, dass wir endlich heiraten, dass ihr Sohn versorgt ist, wie sie immer betont."

„Prima, dann werde ich gleich nächste Woche mit den Unterlagen zum Standesamt gehen."

Und dann war der langersehnte Tag da !

202

Klaus mit schwarzer Hose und weißer Smoking-Jacke, sowie einer einzelnen roten Rose am Revers und Caro im leicht getönten, langen Chiffonkleid mit einem kleinen Blumenstrauß aus roten und weißen Rosen, sahen als Braut und Bräutigam sehr elegant aus. Das fand jedenfalls Barbara, die als Trauzeugin, kurz vor Mittag, beide im Taxi zum Standesamt begleitete.

Mit schmalen, goldenen Ringen und einem zarten Kuss wurde das Eheversprechen anschließend von Caro und Klaus besiegelt.

Wieder zu Hause gab es einen kleinen Imbiss mit Sekt, an dem auch Mutter, beziehungsweise Schwiegermutter, teilnahm, die den beiden freudig gratulierte und ihren Sohn lobte, dass er sich endlich zu einer Heirat durchgerungen hatte.

Die Kaffeetafel, zu der Freunde und Bekannte erschienen, war von einem Party-Service auf der großen Terrasse aufgebaut worden. Alle Gäste klatschten begeistert, als die fruchtige Hochzeitstorte von Caro und Klaus angeschnitten wurde.

Später lobten sie auch das schön dekorierte, sommerliche Buffet und die feucht-fröhliche Gartenparty, die bis spät in der Nacht angehalten hatte, so das alle noch lange davon sprachen.

Bei blauem Himmel, viel Sonnenschein und fröhlichen Menschen war der Hochzeitstag genauso verlaufen, wie es sich Klaus und Caro gewünscht hatten.

„Fahrt ihr in die Flitterwochen?", erkundigte sich Barbara am nächsten Tag bei Caro, die sich bei ihrem Chef durchgesetzt hatte und nun als freie Mitarbeiterin ihren Urlaub selber einteilen konnte.

„Nein, die Flitterwochen haben wir schon einige Zeit hinter uns, schließlich kennen wir uns schon lange. Wir werden aber Ende September gemeinsam nach Indien reisen, uns ein paar Sehenswürdigkeiten anschauen und das Kinderheim besuchen."

„Darüber werden sich deine ehemaligen Kollegen, die Kinder und besonders Devi und Kamal bestimmt freuen."

„Das hoffe ich doch!"

Das Einzige, woran sich Caro als Ehefrau gewöhnen musste war, dass sie jetzt mit einem Doppelnamen unterschreiben musste, also mit Hausmann-Birkenstädt, was sie aber nur bei offiziellen Schriftstücken tat. Im Normalfall stellte sie sich weiter mit Caro Hausmann vor, da sie ja unter diesem Namen in der Fotobranche, bei Gartenzeitschriften und Verlagen bekannt war.

Gut acht Wochen später war es soweit. Nach einem Nachtflug von Düsseldorf aus, hatte Tarun sie morgens am Flugplatz in Bangalore abgeholt und zum Kinderheim gebracht. Der Empfang für beide war riesig.

Durch Mary, Antonia und Ruby, die sich privat auf Deutsch unterhielten, hatte Lalita ihre wenigen Sprachkenntnisse wieder aufgebessert, sodass sie Devi und Kamal, die oft die alte Frau besuchten, auch etwas Deutsch beigebracht hatte, damit sie Caro und ihren Mann zur Begrüßung damit überraschen konnten. Und die Überraschung gelang ihnen tatsächlich.

Caro war ganz gerührt, blickte zu Klaus und sagte:

„Vor dir stehen meine beiden Lieblingskinder, Kamal und Devi. Die Frau hinter ihnen, das ist Lalita. Sie ist die Inderin, die auf dem Foto in Onkel Alberts Buch abgebildet ist."

Klaus hielt sich die Hände vor der Brust und verneigte sich vor der alten Frau.

Mary lud Caro und Klaus zu einem Frühstück ein, an dem auch die Kollegen teilnahmen, da sie den Schulbeginn um zwei Stunden verschoben hatte, was von den Kinder mit einem lauten Freudengeschrei begrüßt worden war.

Während Klaus sich beim Essen mit Mary unterhielt, stand Caro auf, setzte sich zu Lalita und erkundigte sich: „Wie gefällt es Ihnen hier in der neuen Umgebung? Haben Sie sich inzwischen gut eingelebt?"

„Ja, ich bin sehr zufrieden und möchte mich nochmal bei Ihnen für alles bedanken."

„Sie müssen mir nicht danken. Ich bin ja froh, dass ich Sie gefunden habe!" Caro griff in ihre Handtasche, holte zwei von ihr aufgesetzte Dokumente hervor und reichte sie Lalita mit den Worten: „Bitte lesen Sie alles genau durch und wenn es nichts zu beanstanden gibt, setzen Sie ihre Unterschrift darunter. Bevor ich mit meinem Mann weiterreise, hole ich mir die Dokumente wieder ab."

Lalita nahm sie hoch, blickte kurz darauf und meinte: „Es wird schon alles seine Richtigkeit haben. Ich bin jedenfalls froh, dass Sie sich um meine Beerdigung kümmern und dass meine Asche an dem Ort verstreut wird, wo schon Alberts Asche hinge- kommen ist und wir so für immer vereint sind."

„Ich werde alles so regeln, wie Sie es sich vorgestellt haben, Lalita. Aber bis es soweit ist, werden Sie hoffentlich noch etliche Jahre leben."

„Das wäre schön. Besonders, da das Schicksal es endlich gut mit mir meint, ich jeden Tag meine Urenkelin sehen kann."

Am Nachmittag fuhr Caro mit Klaus zum Lal Bagh-Park und zeigte ihm den weißen Baumwoll-Seidenbaum, mit dessen Foto sie den ersten Preis gewonnen hatte.

„In natura ist er ja überwältigend. Die vielen dicken Stämme und erst die Wurzeln, einfach fantastisch!", meinte Klaus begeistert.

Auch war er sehr angetan vom großen Gewächshaus, das zum Ende des achtzehnten Jahrhunderts ganz aus Glas erbaut worden war und viel Ähnlichkeit mit dem ehemaligen Londoner Kristallpalast aufwies.

An nächsten Tag hatten sie eine Stadtrundfahrt gebucht mit einem Besuch des ehemaligen Königspalastes, des ISKON-Tempels, sowie des großen Pete City Markts auf dem die Händler frisches Gemüse, Obst, Gewürze, Blumen, Seidenwaren, Schmuck und vieles mehr anboten.

Die Leute dort waren alle sehr freundlich und hatten nichts dagegen, dass Caro die bunten, oft überladenen Stände aus verschiedenen Winkeln fotografierte.

Für alle diese Ziele hatte sie bisher nie richtig Zeit gehabt, doch zusammen mit Klaus gefielen ihr die vielen Sehenswürdigkeiten besonders gut.

Von der vielen Lauferei am Tag taten ihnen die Füße weh, so dass sie nach dem Abendessen sofort zu Bett gehen wollten.

„So alt seid ihr doch gar nicht"; witzelte Mary, als Caro und Klaus ihr eine gute Nacht wünschten.

„Alt vielleicht nicht, aber sportlich sind wir nicht so ganz durchtrainiert", antwortete Klaus und hoffte, dass er morgen keinen Muskelkater habe.

„Gut, dass ich das obere der Etagenbetten genommen habe, denn da käme Klaus heute bestimmt nicht hoch", meinte Caro lachend zu Mary. Doch ganz so schlimm war es dann doch nicht, außerdem wollten die beiden den letzten Tag gemütlich im Heim verbringen, sich mit Lalita unterhalten und sich ein bisschen um Devi und Kamal kümmern.

Laut Tarun hatte Kamal das eine Schuljahr, das er durch den Aufenthalt auf der Straße verloren hatte, inzwischen wieder aufgeholt. In den meisten Fächern war er so gut, das Tarun meinte: „Der Junge eignet sich fürs Gymnasium. Er ist strebsam und lernt fleißig. Ganz in der Nähe gibt es eine Schule, allerdings wird sie privat geleitet und kostet Geld. Kamal müsste dort eine Schuluniform tragen und zusätzlich eine zum Wechseln haben, sowie neue Bücher. Außerdem würde Geld für Essen und eventuelle sonstige Leistungen anfallen. Leider wird so etwas nicht vom Verein bezahlt, sondern das Heim müsste selber dafür aufkommen."

Caro bot sich an, die Schule für Kamal und auch später für Devi zu bezahlen, was vielleicht umgerechnet vierzig Euro pro Kind im Monat kosten würde.

Sie teilte Kamal mit: „Wenn du willst, kannst du im nächsten Schuljahr das Gymnasium besuchen, dort fleißig lernen, damit du das Abitur bestehst.

Als Gegenleistung möchte ich, dass du dich weiter um Devi kümmerst, auf sie aufpasst."

„Das mache ich gerne. Sie ist ja sowas wie eine kleine Schwester für mich!"

Als beide weiterreisen wollten, verabschiedete Caro sich von Lalita und bat: „Bitte schreiben Sie ihre Geschichte, die Daten Ihres Lebens auf, damit ich sie Devi später geben kann, denn jeder Mensch braucht Wurzeln, muss nachvollziehen können, woher er stammt."

„Eine gute Idee, die ich nutzen werde."

Caro verbeugte sich vor der alten Frau, überlegte kurz, ging einen Schritt auf sie zu und umarmte sie mit den Worten: „Ich werde Sie vermissen, denn ich mag Sie sehr. Passen Sie gut auf sich auf!"

Lalita strich sanft mit den Fingern über Caros Wange und flüsterte: „Ich bin froh, dass Sie mich gefunden haben, dass mein Leben wieder einen Sinn hat."

Nachdem Caro und Klaus sich von allen verabschiedet hatten, brachte Tarun sie zum Airport in Bangalore, wo sie einen Flug nach Neu Delhi gebucht hatten. Nach knapp drei Stunden kamen sie in Delhi an, fuhren mit dem Taxi in die Innenstadt zu ihrem gebuchten Hotel wo ihnen die Schlüssel für ein schönes großes Zimmer in der dritten Etage gereicht wurden.

Als sie sich ein wenig frisch gemacht hatten, gingen sie hinunter in die Hotellobby. Dort wartete schon Ganesh, der indische Führer, der sie in den nächsten Tagen auf ihrer Besichtigungstour begleiten sollte.

Caro und Klaus hatten sich nicht getraut, in der

zweitgrößten Stadt des Landes mit einem Mietwagen durch den wuseligen, lauten und oft chaotischen Verkehr zu fahren.

So wurden sie ohne Stress von Ganesh überall hingefahren und bekamen gleichzeitig die passenden Erklärungen für die einzelnen Sehenswürdigkeiten geliefert.

„Der Lotus Tempel, gestaltet nach einer Lotusblume, bietet einen seltenen Ort der Ruhe in dieser quirligen Großstadt. Er wurde geschaffen um alle Besucher einzuladen nach ihrem eigenen Glauben zu beten oder zu meditieren, was ziemlich einzigartig auf der Welt ist."

Natürlich mussten sich Caro und Klaus auch das „Parliament House" den Sitz des indischen Parlaments ansehen, das sie allerdings nicht von innen besichtigen konnten. Ganesh berichtete Ihnen: „Im kreisrunden Gebäude fand die Machtübergabe von Großbritannien an das neue unabhängige Indien statt. Das Gebäude war der ehemalige Wohnsitz des britischen Vizekönigs Louis Mountbatten.

Als nächstes steht die Besichtigung des "Red Fort" auf Ihrer Liste. Es ist ein Festungs- und Palastbezirk mit einer Parkanlage aus der Epoche des Mogulreiches und wurde um Sechzehnhundert für den amtierenden Mogulkaiser erbaut.

Das aus rotem Sandstein errichtete Gebäude ist heute ein Museum, gehört zum Weltkulturerbe der UNESCO und liegt östlich der Altstadt."

Caro und Klaus waren überrascht, dass sich in der großen Anlage etliche schöne Gebäude, eine Moschee und eine Reihe kleinerer Pavillons befanden. Allerdings wirkte die ganze Anlage etwas ungepflegt, teils lag auch Müll herum, sodass sie schon nach kurzer Zeit Ganesh baten, sie zurück zum Hotel zu fahren.

Nach einem fast europäischen Abendessen im Restaurant holte Ganesh sie wieder ab und fuhr mit ihnen in die Altstadt. Dort machten sie einen gemeinsamen Spaziergang durch den alten Teil des Basars, gingen durch die engen Gassen, bestaunten das bunte Treiben der Händler, die fremdartigen Gerüche und die leuchtenden Farben der vielen unterschiedlichen Waren.

Klaus fielen besonders die faszinierenden Elektro- und Kabelinstallationen oben an den Häuserwänden auf, die teilweise nicht einmal isoliert waren.

Auch waren manche Gassen so schmal, dass man kaum glauben konnte, das trotz der vielen Menschen Platz für Mopedfahrer war, die sich aber mit lautem Gehupe durchschlängeln konnten. Viel Platz, um an die Seite zu springen und auszuweichen, hatte man aber meistens nicht.

Auf den breiteren Gassen begegneten ihnen mittelalterliche, von Pferden gezogene Karren und Fahrradrikschas, die von dünnbeinigen, hageren Männern durch das motorisierte Chaos manövriert wurden.

Jede noch so kleine Nische an den Häusern wurde für einen Laden, eine Werkstatt oder ein Lager genutzt. Trotz des scheinbaren Chaos schien alles zu funktionieren. Caro und Klaus bemerkten, dass viele Touristen oft mit ungläubigen Augen davor standen.

Abends im Bett hatten beide immer noch den intensiven Geruch der unterschiedlichen Gewürze in der Nase und Caro meinte: „Wenn ich meine Augen schließe, sehe ich das bunte Farbengemisch vom Basar wieder vor mir."

„Ich brauche meine Augen gar nicht zu schließen. Ich sehe etwas Braunes, Rosiges und einen Hauch von Schwarz mit einer schönen Spitze vor mir. Ob es auch scharf wie Ingwer ist, werde ich gleich mal testen." Klaus beugte sich über Caro und küsste sie zärtlich, dann immer leidenschaftlicher, so dass sie kaum Luft bekam. Sollte sie sich beschweren? Nein, auf keinen Fall. Es war ja ihre Hochzeitsreise und hier in Indien hätten sie vielleicht sogar einige Stellungen des Kamasutra ausprobieren können, aber leider fehlte dazu die Anleitung und die wäre vielleicht auch zu sportlich, zu akrobatisch ausgefallen.

Also legte sie ihre Arme um ihn und zog ihn auf sich, denn sie wollte den Liebesakt lieber sinnlich, sanft und zärtlich genießen.

Am nächsten Morgen wurden sie vor dem Hotel pünktlich von Ganesh mit dem Auto abgeholt und nach knapp vier Stunden Fahrt erreichten sie Agra, die nächste Besichtigungsstadt.

Ganesh berichtete ihnen: „Hier in der Stadt gibt es auch ein rotes Fort, das auf einem kleinen Hügel am Fluss liegt. Die Anlage ist mit einer bis zu einundzwanzig Meter hohen Mauer umgeben, die genau wie die meisten innenliegenden Gebäude mit roten Sandsteinplatten verkleidet ist. Daher heißt diese Anlage auch Red Fort."

Hier gab es auch viele unterschiedliche Gebäude, die genau wie die großen Parkanlagen aber sehr gepflegt waren, wie Klaus und Caro feststellten.

Nach gut einer Stunde hatten sie sich alles angesehen und fuhren weiter zum Taj Mahal, das nur zwei Kilometer entfernt am Südufer des Flusses Yamuna, am Stadtrand von Agra lag.

Klaus hatte im Internet gelesen: Das Material für den Bau wurde aus ganz Asien mit über 1.000 Elefanten an den Fluss gebracht. Im Marmor sind 28 verschiedene Arten von Edel- und Halbedelsteine, wie Jade, Lapislazuli, Saphire und auch Diamanten, eingefügt worden. Der Gebäudekomplex gehört zum UNESCO Welterbe und zieht jedes Jahr rund acht Millionen Besucher an.

Ganesh erzählte ihnen, weshalb das Mausolem entstanden ist. „Der Großmogul, Shah Jahan, hat es für seine über alles geliebte Ehefrau, Mumtaz Mahal, bauen lassen, die bei der Geburt des vierzehnten Kindes im Jahr 1631 starb. Weil das Grabmal zu viel Geld kostete, ließ der Sohn seinen Vater entmachten. Als dieser im Alter von 74 Jahren starb, wurde er aber neben seiner Lieblingsfrau im Taj Mahal beigesetzt."

Der weiße Marmorbau sah in Wirklichkeit noch viel schöner aus, als auf den Fotos in Onkel Alberts Buch, die sich Caro in ihrer Jugendzeit oft angesehen hatte. In ihren Fantasien war es ein verwunschenes Märchenschloss, das einer indischen Prinzessin gehörte, die dort auf ihren geliebten Prinzen wartete.

Klaus bat Caro: „Stell dich mal an den Beckenrand des Wassergartens, damit ich ein Foto von dir machen kann. Im Hintergrund ist dann das Mausoleum zu sehen. So können wir unseren Freunden beweisen, dass wir tatsächlich hier waren."

Ganesh machte sie darauf aufmerksam, dass sie morgen früh zusammen mit ihm hierher fahren

212

könnten um das Taj Mahal bei Sonnenaufgang zu fotografieren, da es dann am Schönsten aussähe."

„Ich glaube, wir haben auch so genug Fotos"; antwortete Caro und bedankte sich für den Tipp.

Beiden warfen noch einen letzten Blick auf das schöne weiße Gebäude mit den vielen Türmen und Kuppeln und gingen dann mit Ganesh zurück zum Auto.

Im Übernachtungs-Hotel angekommen, stellten sie fest, dass es oben auf dem Gebäude einen beheizten Pool gab. Rasch nahmen sie ihre Badesachen und fuhren mit dem Fahrstuhl hinauf.

„Im warmen Wasser plantschen, mit Blick auf die Stadt, ist schon etwas Besonderes", meinte Caro.

„Ja, das ist wirklich sehr schön. Aber zu lange dürfen wir nicht bleiben, denn in gut einer Stunde gibt es Abendessen und das sollten wir auf keinen Fall verpassen."

Später trank Klaus an der Bar noch ein Bier, während Caro sich einen Chai bestellte, Tee mit Milch und Honig, um gut schlafen zu können.

Nach einem sehr reichhaltigen und abwechslungsreichen Frühstück ging ihre Reise am nächsten Morgen mit Proviant und genügend Wasserflaschen weiter nach Jaipur.

Auf halber Strecke machten sie einen Stopp, aßen und tranken etwas und besichtigten dann den ganz in der Nähe befindlichen riesigen Trittbrunnen, der wohl aus dem zehnten Jahrhundert stammte.

Ganesh ging mit ihnen hoch auf die Balustrade, damit sie von oben in den zwanzig Meter tiefen und sehr breiten Brunnen hinabschauen konnten.

„Wieviel Etagen sind es bis zur Wasseroberfläche", erkundigte sich Caro.

„Es sind genau dreizehn Etagen mit hunderten von Treppen und etwas über dreitausend Stufen, die bis nach unten zum Wasserspiegel führen", erklärte ihr Ganesh.

„Gut, dass wir bei der Hitze da nicht hinunterlaufen müssen. Wenn ich an die schmalen Stufen denke, wird mir schon vom Zuschauen schwindelig", meinte Klaus und war froh, als er mit Caro wieder im klimatisierten Auto saß.

Nach etlichen Stunden in Jaipur angekommen, fuhr Ganesh mit ihnen durch die Altstadt, damit sie sich den „Palast der Winde", wie die deutsche Übersetzung des einheimischen Namens „Hawa Mahal" lautete, ansehen und ein Foto machen konnten, denn das Gebäude gehört zu den am meisten fotografierten Bauwerken Indiens.

„Bei diesem Palast handelt es sich allerdings nur um eine Fassade", teilte ihnen Ganesh mit.

„Ich dachte immer, es wäre ein richtiger großer Palast. Wofür hat man denn das rosafarbene Gebäude mit den fünf Stockwerken gebaut, wenn man es nicht bewohnen kann?", erkundigte sich Caro.

„Es wurde Ende des siebzehnten Jahrhunderts vom damaligen Maharadscha für die Damen des königlichen Hauses gebaut, damit sie das Leben und die Umzüge in der Stadt beobachten konnten, ohne selbst gesehen zu werden. Die vielen Balkone mit den kunstvoll vergitterten Fenstern ohne Glas ermöglichten immer eine kühlende Luftzirkulation für die Damen."

„Der muss dann aber viele Frauen gehabt haben",

meinte Caro.

Ganesh lachte, zuckte mit den Schultern und sagte:

„Morgen Vormittag können Sie sich den dahinter befindlichen, sehr weitläufigen Königspalast ansehen. Jetzt fahren wir aber zu ihrem Hotel. Es ist ein ehemaliger Palast, der etwa drei Kilometer von hier entfernt liegt."

Als sie durch die Hotelhalle zu ihrem Zimmer gingen, sagte Caro zu Klaus: „Hier könnte ich wie eine indische Prinzessin mit erhobenem Haupt durch alle Räume gehen."

„Du kannst ja zum Abendessen deinen Sari anziehen, der wäre hier genau das richtige Outfit."

„Prima, dann musst du aber auch ein Foto von mir machen", entgegnete Caro.

In ihrem blauen Sari sah sie so bezaubernd aus, dass sie im Speisesaal viele bewundernde Blicke auf sich zog, sodass Klaus sehr stolz auf seine schöne Ehefrau war.

Der indische Reiseführer gab sich immer redlich Mühe jeden Morgen rechtzeitig im Hotel zu sein, und so holte er Caro und Klaus kurz nach neun Uhr zur Besichtigung des City-Palastes ab. Um diese Zeit waren noch nicht so viele Touristen anwesend, sodass sie sich alles in Ruhe ansehen konnten.

Er machte sie darauf aufmerksam, dass der prächtige Palast nur teilweise zu besichtigen sei, weil in einigen Gebäuden noch die Nachfahren der königlichen Familie wohnen würden.

Zu Caro, die sich neugierig umsah, sagte er: „Im gesamten Komplex gibt es viele hübsche Innenhöfe und sehr schöne kleine Gärten, die Sie sich auch ansehen müssen."

Dann wandte er sich an Klaus und meinte: „Für Sie wären die unterschiedlichen Museen in den größeren Gebäuden interessant. Dort werden alte, oft mit Edelsteinen besetzte Waffen, wertvolle Kleidung, einige guterhaltene Haushaltsgegenstände und andere Ausstellungsstücke gezeigt."

Caro und Klaus sahen sich aber alles gemeinsam an, während Ganesh sich im Schatten der Eingangshalle auf die Erde setzte und geduldig auf sie wartete.

Als beide nach der Besichtigung zurückkamen, gingen sie gemeinsam zum Auto und Ganesh fuhr mit ihnen zur „Albert Hall", das älteste Museum Indiens. Es war ein riesiger, reich verzierter Palast umgeben von einer weitläufigen Parkanlage. Auf dem gepflasterten Vorplatz suchte eine große Schar Tauben, in einem blau-schwarzen Federkleid, gurrend nach Futter.

Zwischen ihnen durchmanövriert standen sie endlich vor dem schönen Gebäude und Ganesh erzählte ihnen: „Als die englische Königin Viktoria und ihr Ehemann, Prinz Albert, in Jaipur zu Besuch waren, legte der Prinz feierlich den Grundstein zu dem nach ihm benannten Gebäude. Nachdem es fertig war, wurde es als Museum für Kunst, Waffen, Juwelen, Möbeln, Fundstücken und anderen Exponaten aus ganz Indien eingeweiht. Der König von Jaipur hatte sogar zu Ehren seiner beiden englischen Gäste alle Gebäude der Stadt in einem rosa Farbton streichen lassen, denn diese Farbe war und ist die Farbe der Gastfreundschaft in Indien."

Das fünfstöckige Gebäude der Albert Hall, mit den

schlanken, weißen Marmorsäulen und vielen Kuppeltürmchen, fanden Caro und Klaus einfach fantastisch.

„Es sieht aus wie ein Märchenschloss aus „Tausend und einer Nacht" und gefällt mir fast besser als das Taj Mahal. Kein Wunder, dass Onkel Albert unter dem Foto dieses Gebäudes etwas angeberisch geschrieben hat: „Ein Haus, das würdig ist, meinen Namen zu tragen."

Caro hatte noch einige Fotos gemacht, legte die Kamera zurück in ihre Umhängetasche und meinte:

„Eigentlich müsste man es im Abendlicht oder bei Sonnenaufgang fotografieren, statt in der Mittagszeit. Klaus jedoch behauptete: „So wie ich dich kenne, meine Liebe, würdest du dich dort eher nachts einschließen lassen. Im Mondlicht durch alle Räume spazieren, um dann ab und zu ein Foto vom Garten oder von den Ausstellungsstücken zu machen."

„Nein, nein…! Ich denke, ich würde es eher wie eine der Lieblingsfrauen des Herrschers machen, die vielleicht nach einem Besuch bei ihm sich im kühlen Nachtwind, bei Mondschein, im überdachten Säulengang oder im lauschigen Garten ein wenig erholen will, nur dass ich dort im geheimnisvollen Licht des Mondes lieber mystische Fotos machen würde."

„Na ja, ich bin weder ein Herrscher noch habe ich einen Harem und schon gar nicht einen lauschigen Garten, den ich für Fotos zur Verfügung stellen kann. Und ich habe auch nur eine einzige Lieblingsfrau und das bist du, mein Schatz!"

„Und was ist mit deiner Mutter?"

„Oh…, die besuche ich doch nur, um ihr ein paar

Blumen zu bringen. Aber jetzt komm! Ganesh wartet bestimmt schon am Auto auf uns!"

Da die Zeit für weitere Besichtigungen knapp wurde, Caro und Klaus aber Hunger hatten, holte Ganesh für jeden einen Hähnchen-Burger und eine Kola von Mac Donald.

Diese Läden gibt es inzwischen auch in allen größeren Städten Indiens. Allerdings nur Hähnchen- oder Veggi- Burger mit viel Gemüse oder Salat, denn das Fleisch von heiligen Kühen stand nicht zur Debatte.

Als sie nach dem Essen die Stadt verlassen hatten, erklärte ihnen Ganesh: „Wir fahren jetzt zu ihrem letzten Ausflugsziel, das „Amber Fort", das Ende des fünfzehnten Jahrhunderts erbaut wurde.

Vom Parkplatz aus konnten Caro und Klaus sehen, dass die aus weißen Marmor, hellgelben und rosafarbenen Sandstein gebaute Festung hoch oben auf einem felsigen Bergkamm stand.

„Gehen wir zu Fuß hoch oder reiten wir auf einem der bunt geschmückten Elefanten nach oben?", erkundigte sich Caro bei Klaus.

„Wir gehen zu Fuß. Auf einem Elefanten, mit dem Sitz, der hin und her schaukelt und das in dieser Höhe, da kriegt mich keiner rauf!"

Das Innere der Festung glich eher einem großzügig angelegten Palast mit zahlreichen Pavillons, Gebäuden mit aufwendig gestalteten Balkonen, kleinen Innenhöfen mit Bäumen und kunstvoll gestalteten Beeten.

Ganesh, der sie wie immer begleitete, machte sie darauf aufmerksam, sich unbedingt den berühmten Spiegelsaal mit den Einlegearbeiten aus Glas und

Spiegelscherben auf der dritten Ebene anzusehen. Außerdem gebe es dort einen schönen Garten mit mehreren Springbrunnen.

Als Caro über die Brüstung der Außenmauer nach unten schaute, entdeckte sie auf dem kleinen See zu Füßen der Festung einen Insel-Garten, der mit einem Steg vom Ufer aus verbunden war.

„Auf dem Rückweg muss ich ihn unbedingt fotografieren, denn so etwas habe ich noch nie gesehen: Rosen und in Form geschnittene Eiben-Hecken, die mit einer weißen, gitterartig durchbrochenen kleinen Mauer eingefasst sind. Einfach toll!"

„Es gibt viele außergewöhnliche Ecken in Indien, die stets für einen unvergesslichen Besuch sorgen", meinte Ganesh voller Stolz. Mit Besichtigungstouren für Touristen finanzierte der junge Inder seine Ausbildung, denn nach dem bestandenen Abschluss wollte er sich mit einer eigenen Firma selbstständig machen, wie er seinen beiden Gästen mitgeteilt hatte.

Abends im Hotel war Kofferpacken für die Abreise angesagt, Duschen und Umziehen fürs Abendessen, sich nochmal von den Angestellten am Buffet verwöhnen lassen und sich in diesem wunderschönen Palasthotel noch einmal wie ein Prinz und eine Prinzessin fühlen.

Caro legte Wert darauf, dass Klaus sie später im Bett auch so behandelte und so wurde es für beide eine lange und lustvolle Liebesnacht.

*

24. Kapitel

Als sie am nächsten Morgen etwas verschlafen mit ihren Koffern in der Hotellobby auf Ganesh warteten, der sie nach Delhi zum Airport bringen sollte, von wo aus sie weiter nach Mumbai, an die Westküste fliegen wollten, um dort noch eine Wochen Badeurlaub an der Arabischen See zu machen, klingelte Caros Handy.

„Wer ruft denn bloß so früh am Morgen an?", fragend blickte sie zu Klaus, der nur mit den Schultern zuckte und meinte: „Hoffentlich wird unser Flug nicht abgesagt."

Während sie in der Handtasche nach dem Handy kramte, das nicht aufhörte zu klingeln, überschlugen sich ihre Gedanken: ‚Irgendetwas muss passiert sein. Aber was?' Als sie schließlich auf den Annahmeknopf drückte und Marys Stimme hörte, atmete sie erleichtert auf und fragte: „Na, willst du uns einen guten Flug wünschen?"

Einen Augenblick war still am anderen Ende. Dann räusperte sich Mary und sagte: „Lalita geht es nicht gut. Ich glaube sie lebt nicht mehr lange."

„Was ist denn passiert?"

„Sie hat gestern einen Schwächeanfall erlitten, ist einfach umgekippt. Unser Hausarzt meinte: „In ihrem Alter muss man täglich damit rechnen, dass sie sterben kann."

„Das tut mir schrecklich leid, dabei hätte ich ihr noch ein paar schöne Jahre gewünscht."

„Das verstehe ich, Caro. Du hängst ja auch sehr an ihr. Darum wäre es schön, wenn du, wenn ihr kommen könntet."

220

„Auf jeden Fall. Ich versuche gleich unseren Flug umzubuchen und rufe dich dann zurück."

Caro hatte gar nicht bemerkt, dass Tränen über ihre Wangen liefen. Besorgt sah Klaus sie an und erkundigte sich, was geschehen sei. Stockend berichtete sie ihm, was Mary ihr mitgeteilt hatte.

„Natürlich buchen wir um. Vielleicht kann Ganesh uns dabei helfen, damit wir so schnell wie möglich einen Flug nach Bangalore bekommen."

Auf der Fahrt nach Delhi erzählten sie ihrem Führer, dass eine Bekannte im Sterben läge und sie deshalb ihr Flugziel schnellstens ändern müssten.

„Wir haben Mumbai gebucht, müssen aber nach Bangalore. Können Sie das vielleicht für uns erledigen?", erkundigte sich Klaus bei ihm.

Ganesh hielt das Auto auf dem Parkstreifen neben der Hauptstraße an. Nach einigen Anrufversuchen mit dem Handy hatte er den richtigen Schalter im Airport erreicht und bat den Flug nach Mumbai für Caro und Klaus Birkenstädt zu streichen und stattdessen nach Bangalore umzubuchen, was dann auch klappte. Aufatmend bedankten sich beide bei ihm.

Nach gut fünf Stunden Fahrt kamen sie am Airport an, nahmen ihr Gepäck und verabschiedeten sich von ihrem gut ausgebildeten und hilfsbereiten Führer, der sich über das reichliche Trinkgeld von Klaus sehr freute.

Bis zum Abflug ihrer Maschine um fünfzehn Uhr hatten sie noch Zeit, um in Ruhe Mittag zu essen, waren aber froh, als sie endlich im Flugzeug saßen. Caro hatte vor dem Einschecken Mary angerufen und ihr mitgeteilt: „Wir kommen um achtzehn Uhr in Bangalore an. Es wäre schön, wenn Tarun uns abholen könnte."

„Natürlich kann er euch abholen. Ich bin ja erleichtert, dass ihr kommt!"

Caro und Klaus waren froh, als sie endlich im Heim ankamen. Die Fahrt durch die laute und wuselige Stadt mit dem ewigen Gehupe, den mageren Kühen, die oft mitten auf der Straße standen, so dass man nicht weiterfahren konnte, hatte an ihren Nerven gezerrt.

Während sich Klaus um das Gepäck kümmerte, ging Caro mit Mary zu Lalita. Diese lag ziemlich kraftlos im Bett, freute sich aber Caro zu sehen. Mary stellte ihr ein Glas Wasser hin und sagte: „Ich lasse euch jetzt allein." Und zu Caro gewandt: „Wenn etwas ist, ruf mich!"

Caro setzte sich zu Lalita ans Bett, nahm ihre Hand und sagte: „Was machen Sie denn für Sachen? Vor einigen Tagen war doch noch alles in Ordnung."

Die alte Frau sah sie an, schüttelte den Kopf und sagte leise: „Nein, ich fühle schon seit Wochen, dass ich bald sterben werde. Ich habe es mir nur nicht anmerken lassen und so gut es ging, mich weiter um die Kleinen gekümmert. Devi hat mir dabei geholfen."

Lalita richtete sich ein wenig auf, zeigte auf die obere Schublade im Schrank und bat sie zu öffnen:

„Ich habe alle Unterlagen durchgesehen und mein Leben, das meiner Tochter, meiner Enkelin und Urenkelin in kurzen Sätzen aufgeschrieben. Das Ganze hat mich doch sehr aufgewühlt und mitgenommen. Meine Gedanken an die Zeit, als ich schwanger war und ich Albert nicht finden konnte, hat mich wieder traurig gemacht und mein Herz war wieder voller Sehnsucht nach ihm."

Caro sah die beiden beschrifteten Umschläge in der Schublade und meinte: „Noch brauche ich sie nicht. Sie werden bestimmt wieder gesund!"

„Ach Caro, ich danke Shiva, dass ich Sie kennengelernt habe und ich danke der Göttin Kali, dass Devi jemand hat, der sich um sie kümmert und dass ich jetzt, wo Sie hier sind, vor dem Tod keine Angst haben muss."

Lalita legte sich wieder zurück aufs Kopfkissen, schloss die Augen und murmelte: „Der Kreis meines Lebens hat sich geschlossen."

‚Da magst du Recht haben', dachte Caro und strich der alten Frau sanft über die Wange. ‚Die meisten Inderinnen sterben zwischen sechzig und siebzig Jahren, aber du hast dich trotz allem gut gehalten, bist schon über achtzig Jahre alt. Aber wenn du gehst, wirst du mir fehlen'.

Als Caro merkte, das Lalita eingeschlafen war, stand auf und ging leise hinaus.

Klaus saß zusammen mit Tarun, Mary, Ruby und Antonia im Aufenthaltsraum und berichtete ihnen von der Städte-Reise im Norden Indiens und dass ihm besonders die kunstfertige Architektur der alten Paläste gefallen hätte.

Alle blickten auf, als Caro den Raum betrat, schauten sie erwartungsvoll an.

„Sie ist eingeschlafen, aber es geht ihr nicht gut. Sie will nicht mehr leben, meint, sie wäre schon viel zu alt."

Als Caro sich neben Klaus setzte, schob Mary ihr eine Tasse hin und goss ihr heißen Tee ein. „Trink etwas, das tut dir gut!"

Nachdem sie etwas getrunken hatte, sah sie Mary an und erkundigte sich: „Was machen wir, wenn sie tatsächlich sterben sollte. Soweit ich weiß, ist sie nicht besonders gläubig, obschon sie früher schon mal im Tempel etwas geopfert oder in der Kirche eine Kerze angesteckt hat."

„Als Heimleiterin werde ich unseren zuständigen Arzt herbestellen, damit er den Totenschein ausstellen kann. Dann sehen wir weiter", antwortete Mary.

Tarun meldete sich zu Wort und erklärte: „In Indien gehört der Tod ebenso wie die Geburt zum Leben dazu. Der Glaube an die Wiedergeburt gibt den Menschen eine gewisse Leichtigkeit mit dem Tod umzugehen, weil die Seele unsterblich ist, was die Christen ja auch glauben.

In vielen Ländern ignorieren die Menschen ihre Endlichkeit und haben dann schreckliche Angst, wenn das Ende naht. In Indien glaubt man, dass das Leben vorbestimmt, dass alles in der Palmblattbibliothek hinterlegt ist."

Caro nickte zustimmend, denn diese Erfahrung hatte sie vor zirka zwei Jahren selber gemacht.

Tarun berichtete weiter: „Wenn das Ende naht, sollte man die Erde mit Freude und Musik verlassen, denn man wird ja wiedergeboren. Alle Verwandten und Freunde sollten deshalb am Totenbett stehen, um den Sterbenden ins Nirwana zu begleiten.

„Eine schöne Idee", warf Antonia ein und schlug vor:

„Wenn ihr damit nicht überfordert seid, könnten wir ja alle zu Lalita gehen, wenn es soweit ist."

„Meinst du, ich sollte auch mitgehen?"; wandte sich

Klaus an Caro.

„Das musst du selbst entscheiden. Ich werde mal nachschauen, ob sie noch schläft.

„Ich komme gleich nach!", rief Mary ihr hinterher. Die alte Frau hatte die Augen geschlossen, atmete aber unregelmäßig. Caro setzte sich zu ihr ans Bett und hielt ihre Hand. Als Mary ins Zimmer kam, bat Caro: Bitte hol' die anderen. Ich glaube, sie erholt sich nicht mehr."

Alle kamen, auch Klaus. Sie standen am Fußende des Bettes und Antonia murmelte ein „Vater unser", während Tarun leise ein altes indisches Schlaflied summte.

Lalita blinzelte, öffnete dann die Augen und sah, dass alle Mitarbeiter des Heims sie auf ihrem letzten Weg begleiten wollten. Caro, die ihre Hand immer noch festhielt, streichelte sie sanft und fragte: „Wie fühlst du dich?"

Kaum hörbar antwortete sie: „Leicht, kraftlos. Atmen fällt schwer. Will nicht mehr!"

Behutsam strich Caro ihr über die Stirn, über die Wange und sagte: „Dann lass los! Geh' ins Nirwana. Geh' zu Albert. Schließ deine Augen. Denk an ihn, dann steht er vor dir. Er ruft dich. Geh' zu ihm. Geh' mit ihm ins Licht."

Die alte Frau rang nach Luft, röchelte. Ihre Brust hob und senkte sich unregelmäßig. Ihre Lippen bewegten sich. Caro beugte sich über die alte Frau, meinte so etwas wie Danke zu hören. Und dann hörte sie nichts mehr. Stille…

Lalita hatte aufgehört zu atmen. Caro strich ihr nochmal über die Wange und unter Tränen flüsterte sie: „Danke, dass ich dich kennenlernen durfte."

Klaus war hinter Caro getreten und nahm sie in den Arm, während Tarun, Mary, Ruby und Antonia leise und wortlos das Zimmer verließen.

„So möchte ich auch beim Sterben begleitet werden"; flüsterte Klaus seiner Frau ins Ohr. Komm, wir gehen jetzt zu den anderen!"

„Warte", Caro löste sich von ihm, ging zum Fenster und öffnete es. Dann drehte sie um und sagte: „Meine Großmutter hat immer gesagt, die Seele eines Verstorbenen kann nicht im Raum bleiben. Sie muss frei sein, muss zum Himmel aufsteigen können und der ist heute besonders klar und mit vielen Sternen übersät, so als hätte er auf sie gewartet."

„Vielleicht ist es ja richtig, was du gerade gesagt hast. Jedenfalls ist es schön und tröstlich, so etwas zu glauben!"

Ehe beide das Zimmer verließen, blickte Caro zu Lalita und dachte: ‚Du hast meinen Onkel immer geliebt. Ich werde deinen Wunsch erfüllen und deine Asche dort verstreuen, wo seine letzte Ruhestätte ist, damit ihr auf ewig zusammen seid.'

Mary hatte inzwischen den Hausarzt angerufen und ihm den Tod der alten Frau mitgeteilt. Als er nach ungefähr einer halben Stunde kam, stellte er den Totenschein aus, rief einen Krankentransport an, damit der Leichnam zum Krematorium gebracht wurde.

Tarun fuhr mit Caro und Klaus hinter dem Krankenwagen her, um die Formalitäten zu erledigen, um den Totenschein und Lalitas Vollmacht für eine Seebestattung in Deutschland vorzulegen.

Unterwegs erkundigte sich Caro bei Tarun: „Gibt es

bei euch vor der Verbrennung eine Trauerfeier?"

„Das ist ganz unterschiedlich. Bei öffentlichen Verbrennungen ist die Familie dafür zuständig. Der Tote wird gewaschen, gesalbt und in weiße Tücher gewickelt bevor er auf den Scheiterhaufen gelegt wird. Die Angehörigen umrunden ihn fünf Mal und ein Priester spricht Gebete. Dann wird das Holz entzündet. Am dritten Tag wird die Asche vergraben oder in einen Fluss gestreut wie zum Beispiel in der Stadt Varanasi, im Norden Indiens. Dort fahren viele Angehörige hin um die Asche dem heiligen Fluss Ganges zu übergeben, dafür sparen manche ein Leben lang. Heutzutage kann man aber damit auch das Krematorium beauftragen."

Nachdem feststand, dass die Verbrennung am übernächsten Tag stattfinden sollte, hatte Caro für Lalita eine kleine Trauerfeier mit einem Hindu-Priester bestellt, der einige Gebete sprechen und Mantras singen sollte.

Und so waren dann Tarun, Antonia, Ruby, Uma mit ihren Mann und Caro und Klaus anwesend. Caro hatte ein paar Rosenblätter aus dem Garten mitgebracht und streute sie über den Leichnam, der in einfachen weißen Tüchern gehüllt auf einer Bahre lag.

Die Andacht war so ganz anders, als alle aus dem europäischen Raum gewohnt waren, aber trotzdem irgendwie schön und tröstend.

Uma und ihr Mann, die gläubige Hindus waren, erkundigten sich nach der Totenfeier, wann und in welchem Fluss die Asche verstreut werden sollte, denn das müsste man ja für die Wiedergeburt der Seele machen.

Caro erklärte ihnen: „Es war Lalitas Wunsch, das ich die Urne mit nach Deutschland nehme und ihre Asche bei uns im Meer verstreue."

Nach den Blicken der beiden zu urteilen, waren sie damit wohl nicht ganz einverstanden. Da es aber der Wunsch der alten Frau gewesen war, mussten sie es wohl akzeptieren.

Als Leiterin des Heims konnte Mary leider nicht an der Trauerfeier teilnehmen, denn einer von den Erwachsenen musste ja die Kinder beaufsichtigen. Am Tag zuvor hatte sie allen mitgeteilt, dass die alte Frau gestorben sei, dass sie den Kleinen nichts mehr vorlesen könne. Aber bald würden zwei junge Frauen aus Deutschland kommen, die ihnen dann wieder Geschichten erzählen und mit ihnen spielen würden.

Anschließend war Kamal mit Devi im Büro aufgetaucht und hatte Mary gefragt, ob er mit der Kleinen auch an der Trauerfeier teilnehmen könne? Mary hatte einen Augenblick überlegt, dann aber zugestimmt, weil Kamal wusste, dass Lalita Devis Urgroßmutter war. Und so hatten die beiden Kinder während der Abschiedszeremonie zwischen Caro und Klaus gesessen und neugierig das Ganze verfolgt.

Auf der Fahrt zurück zum Heim hatte sich Devi an Caro gekuschelt und gefragt: „Wann kommt Grandma, wie wir sie alle genannt haben, denn wieder?"

„Sie kann nicht wiederkommen. Sie ist doch tot."

„Aber der Priester hat doch gesagt, dass sie wiedergeboren wird."

„Damit meinte er doch nur ihre Seele. Die ist in einem drin. Die kann man nicht sehen. Die fühlt nur, wenn du traurig oder fröhlich bist oder jemand

ganz doll lieb hast."
Devi runzelte die Stirn, gab sich dann aber mit der Erklärung zufrieden, während Kamal ein bisschen von oben herab lächelte.
‚Typisch, wie ein besserwissender großer Bruder', dachte Caro, die es mitbekommen hatte. Aber wie sollte sie es Devi auch sonst erklären.

Als Caro später Lalitas Zimmer betrat, sah sie, dass Kumar, Umas Ehemann, inzwischen sauber gemacht und das Bett neu bezogen hatte. Caro brachte Lalitas Saris, bis auf einen, den sie als Erinnerung an die alte Frau behalten wollte, ins neue Nähzimmer.
Zum Entsorgen waren sie zu schade. Die Mädchen sollten daraus Kissenbezüge nähen, die sie vielleicht auf dem Basar verkaufen könnten, der wie jedes Jahr zum Frühlingsfest im Heimgarten stattfinden sollte, um so wieder Geld für neue Stoffe zu bekommen. Zusätzlich wollten sie auch versuchen, für die von den Jungen bis dahin hergestellten Tonwaren Käufer zu animieren.
Nachdem Caro zurückgekehrt war, nahm sie aus der oberen Schublade im Schrank Lalitas Dokumente und Unterlagen. In einem Schreibheft hatte die alte Frau ihr Leben, das ihrer Tochter, Enkeltochter und Urenkelin dokumentiert. Caro fand auch ein paar ältere Fotos und alle, die sie von Devi und Lalita gemacht und der alten Frau geschenkt hatte. Sie legte alles in einen großen Umschlag und ging damit ins Büro zu Mary.
„Schau mal, ich habe hier alle Unterlagen und Fotos, die Lalita gesammelt hat. Willst du die Sachen in den Safe zu Devis Medallion legen?"

„Auf jeden Fall! Was meinst du, wann sollen wir ihr die Sachen geben, ihr sagen, dass Lalita ihre Urgroßmutter war?"

„Ich weiß es nicht. Vielleicht wenn sie zwölf Jahre alt ist."

„Gut, warten wir ab, wie sie sich bis dahin entwickelt." Mary stand auf und legte den Umschlag in den Safe.

Um ein wenig abzuschalten fuhren Caro und Klaus am nächsten Morgen mit dem Bus zum Gubbon Park. Auf dem Schild am Eingang lasen sie: ‚Der Park ist eine große Oase im Herzen von Bangalore. Die ersten Arbeiten begannen am Ende des achtzehnten Jahrhunderts. Mit über hundert unterschiedlichen Pflanzen, verschieden großen Beeten und Baumarten ist dies auch ein beliebter Treffpunkt für Naturliebhaber und Vogelbeobachter, auch einzelnen Personen und Familien mit Kindern, die dem Krach und Smog der quirligen Stadt entfliehen wollen um hier gute Luft, Ruhe und Erholung zu finden.'
Aber es gab auch ein Aquarium mit unterschiedlichen bunten Fischen und eine sehr alte Bibliothek, die im Inneren in mehreren Runden hohe Regale hatte, die mit Büchern aller Art bestückt waren und die besonders Klaus reizten, einige von ihnen in die Hand zu nehmen, um darin zu blättern.

Caro sah sich lieber die alten Pavillons und die Rosenbeete an, die wundervoll dufteten. Aus verschiedenen Perspektiven machte sie einige Fotos und hoffte, dass sie gut waren. Ein kleines Stück weiter entdeckte sie drei Bäume, deren Blätter den

230

Mimosen-Bäumen ähnelte. Die Schilder an den Stämmen gaben Auskunft über die Namen.
Der erste war ein Regenbaum, der im Frühjahr zarte, rosagefiederte Blüten trug.
Der Jacaranda- oder Palisanderbaum blühte im Sommer in einem Farbton zwischen lavendel und himmelblau mit einem zarten Duft nach Honig.
Der letzte Baum gehörte zu den Flammenbäumen, die im Spätsommer blühten. Etliche der leuchtend orangeroten Blüten hatten sich wohl verspätet, standen in dichten Trauben beieinander, so das Caro den Baum und einige Blüten gut fotografieren konnte und sich vornahm, diese an den Gartenverlag zu schicken.
Zur verabredeten Zeit traf sie sich mit Klaus am Denkmal von Königin Viktoria und erzählte ihm begeistert von den Bäumen.
Klaus wiederum war von dem schönen, alten Gebäude der Bibliothek und von den vielen Büchern ganz angetan, hätte so etwas nicht in einer indischen Großstadt vermutet.
Arm in Arm spazierten sie durch eine Baumallee, wo sich Sonnenstrahlen flimmernd ihren Weg durch das dichte grüne Blattwerk suchten und auf die Pflasterung des Weges Schattenbilder malten.
Caro blieb stehen, atmete ein paar Mal tief durch und meinte: „Herrlich! Ist genau das Richtige nach der ganzen Aufregung in den letzten Tagen."
Da niemand in der Nähe war, nahm Klaus sie in den Arm und küsste sie zärtlich.
„Du hast dir unsere Hochzeitsreise bestimmt anders vorgestellt", gab Caro zu bedenken.
„Das stimmt, aber die Hauptsache ist doch, wir sind

zusammen." Aus irgendeinem Grund musste Klaus plötzlich lachen. Caro sah ihn erstaunt und an und fragte: „Was ist?"

„Das darf ich eigentlich gar nicht laut sagen, aber wer hat schon eine Hochzeitsreise in Verbindung mit einer indischen Totenfeier, dazu einschläfernden Mantras und auf dem Rückflug nach Hause eine Urne aus künstlichem grünen Marmor im Handgepäck!"

„Ich hoffe nur, das alles klappt und wir stattdessen nicht in einer Gefängniszelle landen", antwortete Caro nun auch lachend.

„Wenn wir beide in eine Zelle kämen, wäre es doch der perfekte Abschluss dieser Reise, nur glauben würde uns das niemand", meinte Klaus.

„Nein, nein, das möchte ich auf gar keinen Fall. Wir werden einen Rückflug bei der Lufthansa buchen. Da darf man mit dem Totenschein, der Sterbeurkunde und der Bescheinigung – eine Art Urnenpass vom Krematorium – die Urne im Handgepäck mit nach Hause nehmen."

Als ihnen Spaziergänger entgegen kamen, bat Caro: „Würden Sie von mir und meinem Mann ein Foto machen?" Sie reichte ihnen die Kamera und stellte sich neben Klaus. Anschließend bedankte sie sich und zu Klaus gewandt meinte sie: „Endlich sind wir beide einmal zusammen auf einem Bild."

Am späten Nachmittag fuhr Caro mit Tarun zum Krematorium um die Urne mit Lalitas Asche abzuholen. Sie bekam auch die von ihr verlangte Bescheinigung zur Ausfuhr und konnte alles mit ihrer Kreditkarte bezahlen.

Das Ganze war erheblich preiswerter, als bei einer Einäscherung in Deutschland.

Caro hatte Lalita heimlich auf ihrem Totenbett und jetzt auch die Urne und das Krematorium fotografiert. Die Bilder wollte sie im Büro ausdrucken und für Devi zu den Unterlagen in den Safe legen.

Sie liebte die Kleine, betrachtete sie als ihr Kind. Auch Kamal mochte sie. Er hatte sich von einem Straßenkind zu einem ehrgeizigen Jungen entwickelt. Mary hatte versprochen, sich um die beiden Kinder zu kümmern. Als kleines Dankeschön wollte Caro sie dabei finanziell unterstützen.

Der Abschied fiel allen schwer. Selbst Uma, die Köchin, wischte sich verstohlen eine Träne von der Wange und Devi bettelte: „Kann ich nicht mit euch kommen?"

„Nein, mein Schatz, das geht leider nicht. Aber im nächsten Jahr besuchen wir euch wieder, das verspreche ich. Außerdem kannst du vom Büro aus mit mir telefonieren. Mary erlaubt es bestimmt."

Nachdem die Koffer im Auto und die Urne dick in Papier eingewickelt im Handgepäck verstaut war, brachte Tarun Caro und Klaus zum Airport.

Beim Einschecken gab es keinerlei Probleme, sodass sie anschließend entspannt im Flieger saßen und sich auf zu Hause freuten.

Bei der Ankunft in Düsseldorf klappte es am Einreiseschalter mit den Belegen für die Urne ohne Beanstandung. Selbst auf der Rückfahrt im Auto gab es keine Staus auf der Autobahn, sodass sie zügig durchkamen. Zu Hause angekommen brachten sie ihre Koffer gleich ins Haus und stellten die Tasche mit der Urne ins Wohnzimmer.

Dann holte sich Klaus ein richtiges deutsches Bier aus dem Kühlschrank, während sich Caro mit einem

Glas Orangensaft begnügte.

Vom langen Flug und der Zeitverschiebung waren beide todmüde und beschlossen, gleich ins Bett zu gehen.

Durch die Aufregung in den letzten Tagen und den Jetlag wurden sie erst am nächsten Tag gegen Mittag wach. Klaus stand zuerst auf, um beim Bäcker frische Brötchen zu holen. Caro blieb noch einen Moment liegen und dachte: ‚Ist doch tatsächlich schöner im eigenen Bett zu schlafen. Irgendwie gemütlicher.‘ Dann aber warf sie die Bettdecke zur Seite, stand auf, duschte und zog sich an. Anschließend ging sie in die Küche und deckte den Frühstückstisch. Als Klaus vom Bäcker zurück in die Küche kam, schnupperte sie an der Tüte: „Mmm…, herrlich! Endlich wieder richtige Brötchen. Der Mensch ist doch ein Gewohnheitstier, obschon ich der indischen Küche nicht abgeneigt bin."

Nachdem Klaus das Haus für einen Einkauf auf dem Wochenmarkt verlassen hatte, rief Caro beim Seebestattungsbüro in Emden an und erkundigte sich, wann sie einen Bestattungstermin bekommen könnte.

Da sie die Asche der Verstorbenen selber in einer Urne mitbrächte, könnten sie ihr einen Termin in zwei Tagen um zirka vierzehn Uhr anbieten. Falls sie eine Trauerrede wünsche, solle sie ihnen per Mail dazu ein paar Angaben schicken. Caro war sofort mit allem einverstanden, denn einen Tag später musste Klaus wieder zur Arbeit. So aber konnten sie beide an der Seebestattung teilnehmen.

*

25. Kapitel

Es war ein schöner, sonniger Herbsttag, als sie um die Mittagszeit nach Emden fuhren. Im Bestattungsbüro am Hafen wurden sie vom Chef persönlich begrüßt, nach ihren Namen und nach ihren Wünschen befragt.

Caro überreichte dem Mann die verlangten Dokumente und Lalitas Urne. Allerdings musste der verplombte Aschekarton aus der Urne in eine See-Urne aus Pappe gestellt und die Plombe gelöst werden, damit sich alles in kurzer Zeit im Wasser auflösen konnte. Dann bekam Caro die Rechnung ausgehändigt, die sie mit ihrer Scheckkarte beglich.

Zusammen mit dem Kapitän, der gerade angekommen und seine Gäste begrüßt hatte, gingen Caro und Klaus auf das Beisetzungsschiff, das einer großen Yacht ähnelte und am Liegeplatz im Hafen ankerte. Von hier aus nahm das auf halbmast beflaggte Schiff Kurs auf das Bestattungsgebiet im Dollart.

Wegen des kühlen Windes war die Urne im Salon auf ein extra dafür hergerichtetes Podest gestellt und mit einem Blumenkranz aus Rosenblüten und Efeu umgeben.

Unterwegs berichtete ihnen der Kapitän: „Das Beisetzungsgebiet, das wir gleich erreichen werden, liegt über 30 versunkenen Ortschaften. Vom Land oder vom Deich aus können die Hinterbliebenen auf die letzte Ruhestätte schauen, um ihr so ein wenig nahe zu sein."

Dann wandte er sich der Urne zu und hielt eine kurze Ansprache. Zum Schluss fragte er: „Frau Hausmann-

Birkenstädt, möchten Sie auch noch ein paar Worte sagen?"

Caro nickte. „Es ist ein Gedicht, das ich vor Jahren von einem unbekannten Autor gefunden habe, so wie ich auch die verstorbene Inderin gefunden habe, die meine Tante hätte sein können, wenn das Schicksal ihr gnädig gewesen wäre."

Caro wandte sich der Urne zu und sprach:

„Als du geboren wurdest, war es ein regnerischer Tag. Aber es war nicht wirklich Regen, sondern der Himmel weinte, weil er einen Stern verloren hatte. Und wenn es am heutigen Tag auch regnen sollte, an dem wir Deiner gedenken und Dich in unserem ganz privaten Umfeld verabschieden, dann ist es ebenfalls nicht wirklich Regen, sondern es sind Tränen der Freude und Ergriffenheit des Himmels, weil er seinen vermissten Stern zurück erhält. Und du, liebe Lalita, bist endlich mit deinem geliebten Albert wieder vereint. Danke, dass ich dich kennenlernen durfte!"

Der Kapitän nahm die Urne, ging mit ihr an Deck und stellte sich damit an die Reling. Caro und Klaus folgten ihm und hörten zu, was er sagte: *„Die Uhren gehen anders in der Dollart-Bucht, kein Abend gilt, kein Morgen. Die Tide gibt das Wecksignal, ihr Uhrwerk ist der Mond. Sie kommt und geht, es schwingt die See, so rauscht sie durch die Zeiten. Im Jahrmillionen-Pendelschlag, wer weiß, was noch geschehen mag."*

Dann senkte er die Urne langsam an einem Schiffstau hinunter ins Meer. Der Blumenkranz mit dem Efeu blieb an der Wasseroberfläche liegen und markierte den Bestattungsort.

Caro hatte sich für Lalita ein indisches Musikstück gewünscht, das beim Hinabsenken gespielt wurde. Im Geiste sah Caro die alte Frau vor sich und wischte sich heimlich eine Träne von der Wange.

Zum Abschied warfen beide Trauergäste rote und weiße Rosenblätter auf die Stelle, welche von den kleinen Wellen sanft hin und her geschaukelt wurden. Im Anschluss zog das Schiff unter leiser musikalischer Begleitung einen Kreis um das See-Grab. Vier Doppelschläge auf der Schiffsglocke beendeten die Zeremonie und das Schiff nahm wieder Kurs auf den Emdener Hafen. Caro hatte zwischendurch ein paar Fotos gemacht, um die Bestattung für Devi zu dokumentieren.

Um sich etwas aufzuwärmen gingen sie wieder in den Salon wo sie vom Kapitän einen echten Ostfriesentee mit Kandis und Sahne serviert bekamen. Neugierig setzte er sich zu ihnen und erkundigte sich nach der Verstorbenen, da es für ihn das erste Mal gewesen sei, eine Urne aus einem Kontinent, auf der anderen Seite der Erde, im Wasser des Dollarts zu versenken.

„Das ist eine lange Geschichte, aber ich werde versuchen, sie Ihnen in Kurzfassung mitzuteilen", erklärte ihm Caro.

Bevor beide im Hafen von Bord gingen, bekamen sie noch einen Auszug aus der Seekarte mit der Positionsangabe, wo die Urne auf dem Meeresboden lag. Zusätzlich wurde ihnen der Bestattungsbrief ausgehändigt, den der Kapitän direkt an Bord ausfüllt und unterschrieben hatte. Caro und Klaus bedankten sich nochmal für die würdevolle Zeremonie, gingen zu ihrem Auto und fuhren gemächlich nach Hause.

Jetzt begann wieder der normale Alltag. Klaus fuhr nach dem gemeinsamen Frühstück ins Büro und Caro zum Grüner-Verlag wo sie sich die nächsten Termine für herbstliche Gartenfotos aus dem Umland abholte. Bei der Gelegenheit teilte der Chef ihr mit, dass sie für eines ihrer Baumfotos aus dem Gubbon-Park sowie zusätzlich für das interessante Foto vom Seegarten aus dem Amber-Fort, in der Nähe von Jaipur, einen Geldbetrag erhalten hätte, da beide jeweils auf den Titelseiten ausländischer Journale in der nächsten Woche abgedruckt würden.

Herr Grüner reichte ihr die Quittung und bat: „Bitte unterschreiben Sie die Bestätigung, dass Sie das Geld von mir überwiesen bekommen haben. Sie können gleich bei ihrer Bank vorbeifahren und nachschauen, ob es auf dem Konto ist. Übrigens, auch die anderen Fotos aus den indischen Gärten waren sehenswert. Ich bin total begeistert von Ihren Aufnahmen. Vielleicht sollten wir einige davon auf Leinwand ziehen und damit im Verlagsfoyer eine Ausstellung machen. Wäre bestimmt lohnenswert."

„Ich werde darüber nachdenken."

Caro verabschiedete sich und fuhr bei ihrer Bank vorbei um einen Teil des Geldes an Mary zu überweisen, damit sie die laufenden Unkosten für Devi und Kamal damit abdecken konnte.

In den nächsten Jahren besuchten Caro und Klaus während ihres Urlaubs im Januar, manchmal auch im Februar, für drei oder vier Tage das Kinderheim in Bangalore. Caro las den Kleinen, die schon die

238

deutsche Sprache einigermaßen verstehen konnten, Geschichten aus Büchern vor, die sie als Geschenk mitgebracht hatte.

Die großen Mädchen freuten sich über Schnittmuster, Stoffe, Spitzen und Nähzutaten aus Deutschland und die Jungen waren begeistert von einem neuen Lederfußball.

Einen taglang unternahmen Caro und Klaus jedes Mal etwas mit Devi und Kamal. Entweder fuhren sie mit ihnen in den zwanzig Kilometer entfernten Nationalpark, eine Art Zoo mit wilden Tieren, oder gingen sie mit ihnen ins Kino und aßen anschließend etwas bei Mac Donalds, was besonders Devi toll fand.

Abends saßen sie gemütlich mit den Erwachsenen zusammen im Garten und erzählten sich Neuigkeiten.

Beim Abschied bedankte sich Mary immer bei Caro für ihren Besuch und für ihre großzügigen Geldspenden.

Anschließend fuhren Caro und Klaus immer mit einem Mietwagen an die Westküste, um dort für vierzehn Tage Badeurlaub in einem Resort-Hotel am Strand von Bekal zu machen. Der Anblick des weißen Sandstrandes, des azurblauen Himmels und das relativ warme Meer waren eine Wohltat für die Seele, während Massagen mit duftenden Ölen dem Körper gut taten.

In manchen Jahren bereisten sie auch mit einem Mietwagen samt Fahrer für zirka eine Woche den Süden Indiens, sahen sich die größeren Städte mit ihren zauberhaften Tempeln und großen Palästen an, die teils guterhalten oder inzwischen renoviert waren. Oder sie fuhren in die Bergregionen, wo sie auf serpentinenartigen, engen Straßen grüne Hügel mit riesigen Teeplantagen durchquerten.

In der Gegend um Munnar wurde nicht nur Darjeeling- und Assamtee angebaut sondern auch Kaffee-, Gewürz- und Kakaosträucher.

In kleinen Manufakturen konnten sie köstliche Schokoladenspezialitäten als Mitbringsel für Freunde und Nachbarn einkaufen.

„Iss' aber nicht das meiste selber auf", warnte Klaus.

„Mach ich nicht. Ich esse nur jeden Tag ein Stück von der gefüllten Bruchschokolade aus der kleinen Tüte!"

Am Urlaubsende ließen sie sich immer vom Hotel in Bekal mit dem Shuttle-Bus zum Airport nach Mangalore bringen, um von dort zurück nach Düsseldorf zu fliegen. Mit dem geparkten Auto ging es dann weiter über die Autobahn nach Hause.

Hier lief alles wie gewohnt. Klaus fuhr jeden Morgen pünktlich ins Büro und freute sich aufs Wochenende, wo er gemeinsam mit Caro etwas unternehmen und abends für sie eines ihrer Lieblingsessen zubereiten konnte.

Caro kümmerte sich um den Haushalt und den kleinen Garten.

Als freie Mitarbeiterin des Grüner-Verlages besuchte sie in verschiedenen Ländern herausragende Gärten, machte Fotos und beschrieb die Schönheiten dieser Anlagen.

Als sie vom englischen National Trust den Auftrag bekam, Fotos in einem der bekanntesten Gärten des Landes zu machen, besuchte sie vorher John Canningham auf Heywer Castle, der sich sehr über ihren Besuch freute und ihr wertvolle Tipps für die anstehenden Gartenaufnahmen gab.

Zu Gunsten des Kinderheims in Indien hielt sie einige Vorträge und zeigte den Zuhörern Fotos, die das Spendenaufkommen günstig beeinflussten.

Oft telefonierte sie per Webcam mit Devi und Kamal, die dann in Marys Büro saßen und gleichzeitig mit ihr reden wollten.

Als Devi zwölf Jahre alt war und Kamal mit achtzehn Jahren das Abitur mit „Sehr gut" bestanden hatte, erkundigte sich Caro bei Klaus: „Wärst du damit einverstanden, wenn ich die beiden in den Sommerferien zu uns nach Deutschland einlade? Ich möchte Devi anhand der Unterlagen mitteilen, das Lalita ihre Urgroßmutter war. Ich glaube, sie ist jetzt alt genug dafür."

„Natürlich bin ich damit einverstanden, denn ich finde, sie sollte es endlich wissen."

Im Mai rief Caro bei Mary an und erklärte ihr, was sie vorhatte: „Ich möchte Devi und Kamal im Juni für drei Wochen zu uns nach Deutschland einladen. Wärst du damit einverstanden?"

„Auf jeden Fall. Dank deiner Hilfe haben sich die beiden super entwickelt. Ich bin richtig stolz auf sie."

„Ich auch, deshalb möchte ich ein bisschen mehr Zeit mit ihnen verbringen. Klaus freut sich auch auf die beiden, besonders auf Kamal, mit dem er sich ja sehr gut versteht."

„Wie ist denn das Wetter bei euch?", erkundigte sich Mary.

„Im Moment ist es angenehm warm. Ich hoffe, dass es so bleibt. Vorsichtshalber sollten die beiden aber eine Jacke oder einen Anorak mit in den Koffer legen.

Und da ist noch etwas, würdest du Kamal den großen Umschlag mit Lalitas Unterlagen mitgeben. Ich möchte Devi alles zeigen, damit sie endlich weiß, wer ihre Familie, wer ihre Urgroßmutter war."

„Ich werde es mir gleich notieren, damit ich es nicht vergesse."

„Auch bitte ich dich, für die Hin-und Rückreise der beiden einen Direktflug bei der Lufthansa nach Frankfurt buchen? Am besten einen Abflug zwischen 22 und 23 Uhr, dann werden sie am nächsten Morgen hier in Deutschland ankommen. Und für den Rückflug möglichst auch die gleiche Abflugzeit. Wenn du mir dann den Preis mitteilst, überweise ich dir das Geld."

„Also drei Wochen im Juni, welcher Tag ist egal, wie du sagst. Mal sehen, ob es klappt!"

Caro bedankte sich bei Mary, wünschte ihr noch einen schönen Tag und beendete das Gespräch.

Im Juni standen Devi und Kamal etwas hilflos in der Ankunftshalle des Frankfurter Flugplatzes. Caro und Klaus hatten die beiden schon von weitem entdeckt und steuerten zielstrebig auf sie zu, begrüßten sie herzlich und erkundigten sich, ob sie den langen Flug gut überstanden hätten.

„Ja, alles ok", meinten beide fast gleichzeitig, obschon sie ziemlich müde aussahen.

„Gut, dann gehen wir zum Auto!"

Klaus nahm Devis Koffer, während Kamal seinen Rollenkoffer selber hinter sich herzog. Caro und Devi folgten den beiden.

Weil die Autobahn relativ leer war, kamen sie in knapp vier Stunden zu Hause an. Kamal bekam das kleine Gästezimmer zugeteilt und Devi ein Reisebett im Wintergarten.

Staunend betrachteten die beiden Kinder die große Wohnung. Für sie ein enormer Luxus, so dass Kamal fragte: „Besitzen alle Deutschen so eine große Wohnung?"

Caro lachte und sagte: „Nein, natürlich nicht. Bei uns gibt es auch arme und reiche Leute. Klaus und ich verdienen relativ gut. Es gibt aber auch viele Menschen, die gar keine Arbeit haben, die sogar auf der Straße leben und teils hungern. Übrigens, wann habt ihr das letzte Mal etwas gegessen?"

„Ist schon eine Weile her", meinte Devi.

„Dann kommt mit in die Küche!"

Caro hatte eine Hühnersuppe gekocht und Baguette dazu aufgebacken. „Ich hoffe, es schmeckt euch."

Nach dem Essen wollten die beiden ein wenig Schlaf nachholen, denn im Flugzeug war für sie alles neu und interessant gewesen, sodass sie kaum ein Auge zugemacht hatten.

Caro und Klaus zeigten den Kindern ihre Stadt und die nähere Umgebung. Sie fuhren mit ihnen an die Nord- und Ostseeküste, nach Hamburg, Lübeck und sogar ein Wochenende nach Berlin.

Klaus hatte sich einen neuen Grill gekauft und so saßen sie bei dem schönen Sommerwetter oft bis spät abends im Garten, aßen gegrillte Würstchen, Hähnchen, Forellen und selbstgemachte Salate.

Devi war vom aufblasbaren, großen Kinderpool begeistert und selbst Kamal, der sich eigentlich zu alt dafür fühlte, konnte schließlich nicht wiederstehen und sprang mit Devi darin herum.

Als sich beide gegen Abend erkundigten, ob sie am

nächsten Tag irgendwas besichtigen würden, erklärte ihnen Caro: „Morgen möchten Klaus und ich euch einen ganz besonderen Ort an der Nordsee zeigen." Sie holte den großen Umschlag, den Kamal, dank Mary, mitgebracht hatte und sagte zu Devi: „Du bist jetzt schon ein großes und verständiges Mädchen, deshalb werde ich dir jetzt einiges über deine Familie erzählen. Hast du dich nie gefragt, woher du kommst? Wer deine Eltern sind?"

„Ganz selten, denn die meisten Kinder im Heim haben ja auch keine Verwandte oder sie können sich nicht mehr an sie erinnern."

„Ich kann mich noch gut an mein Zuhause, an meine Eltern erinnern", warf Kamal ein. „Leider sind sie bei einem Unfall mit dem Auto ums Leben gekommen und das werde ich nie vergessen."

„Was ist denn nun mit mir? Steht es in dem Umschlag, den du auf den Tisch gelegt hast", erkundigte sich Devi neugierig.

Caro nickte, nahm etliche Urkunden heraus, gab sie Devi und sagte: „Das sind die Geburts- und Sterbeurkunden deiner Urgroßmutter, Großmutter und Mutter sowie deine eigene Geburtsurkunde."

Caro reichte dem Mädchen auch ein Foto, das kurz vor Großmutter Kalis achtzehnten Geburtstag gemacht worden war. So stand es jedenfalls hinten auf dem Bild.

„Deine Großmutter Kali hat kurz danach geheiratet und hieß dann mit Nachnamen Bachchan. Sie hat einen Sohn bekommen, der aber gestorben ist. Als sie später noch eine Tochter bekam, hat ihr Ehemann sie verstoßen und eine jüngere Frau geheiratet. Kali hat dann mit dem Kind, das Gita hieß, bei ihrer

Mutter gewohnt. Schau, hier ist ein Foto von der Kleinen, da ist sie wohl sechs oder sieben Jahre alt. Als junge Frau hat sich Gita in einen Mann verliebt, aber als sie merkte, dass sie schwanger war, hat er sie sitzen lassen. Leider ist deine Mutter bei deiner Geburt gestorben. Da Gitas Mutter auch schon tot war, hat die Urgroßmutter das Baby zu sich genommen und ihm den Namen Devi gegeben und das bist du."

Mit großen Augen sah Devi Caro an. Selbst Kamal war sprachlos. Er wusste ja nur, dass Lalita die Urgroßmutter war und dass er darüber nicht reden sollte.

„Ich zeige dir jetzt ein Foto von der Frau, die dich zu sich genommen hat", sagte Caro.

„Das ist ja Lalita!", rief das Mädchen erstaunt.

„Ja, das ist deine Urgroßmutter. Weil sie selbst kaum genug zum Leben hatte, musste sie dich notgedrungen weggeben."

Stumm betrachtete Devi das Foto, wo sie mit Lalita auf einem Kissen im Spielzimmer des Heims saß. Ohne dass sie es bemerkten, hatte Caro oft Fotos von den beiden gemacht. Jetzt lagen die Bilder auf dem Tisch, sodass alle sie betrachten konnten.

Caro reichte Devi auch das goldene Medaillon und sagte: „Du kannst es aufmachen, drinnen ist ein kleines Bild von Lalita und von Albert, meinem Onkel. Er war der Vater von deiner Großmutter Kali. Außerdem gibt es noch ein Heft, in dem Lalita alles aufgeschrieben hat. Du kannst es in den nächsten Tagen in aller Ruhe durchlesen."

Caro stand auf und half Devi beim Anlegen der Kette. Als das Mädchen sich zu den anderen umdrehte, waren alle der Meinung: „Sie steht dir ausgezeichnet. wie für dich gemacht!"

„Was ist denn nun das Besonderes an dem Ausflug, den wir morgen unternehmen werden", erkundigte sich Kamal bei Klaus.

„Wie ihr wisst, haben wir Lalitas Urne mit nach Deutschland genommen. Caro und ich haben sie anschließend im Meer versenken lassen und diesen Ort wollen wir euch morgen zeigen."

Caro holte die Seebestattungsurkunde und zeigte sie den Kindern. Dann wandte sie sich an Devi: „Für dich habe ich eine Kopie gemacht, die du mit in den großen Umschlag legen kannst."

Mit Klaus als Chauffeur fuhren sie am nächsten Tag durch Dörfer, kleine Orte mit Bauernhäuser, Wiesen und hohen Maisfeldern zu beiden Seiten der Landstraße zur Nordseeküste und weiter bis nach Emden. Die Gedenkstätte befand sich auf der Landspitze an der Einfahrt zum Seehafen.

Klaus ließ das Auto auf dem Parkplatz stehen und gemeinsam gingen sie über die Wiese, auf der teils rötlich blühenden Kleeblumen und viele Gänseblümchen wuchsen und ihre Köpfe zum wolkenlosen, blauen Himmel reckten.

Die hohe Seebestattungsbarke aus vier schräg stehenden, schwarz gestrichenen Holzbohlen war in eine Betonplatte eingelassen und wurde oben von einer dicken silbernen Kugel zusammengehalten.

Nach einigem Suchen fanden sie unter den vielen weißen Metallschildern auch das, wo Lalitas Name drauf stand. Caro hatte es in Auftrag gegeben und sah es heute auch zum ersten Mal. Sie nahm ihre Kamera und fotografierte es für Devi.

Zusammen mit den beiden Kindern lasen Caro und Klaus was dort eingraviert war:

Albert Angermann geb. 1906 gest. 1970
Lalita Shastri geb. 1929 gest. 2012

Während Klaus mit den Kindern schon bis zur Landspitze ging, strich Caro noch kurz mit der Hand über die Namen der beiden, dabei hatte sie plötzlich das Gefühl, Albert und Lalita würden sanft ihre Wange berühren. Doch nein… So etwas gab es nicht! Oder doch…?

Ihr wurde ganz eigenartig zu Mute. Um das feine Kribbeln auf der Haut zu verscheuchen, schüttelte sie sich ein wenig und dachte: ,Es war bestimmt der leichte Seewind, der auch draußen im Dollart das Wasser zu kleinen Wellen kräuselt'.

Sie blieb noch einen Augenblick stehen, lief dann zu den anderen und zeigte auf das im Sonnenlicht bläulich schimmernde Meer.

„Dort hinten ist die Urne von Onkel Albert versenkt worden und auch die von Lalita, deiner Urgroßmutter, liebe Devi. Es liegen zwar viele Jahre dazwischen, aber ich hoffe, dass sich ihre Seelen trotzdem gefunden haben, dass sie gemeinsam im Himmel oder im Nirwana sind, wie der Hindupriester bei der Totenfeier in seinem Mantra gesungen hat."

*

Epilog

Die Jahre gingen ins Land. Caro hielt weiterhin Kontakt mit Mary und den beiden Kindern. So manches Jahr verbrachten Caro und Klaus ihren Urlaub in Indien, erkundeten den Süden und den Norden. Als sie wieder einmal oben im Norden von Indien waren, fuhren sie auch bis an die Grenze nach Pakistan. Der einzige Grenzübergang der beiden Staaten ist nur täglich von 7 bis 17 Uhr geöffnet. Er liegt zwischen der Stadt Amritsar im indischen Teil der Region Punjab und der Stadt Lahore im pakistanischen Teil vom Punjab aus dem Lalita stammte und der bis zur Flucht ihre Heimat gewesen war.

Die Grenzschließungszeremonie mit dem Einholen der Flaggen auf beiden Seiten und einer Militärparade der Grenzsoldaten wird täglich von Tausenden Menschen aus allen Teilen beider Länder sowie von ausländischen Touristen besucht. Dies Spektakel wollten sich Caro und Klaus auf keinen Fall entgehen lassen, weil das Ganze jeden Abend an eine bunte und aufwendige Show erinnerte.

Devi und Kamal waren noch zweimal für drei Wochen bei ihnen in Deutschland. Einmal im Hochsommer und einmal mitten im Winter, damit sie auch Kälte, Schnee und zugefrorene Seen kennenlernen konnten.

Wenn es zu schneien begann, rannte Devi in den Garten und ließ die rieselnden Schneeflocken auf ihrer herausgestreckten Zunge schmelzen.

„Ein Bild für die Götter", wie Klaus feststellte, während Caro schnell ihre Kamera holte und es im Foto festhielt.

Wieder in Indien schrieben die beiden E-Mails oder wenn etwas Besonderes anlag, telefonierten sie mit Caro.

Kamal hatte inzwischen eine Anstellung mit einem guten Gehalt im Software- und IT-Bereich einer bekannten deutschen Firma in Electronic-City, das allgemein auch Silicon Valley of India genannt wurde bekommen und sich im südlichen Teil von Bangalore befand.

Devi war inzwischen zu einer hübschen jungen Frau herangewachsen und arbeitete nach ihrer Lehrzeit als Bürokauffrau in einer lokalen Seiden-Produktionsfirma, die schöne Stoffe herstellte und etliche davon auch nach Deutschland exportierte.

Sie wohnte immer noch im Kinderheim, im Zimmer, das einmal ihrer Urgroßmutter gehört hatte und für das sie freiwillig ein paar Rupien bezahlte. In ihrer Freizeit widmete sie sich der Fotografie, eins ihrer liebsten Hobbys, das sie wohl von ihrem Urgroßvater geerbt hatte.

An den Wochenenden unternahmen Kamal und Devi inzwischen vieles gemeinsam, sodass ihre Verbindung stärker wurde, sie sich schließlich ineinander verliebten.

Caro und Klaus fühlten sich geehrt, als Kamal bei ihnen anfragte, ob er Devi heiraten dürfe. Natürlich stimmten sie sofort zu, zumal er seit einem Jahr in einer schönen, gut eingerichteten Zwei-Zimmer-Wohnung mit Küche und Bad lebte, in der die beiden jungen Leute als Ehepaar gut aufgehoben waren.

Auf den Fotos, die Kamal ihnen geschickt hatte, sah es dort jedenfalls sehr ansprechend aus.

Weil Kamal und Devi nicht sehr gläubig waren, sollte es nur eine Standesamtliche Trauung mit einem kleinen Fest geben, das sie im Garten ihres ehemaligen Kinderheims feiern wollten.

Natürlich waren auch Caro und Klaus herzlich eingeladen. Für die beiden war es das schönste Hochzeitsfest, das sie je als Gäste erlebt hatten.

Mit einer Ehe, die für Devi ein Leben lang halten sollte, meinte es das Schicksal endlich besser als mit den drei Frauen ihrer Familie aus den vergangenen Zeiten.

Und so wurden Caro und Klaus auch ohne eigene Kinder in den folgenden Jahren zu Großeltern von zwei Jungen und einem Mädchen, das den Namen Lalita bekam.

*

China

Amritsar

Lahore

Pakistan

Delhi

Nepal

Agra

Jaipur

Kanpur

Buthan

Patha

Bangla

Bhopal

Kalkutta

desch

Nagpur

Mumbai

Hyderabad

Panaji

Chennaix

Bangalore

Anda

Mangalore

Bekal

Mandurai

Kochi

Indischer

Sri

lanka

Ozean

N

Bisher erschienen von der Autorin:

„Der Fluch der Tochter des Schmieds" Historischer Hexen-Roman, Osnabrück 1620-1994
ISBN 978-3-86685-113-9

„Wenn die Dämmerung den Tag umfängt" Erzählung über Demenz, mit einem Vorwort der Deutschen Parkinson-Vereinigung
ISBN 978-3-86685-244-0

„Manchmal ist das Schicksal schneller" Mörderische Geschichten in und um Osnabrück
ISBN 978-3-86685-364-5

„Immer das siebte Jahr" spannender Psycho-Kriminalroman
ISBN 978-3-86685-476-5

„Liebe, Mord und andere Fälle" Gedichte und spannende Geschichten zu allen Jahreszeiten
ISBN 978-3-86685-586-1

„Miranda" Die Legende einer Wiedergeburt Historischer Roman Fuerteventura 1400-2003
ISBN 978-3-86685-678-3